The Little Captive
ちっちゃな捕虜

日本軍抑留所を果敢に生きた
ノルウェー人少女のものがたり

リーセ・クリステンセン 著
泉 康夫 訳

高文研

家族写真 ジャワ（1938）

両親の結婚式 ジャワ（1933）

使用人 左から庭師、保育係、料理人、運転手

リーセ５歳 ジャワ（1939）

オーストラリア兵と ラングーン（1945）

フェルホーフ夫妻（オパとオマ）

国民の日に祖父母の家の前で
ラッセ５歳（1947）

母方の祖父母 ベルゲン（1947）

初めてのスキー
リーセ 13 歳（1947）

国民の日に リーセ13歳(1947)

アイスクリーム リーセ 14 歳
カーリン 12 歳 ベルゲン（1948）

ガールガイドでの応急処置実習
リーセ 13 歳（1947）

ダンス教師として
リーセ 20 歳（1954）

リーセ 20 歳

はじめに

日本軍が一九四三年五月九日～一一日に湖南省廠窖《チャンジャオ》で虐殺事件（実行部隊は小柴支隊、戸田支隊、そして針谷支隊の三隊。日本軍によれば、中国軍の遺棄死体は三〇七六六体。対して中国側は、軍民合せて三万人以上が殺害され、三千人以上が負傷、二千人以上が強姦されたとしている）を引き起こした江南殲滅《こうなんせんめつ》作戦。この作戦に父が駆り出されていたことを、父の「陸軍戦時名簿」で知りました。そこには、「歩兵／泉 勝司／昭和十八年自四月一日至六月三十日江南殲滅作戦並第二次南部大洪山……」とあります。

二〇一八年夏、この虐殺事件と父の部隊の関わりについて何かつかめないかと中国の湖南省南県廠窖惨案遇難同胞紀念館を訪ね、帰国後は国立公文書館アジア歴史資料センターのデータを調べました。その結果、父が配属された獨立歩兵第九十四大隊は、野溝弐彦少将指揮下の野溝支隊に他の二大隊とともに編入されていたことがわかりました。ただし、野溝支隊の作戦行動域は厰窖から北西へおよそ一〇〇㎞。つまり父は、少なくとも厰窖では中国人に危害を加えてはいません。

母には「中国には朝鮮を通っていった」「熊本の部隊は強かったから、敵は攻めてこなかった」「通信兵になってから第一線に立たなくてすんだ」、妹には「中国で食べたパイナップルはうまかった」などと父は話していたそうですが、私が中国での戦争そのものについて尋ねると、「子どもは知らなくていい」と言って何一つ語ることはありませんでした。

父は警察官で柔道二段でしたが、生気のない人でした。父方の親類からは「腑抜けのカッちゃん」と陰で呼ばれていました。「腑抜け」の意味はよくわかりませんでしたが、父を蔑《さげす》んでいるらしいことは子ども心にも感じられました。生まれ故郷、奄美大島（相撲が盛んで、日本一土俵の多い島とも）での相撲大会では強かったと言っていた父の「腑抜け」はどこから来たのか。通信兵になる前、厰窖以外の地で「子どもは知らなくていい」ことに手を染め、そのことから死ぬまで逃れられず、心も体も萎えていたのではないか。そんな思いが払拭できません。日本中が東京オリンピックで沸いた一九六四年の秋、父は四二で死んでいきました。

廠窖惨案遇難同胞紀念館訪問後、しばらくして手にしたのが本書、リーセ・クリステンセンの『ちっちゃな捕虜』（原題 *The Little Captive*）です。日本軍政下インドネシアでの二年半に及ぶ非人間的な抑留生活を果敢に生きたリーセ。ノルウェーに帰国後、義務教育を終えてからはベルゲン体育専門学校に進学するほど体育が大好きで活発だったリーセ。そのリーセが何十年にも渡って「頭の中に巣食う悪魔」に苦しめられていたことを知り、父の「腑抜け」と重なりました。

語ろうとしなかった父に対して、語らずにはいられなかったリーセ。本書「その後」の日本人に関わるくだりを読むほどに、リーセは日本人にこそ抑留体験を知ってもらいたかったのではないかと思えてくるのです。

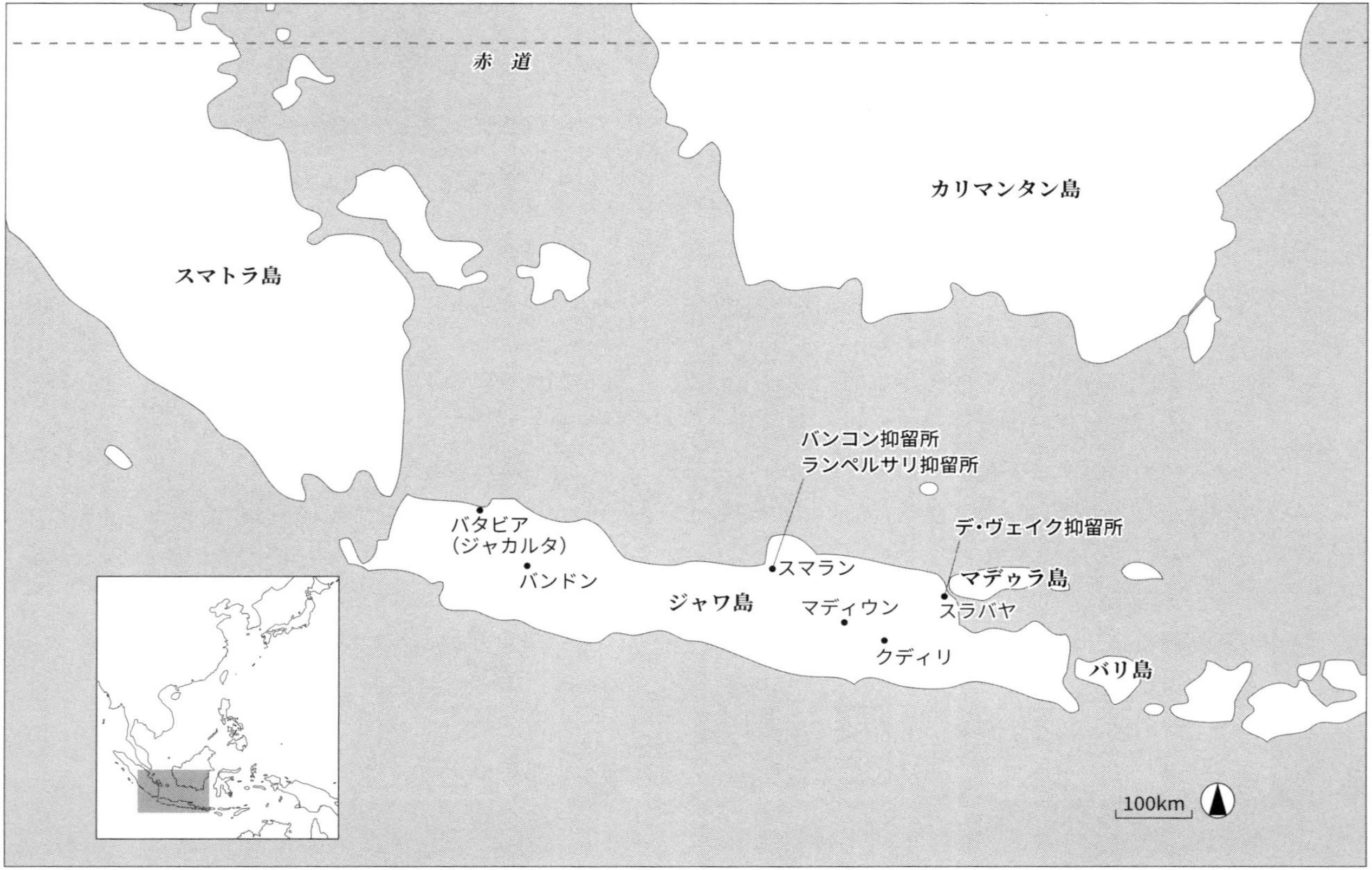
赤 道
カリマンタン島
スマトラ島
バンコン抑留所
ランペルサリ抑留所
デ・ヴェイク抑留所
バタビア
（ジャカルタ）
バンドン
スマラン
マデュラ島
ジャワ島
マディウン
スラバヤ
クディリ
バリ島
100km

勇敢だった母へ

目次

第1章　アジアの戦争

一九四二年

友だちがいなくなり出したのは、その年も半ばになろうかという頃だ。私は学校に戻るのをとても楽しみにしていたが、担任のオーファハールト先生もほかの先生もいなくなっていた。友だちのエリーを探しに行ったところ、エリーの家に住んでいたのはジャワ人の家族だった。ドアを開けて出てきた男の人は感じが悪く、にこりともしなかった。エリーの家族は刑務所にいると言う。しかし、それは嘘だ。エリーの家族は親切で、犯罪者ではない。どうして刑務所に入れられるのだろう？

父の友人二人の会話を立ち聞きしたことがある。世界制覇を企むヒトラーという男の人について話していた。少し後になってこのヒトラーという人のことを母に聞くと、「女の子はそんなひどい人について心配する必要はないのよ。それにここはインドネシアだし、ひどいことはすべて世界の反対側で起こってるんだから」と言っていた。

ジャワでの幸せな生活がヨーロッパでの戦争の影響を受けることはなかった。私は生まれてからずっとジャワで暮らしてきたが、両親は二人ともノルウェーのベルゲン出身だった。

父のダニエル・グロン＝ニールセンは大学卒業後、ジャワに移り住んだ。父は学生時代、夏休みのアルバイトでノルウェー西部にあるフィヨルドのツアーガイドをしていて、そこでフェルホーフ夫妻と知り合っていた。夫妻はインドネシア在住のオランダ人で、ノルウェーには休暇で来ていたのだ。

フェルホーフさんはマディウンの知事で、父にふさわしい仕事がジャワにあるのではないかと考え、骨を折ってくれたというわけだ。母のクリステンは父と婚約し、一年後に父を追った。二人は結婚し、フェルホーフさんの豪邸で盛大な披露宴を挙げた。

知事は来客用の宿泊施設もいくつか所有していて、私たち家族はその一つに何週間も続けて滞在したものだ。とてもすばらしい生活だった。私はスラバヤで一九三四年に生まれ、妹のカーリンはクディリで一九三六年に生まれた。

父はオランダ・アメリカ会社の保障代理人としての仕事で、バタビア（現在のジャカルタ）からスラバヤまで広くジャワを飛び回っていた。そのため、家には滅多にいなかった。何か特定の仕事で出張先に長く滞在する場合、家族がいっしょに暮らせるよう住居が用意された。

私たちが生まれた後、母の生活は恵まれていた。使用人が何人もいて、その中には保育を担当するバブーもいた。使用人とはジャワ語で話したが、両親や友だちとはオランダ語だった。毎週水曜日だけはノルウェー語を話し、母は水曜日をノルウェー語の日と呼んでいた。私たちはこの日、ミートボールや茹《ゆ》でたジャガイモ、そして豆のスープなど、典型的なノルウェー料理を食べた。スパイスの効いた乾燥肉や卵、カレーで煮こんだ魚や鶏肉、パプリカと玉ねぎのソース、そして揚げバナナなど、普段から口にしているおいしいインドネシア料理とは大違いだった。ノルウェー語の話し方を一生懸命学ぼうとしたが、簡単ではなかった。

フェルホーフ夫妻のもとで育てられ、私と妹にはすることがいつもたくさんあった。夫妻は養祖父母になってくれたのだ。「オーマ（オランダ語で「おばあちゃん」の意）」と「オーパ（オランダ語で「おじいちゃん」の意）」だ。夫妻の家には魚がいるとても大きな池があって、色々な種類の犬や鳥、ガチョウ、そして孔雀が何羽かいた。オーパはまた、熱心な蘭の専門家でもあった。オーパの育種農場で花の世話をしたり、オーパが育成することのできた様々な種類の蘭についてお話を聞いたりするのが大好きだった。もちろん、近所には水泳のプールがあった。暑さに耐えられなくなると、父と母、友人、そしてその子どもたちはいつもプールでとても楽しい時間を過ごした。ジャワは、赤道から南へわずか三度のところにある。

水泳プールでは、いつも胸が高鳴った。私たちのハンサムな父が高い跳び板から本当のプロみたいに飛びこむからだ。感動した女性たちからは「Da《ダ》 capo《カーポ》! Da capo!（オランダ語で「もう一回」の意）」と歓声が上がった。カーリンと私は鼻高々。これ、私たちのパパよ！　母だけがつまらなさそうで、沈みこんでいた。女性たちが、父と体がふれ合うほど近くに座るからだ。ある日、「あの女の人たちの一人か二人はパパの秘書なのよ」と母がささやき声で言った。女性たちは、すごい美人だった。「ほら、太ってて、お腹に赤ちゃんのいるママを見てみて」母はため息をついた。私はどう言ったら良いかわからなかった。当時、母は全然幸せではなく、父と言い争いばかりしていた。

母はほぼ毎日、午後になると私たちを馬に乗せて水田の方へ連れていってくれた。わが家では馬三頭を借りていた。私と妹に小さいのが一頭ずつ、母には大きいのが一頭だ。土地の人二人が案内に立ってくれた。馬に乗って向かった先のカンポン（インドネシア人の小さな村）では、女の人たちが膝まで泥土に浸かって田植え——泥田に早苗を押しこむ作業——をしていた。田んぼと田んぼの間には馬の通れるあぜ道があった。カンポンのすぐ近くには小さな「工場《こうば》」があって、煉瓦を生産していた。六歳くらいの幼い子どもたちが粘土と砂をこね、木枠に押しこんでいた。成形後は木枠から抜いて日向に寝かせ、乾燥すると大きな窯で焼かれた。子どもたちがとてもかわいそうで、私は何か上げたかった。しかし母からは、そんなことをしても大人に取り上げられてしまうだけだと言われた。

ほかの子たちはと言うと、大きな機織り機の後ろを離れられず、大人と同じように働いていた。水牛が引く大きな鋤《すき》の後ろにいる人みたいだった。こうした子たちは、誰一人学校には行っていなかった。オランダのゴムやコーヒーのプランテーションで働くジャワ人労働者の子どもは、全員が制服を着て多言語学校へ通っていた。

両親の親友は、アクセルおじさんとマリアン・ヴィスランダーおばさんだった。実のおじとおばではなかったが、家族同然だった。二人はスウェーデン人で、スウェーデンは戦争に参戦していないので日本軍を怖がる必要がないと母は言っていた。アクセルおじさんは人が変わったようだった。以前のように私たちと笑ったり冗談を言ったりすることはなく、このころはいつも深刻そうだった。ある日おじさんがわが家にやってきて、父に工場の資金管理の仕事を勧めた。アクセルおじさんは地位の高い人で、スウェーデン領事であるばかりでなく、ボールベアリングを製造するＳＫＦ（スベンスカ《スウェーデン》・クロゲルファブリッケン《ボールベアリング工場》）の重役でもあった。いっしょに仕事をすれば日本軍を恐れる必要はなく、安全無事でいられるとおじさんは父に説明していた。

しかし、私の友だちは安全無事ではなかった。オランダ地区の子たちは一人、また一人とただ消えていった。エリーとその弟のケイスに加え、ルネー、エリカ、そしてイナが家族とともに揃って姿を消した。そして、数週間のうちにイギリス人の友だちのアリソンとその弟のポールもだ。母は、帰国だろうとしか言わなかった。私はそうは思わなかった。アリソンとポールの家にはまだ家具があったし、犬のサムが庭に置き去りだったからだ。サムを後に残したまま、二人が行ってしまうはずはない。妹と私はサムにパンを少し上げ、ボウルを水でいっぱいにしてあげた。そして、毎日来るからね、とサムに約束した。数週間して、サムもいなくなった。

ほぼ毎日、オランダやベルギー、イギリスの友だちを訪ねて回った。しかし間もなくして、誰もいなくなった。とても悲しかったが、結局は諦めた。そうは言っても、私にはまだジャワ人の友だちがいた。

カンポンを通って家に向かっていたある日の午後、初めて日本兵を目にした。そもそもの最初から怖かった。全員がカーキ色の軍服を着ていて、トラックから飛び降りた。日本兵は荷を運んでいた男の人数人を追って怒声を浴びせかけ、トラックに乗せよう（労務者狩りと思われる。労務者は鉄道建設などに強制的に駆り出された）としていた。銃の先の大きなナイフを突きつけられ、皆、震え上がっているようだった。私はゴムの木の陰に隠れ、怖くて震えていた。一歩も動けず、息もできないほどだった。怯えきった男たちがトラックの荷台に上がると、日本兵は再び飛び乗って、トラックは走り出した。車体がきしむ音が風に乗って聞こえてきて、やがてトラックは見えなくなった。それが日本兵との初めての出会いだった。とりわけ記憶に残っているのは、日本兵は話さないということだ。ただ叫び、ただ怒鳴った。話すということは一切なかった。トラックが走り去った後、土ぼこりがいつまでも舞っていた。土ぼこりが収まり、トラックとカーキ色のひどい男たちが行ってしまうまでゴムの木の陰にいた。そのあと、家までずっと走った。目にしたことを母に話した。

一九四二年一〇月七日の夜、母が病院に急ぎ搬送され、かわいい男の子が産まれた。弟のラーシュ・ヒルマルだ。私たちはラッセと呼んだ。出張中の父の、家に戻って娘たちの面倒を見たいという願いは聞き入れられたが、病院に来て自分の息子に会うことは許されなかった。カーリンも私もとてもがっかりして、どうしてだろうと思った。母は「パパのせいなのよ」としか言わなかった。もちろんどうにか許されて父は病院に来たのだけれど、両親はいっしょにいてうれしそうではなかった。私は悲しかった。こんなにかわいくて元気な赤ちゃんが生まれて、天にも昇る心地だったはずなのに。

家族が増えて、「スカンジナヴィア通り」のすてきな家にまた引っ越した。居心地の良い、風の抜ける明るい家で、部屋が五つとすてきな庭があった。カーリンと私は、かなりの広さの寝室をいっしょに使った。家族全員、普通の生活をいくらかは楽しんでいたように思う。ただし、日本兵がいなければの話だ。日本兵はどこにでもいて、カーキ色の小さな蟻の群れのようだった。日本兵が笑顔でいることはなく、行く先々至るところで怒鳴り散らした。

第2章　庭のジャップ

テラスに座っていた。蒸し蒸しする朝だったが、空気はまだずい分清々《すがすが》しかった。太陽が丘の上にちょうど顔を出したところで、庭にオレンジ色の光を投げている。私は父とカーリンといっしょに座って、冷たくしたオレンジジュースを飲んでいた。母はラッセを屋内のトイレに連れていっている。いつもと変わらない朝だったが、道路を走ってくるトラックのがらがらという聞き覚えのある音に胸が騒いだ。トラックの前部、ヘッドライトのすぐ上に日本の日の丸がはためいていた。

その旗をちらりと見ただけで、背筋に震えが走った。トラックは隣家の庭の門の前に乗りつけた。父が恐怖ですくみ上がるのがわかった。カーリンと私をしっかり引き寄せ、強い腕で抱いた。日本兵二人がトラックの荷台から飛び降り、ハンセンさんの家の庭に走っていった。ハンセンさんはデンマーク人で、父と同じ工場で仕事をしていた。ハンセンさんはテラスに座っていて、奥さんのイングーと息子のヨーンもいっしょだ。ヨーンはお父さんの膝に座っている。日本兵が庭の小道を走ってくる間、ハンセンさんは座ったままだった。日本兵の一人がヨーンにつかみかかって腕を引っ張り、力任せにテラスの木の床に放り投げた。ヨーンはボールのように転がり、小さなお尻を上にして顔から地面に突っこんだ。奥さんは悲鳴を上げ、ハンセンさんは抗議しようと立ち上がった。しかし口を開く間もなく、兵隊の一人が銃床（厳密には、射撃の際に肩に当てる銃床尾部）でハンセンさんの顔面を突いた。

ハンセンさんは階段の下まで転げ落ち、出血して呆然としていた。奥さんは兵隊にやめるよう叫び、ショックを受けて怯えている息子を助けようと駆け寄った。日本兵はハンセンさんを怒鳴りつけて立ち上がるよう命じ、銃剣を突きつけて叫んだ。「トラックに乗れ。捕虜だ、貴様は」

それまで目にした中で、断じて一番ひどい光景だった。ハンセンさんのシャツは血まみれだったが、どうにか立ち上がって両手を高く上げ、よろめきながらトラックに向かった。日本兵は銃剣を突きつけて追い立てた。ハンセンさんがトラックに着くと、荷台の人たちが手を差し延べて乗るのを助けてあげた。数分間、日本兵は書類か何かに目を通した。その間、私たちは黙って座っていた。

母がテラスに戻ってきた。父と話すのを聞いていて、母は台所の窓から一部始終見ていたことがわかった。父は立ち上がり、次は自分だろうと、事もなげに言った。父が家の中に入ると、この先どうなるのかわからなくてカーリンと私は泣き出した。

父は数日前、いわゆる必需品を小さなバッグに詰めていた。そこには歯ブラシや髭剃り、石鹸、替えの服が一着、そして収まるだけの食べ物が入っていた。バッグは小さな缶詰と板チョコ、ドライフルーツでいっぱいだった。父は戻ってくると、そのバッグをテラスの床に置いて自分の番を待った。そして私たち皆に大急ぎでキスすると、さようならを告げた。「カーリンの面倒を見てあげるんだよ。心配ないからね。戦争は二、三ヵ月で終わって、またいっしょになれるさ」父の言葉に涙がこみ上げたが、しっかりしようと泣くのをこらえた。庭の門を蹴破って日本兵がなだれこんでくると、父はバッグを手に歩いていった。日本兵はしきりに叫んでいたが、父はすっかり準備ができていて、近づいてきた日本兵にパスポートを見せた。日本兵はさっと見て、トラックを指さした。父はとても堂々としていた。走らずに歩いて行き、バッグをトラックの荷台に投げて乗りこんだ。トラックが動き出し、カーリンと私は母の胸に飛びこんだ。涙が溢れた。

トラックが走り出した。最後に一目見ずにはいられなくて、目を凝らして父の姿を——ああ、よせば良かった——探した。どこにもいなかった。トラックは怯えた男の人でいっぱいで、鰯の缶詰のようにぎゅうぎゅう詰めだ。全員立たされていて、泣いている人もいる。その目はまるで助けを乞うかのよう。しかし、助けは来なかった。

スカンジナヴィア通りは薄気味悪いほど静かで、かつてないほど静まりかえっていた。その朝は、鳥のにぎやかなさえずりさえなかった。

その日遅くになって、母はバッグを二つ、三つ準備した。私とカーリンのリュックサックも詰めた。荷を詰める前に母はリュックに切りこみを入れ、そこをまた縫い合わせたのに気づいた。「パパのように準備しておく必要があるのよ。ハンセンさんみたく、日本兵を怒らせないようにね」

「パパといっしょに行くの?」

母は私を見て、肩をすくめた。「たぶんね。でも、ママにもわからないの」

「私たち、牢屋に入るの?」とカーリン。

母は笑顔で首を横に振った。「いいえ、おちびちゃん。牢屋には行かないわ。収容施設に行って、戦争が終わるまでそこで安全に暮らすのよ」

「私は家にいる方がいい。だって、ここなら安全だもん。庭の先には防空壕があるし、爆弾や日本兵から守ってくれる」と私は言った。

何度も質問したが、母はそれ以上答えてくれなかった。私は終《しま》いに諦め、バッグをテラスに運ぶのを手伝った。

二日間、バッグはそこに置いたままだった。そして再びトラックがやってきて、家から出るよう命じられた。準備はできていた。ハンセン夫人とヨーンもだ。日本兵が怒鳴り散らす中、庭の小道を歩いた。ハンセンさんのように銃床で突かれることも、恐ろしい銃剣で刺されることもなかった。

母とカーリン、そしてラッセは手を貸してもらってトラックに乗った。荷台に立ち上がった母からリュックを投げるよう言われた。すごく重かったけれど、力いっぱい持ち上げて母の方へ投げた。ところがリュックはお年寄りの女性の足にぶつかって跳ね返り、地面に落ちて道路脇の溝に転がりこんでしまった。

「さあ、出発だ」日本兵が叫んだ。「出発！」

時が凍りつき、すべて停止したかのようだった。母を見上げると、溝に落ちたリュックをじっと見つめている。その目を見て、リュックはこの世の何よりも大切なものだということがわかった。そのまなざしは、落胆と先行きへの不安から張り叫んでいる。母は日本兵に目をやって、ささやき声で言った。

「リーセ、もういいから。急いで乗って」

「さあ、乗れ」日本兵に急き立てられた。

そのままにしておけなかった。母があれほど丁寧に詰めたリュックだ。母はどうしてあれほど慎重にリュックに切りこみを入れ、縫い合わせたのだろうと少なからず気になっていたのだ。直観的に、リュックはとても特別なものだと思った。兵隊の横をさっと走り抜け、リュックを取り戻そうと溝に飛びこんだ。リュックに手を伸ばすと、トラックの荷台から悲鳴が上がって振り向いた。日本兵がおおい被さるように立っていて、銃を振り上げている。日本語で何か叫び、私に打ちかかろうとしている。日本兵が銃を振り回した瞬間、身をかがめてやり過ごした。銃はリュックを少しかすめただけだった。日本兵が態勢を立て直している隙に、その脇をできるだけ素早く駆け抜けた。すぐさまリュックをトラックの荷台に放り上げ、母の足の間に滑りこみ、そして荷台の前の方に急いで行った。日本兵が怒鳴っているのが聞こえた――笑っている兵隊もいた――が、私を追いかける間もなく、トラックはエンジンを掛けて動き出した。

母からはすごく怒られた。しかし母がリュックにしがみついているのを見て、私がしたことは間違いではなかったと思った。

トラックには座れるだけのスペースはなかった。ぎゅうぎゅう詰めで、父が連れていかれたトラックと同じだった。暑くて、何時間も乗っていて足が痛んだ。お水が飲みたいと母に頼んだが、無駄にはできないからと言われ、唇を湿らすくらいしかもらえなかった。トラックはあちこちで停まり、さらに捕虜を拾った。乗っている間、ラッセはかわいそうにもずっと泣きじゃくり、顔には小さな汗の粒がいっぱい噴き出ていた。しかし、誰よりもたくさんお水を飲んだのはラッセだったと思う。女の人何人かがお水を持ってきていなくて、道沿いの村でトラックを止めてくれるよう運転手に頼んだ。

運転手は、女の人が何人か泣き出しても止めようとはしなかった。

女の人と子ども何人かが倒れた。そのため押されて、さらに窮屈を強いられた。息がしづらくなった。何よりも、トラックが巻き上げるもうもうとした土ぼこりのせいだ。しかし、トラックは走り続けた。もうこれ以上我慢できないと思ったそのとき、トラックが止まった。母を見ると、ほほ笑んだ。

「着いたのよ」母がささやいた。

弟と妹を見た。カーリンとラッセはほこりだらけで、小さな炭鉱夫みたいだった。黒くなった顔の目元だけが白かった。二人とも背がとても低くて、下の方にいて土ぼこりを一番浴びてしまったのだ。ラッセの頬には涙の跡があった。顔の両側を流れる二筋の白い川のようだった。

トラックは門を通り抜け、大きな村のようなところに入っていった。村は有刺鉄線が一番上に張られた、大きなフェンスに囲まれていた。数十人の日本兵がフェンスから二、三メートル離れて立っていた。その顔に笑みはなく、怒っているように見えた。一人残らず、銃の先に銃剣をつけていた。

第3章　デ・ヴェイク抑留所

「テンコー！　テンコー！（呼点）」トラックを降りると、叫び声が上がった。女の人何人かが銃床で突かれた。「テンコー！　テンコー！」子どもたちは泣いていた。私たちは兵隊に小突かれて列を作らされた。そしてついには一人ずつ、眼鏡をしたちょび髭の、背が低くて人相の悪い日本人に向かって頭を下げさせられた。まるで魔法に掛けられたようだった。周りの人を真似るよう母に言われ、家族全員が頭を下げた。カーリンでさえもだ。後に母が教えてくれたところでは、あれは日本人がテンコーと呼ぶもので、私たちの前にいたのは将校だったそうだ。

パスポートの審査が進む間、かんかん照りの太陽の下に立たされた。永遠に続きそうで、正直言って死んでしまうのではないかと思った。喉はからから、お腹はぺこぺこだった。背の低いカーキ色の男たちの一人を盗み見する度に、背筋が寒くなった。荷物は列の前に置かされ、ふれないよう命じられた。私の水の瓶《びん》がリュックサックのポケットの一つから覗いていた。「取ってもいい？」そう聞く度に、母は兵隊を用心深く見やっては首を横に振った。私は太陽を見上げ、何度も瓶を見た。拷問だった。

「ママ、どうして？　一口だけ」

「いけません」きつく言われた。

ラッセは母の肩で眠っていた。母はラッセを陽ざしから守ろうと、つばの広い帽子の一つで弟の頭をおおっていた。私は、しくしく泣いてばかりいるカーリンの肩に腕を回した。監視は女性と子どもの列を行ったり来たりして、たまに一家族を選り抜き、抑留所のずっと奥にある家の方に連れていった。数分おきにトラックが到着し、列は益々長くなっているようだった。自分たちの順番は来ないのではないかと思った。どこに連れていかれるのかと母に聞くと、家族それぞれに家が割り振られるとのこと。前に母が言っていた通りだ。牢屋に入れられるのではなく、新しい家が与えられるのだ。監視二人が私たちの方に近づいてきた。やっと順番が来たかと思ったが、そうではなかった。

二人は、まだうら若い女の人を列から引っ張り出した。その人には抑留所に着いたときに気づいていた。私にほほ笑みかけ、並ぶ場所を隣に空けてくれたからだ。笑顔がとてもかわいらしくて、こんなお姉さんがいたら良かったのにと思った。そのお姉さんを監視二人が連れ去ろうとすると、母くらいの年齢の女性が追いかけて大声で抗議し出した。日本兵の一人が振り向き、その女性のお腹を銃の台尻で突いた。女性はどっと倒れ、息ができなくて喘《あえ》いだ。女性は泣き叫びながら兵隊に懇願した。母は急いでその人のところに行き、騒ぎ立てないよう話した。

「娘が、娘が」女性はくり返し叫んだ。日本兵二人はお姉さんの腕を両脇からつかみ、遠ざかっていく。お姉さんはいよいよ泣き叫び、母親に助けを求めていた。お姉さんが転ぶと、兵隊はそのまま引きずっていった。抑留所の奥にある小屋までずっと引っ張っていき、ドアを蹴り開けて中に放りこんだ。日本兵二人も小屋に入り、ドアを閉めた。

母親はもう狂乱状態で、ほかの女性何人かが落ち着かせようとしていた。小屋からは悲鳴が上がり、悲鳴が聞こえる度に背筋が寒くなった。残った日本兵はにたにたしながら立っていた。母親が叫べば叫ぶほど、兵隊は笑った。しばらくして、お姉さんは小屋から出された。母親はお姉さんに駆け寄ろうとしたが、すぐに日本兵によって列に押し戻されてしまった。その日本兵はいつまでも笑っていた。かわいそうにもお姉さんは真っ青で、涙が頬を伝っていた。片方の目は腫れ上がり、服はあちこち引き裂かれていた。お姉さんの目をじっと見た。魂が抜けた人の目のようだった。どうして罰を受けたのかお姉さんに聞きたかったけれど、その時、兵隊の一人が叫んだ。「グロン＝ニールセン」母が手を挙げると、ついてこいと命じられた。

向かった先の家はごく普通だったが、どの窓にも色とりどりの花でいっぱいの小さな植木箱があってすてきだった。「良かったね。日陰に入れるわよ。新しい家に着いて何か食べたら、探検しようね」とカーリンに話しかけた。カーリンの目が輝き、疲れているのに少し早足になった。

日本兵が目の前の家を指さし、「ここで寝ろ」と叫んだ。日本兵は、持っていた紙切れをもう一度見た。「グロン＝ニールセン、ここだ」

母はうなずき、玄関に向かった。日本兵が再び叫んだ。「違う。そっちじゃない」日本兵はその家の隣のオリーヴ色の大きなドアを指さした。「こっちだ。車庫だ。グロン＝ニールセンの家族は車庫だ」

母が何か言う間もなく、日本兵は銃剣の背で母の背中を押した。

「ぐずぐずするな」

日本兵は先に立って歩いていき、靴底でドアを強く蹴った。ばんとドアが開いた。

「さっさと行け」

わが家となる車庫の中を覗いて、一体いつまでいることになるのだろうと母は肩を落とした。車庫に一歩入った途端、鼻を突く臭いに私は手で口をおおった。オイルとガソリン、そして汚れて汗臭い人間の臭いだった。車庫の床には山のような瓦礫と自動車の部品、そして一般ごみが散乱している。暗くて気味が悪く、隅の方には汚らしいシートと毛布が被せられた古い自動車があった。中に踏みこんだ。車庫の一番奥、ドアはなくなっていて、戸口は薄汚れた大きな防水シートでふさいである。防水シートを横にずらして覗くと、車庫が隣接されている家の裏だった。小さな庭があって、女性二人が座って話をしていた。

「できるだけのことをしないとね。長くいることはないと思うけど……」その言葉に驚いて、私は母を見た。

「ママ、ここじゃ寝られない。ベッドないもん」

カーリンの笑顔は消え、喉の渇きと空腹が妹をどっと襲った。中に入りたくないと言って、すすり泣きながら戸口にぺたんと座りこんでしまった。母は妹を放っておいて、中に入った。ラッセは頭を母の肩に乗せ、ぐっすり眠ったままだ。母はラッセを私に預け、車庫の床を隈《くま》なく見て回った。

そして空の段ボール箱をいくつか見つけてばらばらにし、車庫の床に敷いた。次に古い自動車から毛布を一枚剝がすと、段ボールの上に広げた。最後にラッセのバッグからコートを引っ張り出し、毛布の上に掛けた。

「これでラッセが汚れる心配はないわ」母はラッセを私から抱き取り、急ごしらえのベッドに寝かせた。

母に言われて、その日は一生懸命手伝った。車庫を掃除し、自動車をおおっていた毛布と段ボールでベッドを四つ作った。あの最初の夜、あの汚い車庫でどう眠ったのか記憶がない。ドブネズミ（原文ではrat。頭から尻までが一九～二八cm、尻尾が一五～二二cmある大型のネズミ）のせいだ。古くて錆びついた自動車の後部座席にあった毛布を一枚めくると、まだ毛の生えていない生まれたばかりの赤ちゃんネズミ八、九匹がもぞもぞ動きながら現れたのだ。私の悲鳴で、お母さんネズミが子どもを守ろうと走ってきた。母はやむなく、自動車のボンネットにあった大きなハンマーでお母さんネズミを叩き殺すほかなかった。赤ちゃんネズミは段ボールの切れ端に乗せ、一匹ずつ外に放り出した。赤ちゃんネズミを叩いて殺すのは忍びなかったからだ。一匹、また一匹と、赤ちゃんネズミが太陽の熱で動かなくなるのを見ていた。

片づけが終わり、新しいベッドに座った。母から缶詰の果物とビスケット（スコーンほどの大きさのパン）をもらい、生温《ぬる》い水を瓶《びん》から飲みながら食べた。実のところ私は気分が少し良くなって、始まったばかりの新しい冒険にかなりわくわくしていた。暗くなって、母はろうそくに火を灯した。少しして、ラッセとカーリンは寝てしまった。私は眠気と闘いながら母に話しかけ、戦争や抑留所、罰を受けたお姉さん、そして日本兵について質問した。母はいくつか答えてはくれたが、それ以外は答えずにただ宙を見つめるばかり。恐ろしい日本兵の近くには行かないようにと、何度も念を押された。

「話しかけちゃダメよ。見るのもダメ。とにかくできるだけ離れてなさい」


悪い夢は見なかった。

翌朝、ドブネズミがはびこる恐ろしい車庫で目が覚めた。何度も目を閉じ、もう一度眠ろうとした。また寝てまた起きたら、スラバヤの柔らかいマットレスとふかふかの枕、ぱりっと糊の効いた白いシーツのすてきな寝室にきっと戻っているはず。そう自分に言い聞かせたが、そうはならなかった。カーリンが目を覚まし、わっと泣き出した。その泣き声でラッセも目を覚まし、泣き出した。何て騒ぎなの！

母から朝食に缶詰のみかんをもらい、甘いジュースを飲んで気分がすっきりした。車庫のドアのすぐ外で陽ざしを浴びながら食べたので、新しい家の中がどんなかを忘れることができた。

フェンスで囲まれたこの村ではごく普通の生活が営まれているようだった。「スカンジナヴィア通り」のわが家から見てスラバヤの反対側の郊外に来ているのだろうと母は言っていたが、確かなことは母自身わからなかった。母の言う通りだった。村にはインドネシア人のお店があって、焼き立てのパンや野菜、果物の缶詰、お菓子、水、そしてオレンジジュースを買うことができた。人々はいつも通りの生活を送っている様子だった。ただ奇妙でならなかったのは、村の方々が竹で編んだ大きなフェンスで囲まれて（外国人が集住する地域の一画を竹で編んだ高いフェンスで囲んで抑留所としていた。初期の抑留所では、フェンス内に囲われたインドネシア人もそのまま暮らしていた）いて、笑顔がなく、怒鳴ってばかりいる蟻のような日本兵が四六時中巡回している点だった。有刺鉄線のフェンスまで歩いて行き、その向こうを見晴るかした。

ごく普通だった。

村は緩やかな傾斜地にあって、農産物の木箱を運ぶ無蓋《むがい》貨車が行き来する何本もの線路が見下ろせた。中央分離帯を間に挟んで二本の道路が操車場の真ん中を走り、自動車や自転車がたくさん行き交っている。線路は海まで真っ直ぐ延びていて、木箱は船に積まれる。地元ジャワの人たちが貨車に荷を積みこんでいて、普段通りの仕事をしているのが見える。笑ったり、冗談を言ったりしている人がいる。日陰に座って休息し、水の瓶を傍らに置いてバナナやマンゴーを頬張っている人もいる。そのすべてに見覚えがあるような気がしてならなかった。ここには一度来たことがある。その時、あっと思った。中央分離帯のある道路からわずか三〇〇メートルほど先、ダークグレーのビルだ。あれは病院だ。間違いない。前に来たことがある。去年、扁桃腺の手術で入院した病院だ。ベッドには柔らかいマットレスがあってシーツは清潔、すべてが快適だった。母からは、手術を受けたら良い子に生まれ変われると言われていた。手術が終わって麻酔から覚め、良い子になったかどうか看護師さんに聞いてみた。喉を傷めるから、ささやき声で静かに話すよう言われた。私は悪い子で、手術が終わったら良い子になれると母から言われていると話した。看護師さんは怪訝《けげん》な顔をしていた。その日遅くなってから母が来て、看護師さんから私との話を聞いて戸惑っていた。

前にあのビルを見たとき、私は自由だった。

捕虜にされるようなことを何かしたのだろうかと考えていてフェンスをつかみ、有刺鉄線にうっかり顔を押しつけてしまった。鉄の刺《とげ》が皮膚に食いこみ、顔をしかめてのけ反った。母と父が何かしたのだろうか。私たちは思いやりがあって、誰も傷つけたことはない。すてきな家があって、父は働き者だ。車庫とドブネズミ、オイルの臭い、真夜中に顔を這いまわる虫のことを考えた。ひざまずくと、乾いた地面に涙がこぼれた。傷つけられ、貶《おとし》められ、何をどうしたら良いのかわからなかった。涙がまた溢れそうになったが、懸命にこらえた。惨めな気持ちを押しやると、日本軍への怒りと憎しみの思いが大きく膨らんだ。

第4章　デ・ヴェイクでの殺人

最初の一週間は父をずっと探したが、結局は諦めた。そもそも村にいた男の人はごくわずかで、その人たちもついには一人、また一人と姿を消していった。母によると村は臨時の収容施設で、いずれ男の人たちはずっと遠くにある強制労働収容所に送られるのだそうだ。男は女や子どもとは常に別にされ、数日おきに駆り集められてトラックで移送されているという。一二、三歳の男の子が日本兵によって家族から無理やり引き離されるという、胸の詰まるような別れを目にした。母親や姉が止めに入る度に、日本兵から地面に叩き伏せられていた。

数日ごとにどの家の住民も列を作らされた。テンコーを取るためだ。テンコーは馬鹿げていて時間の無駄、そして時にとても残酷だった。日本軍将校は全員を二、三列に並ばせ、私たちはお辞儀をさせられた。どのくらい深く頭を下げなければならないか、兵隊がやって見せた。ほぼお尻の高さまで下げなければならない。これは日本軍将校に敬意を表するものなのだそうだ。中途半端なお辞儀をしようものなら、背中の真ん中を銃の台尻でいきなり突かれた。いかにも軍人然とした将校の前に整

点呼（NIOD）

列すると、膝までもあるぴかぴかの革のブーツより上は見ないようにした。テンコーは時には一五分ほどだったが、はるかに長く続くこともあった。終《しま》いには、疲れきって倒れる人が出た。書類やパスポートはほんの数分で確認できるのに、どうしてこれほど長い時間かかるのか理解できなかった。外で遊んでいて日本軍将校が近くに来たら、歩き去るまで端に寄って頭を下げていなければならないと母から言われた。

ここに来て一週間たった真夜中、はっとして目が覚めた。外で話し声がして、防水シートの方に目をやった。五センチほどの小さな隙間があって、裏庭を覗くことができるのだ。そこには女性が数人いて、地面に這いつくばって何かしていた。誰が何をしているのかと目を凝らした。空には半月が懸かっていたが、かろうじて何か作業ができるほどの明るさだ。女性たちは声をひそめて話し、用心しながらゆっくり進めている。見覚えのある人影に気づいて、身が強《こわ》ばった。その人は別の人にやさしく話しかけ、急ぐよう言った。紛れもなく母の声だ。

さらに数分見ていて、穴を掘っているということがようやくわかった。私は戸口の隙間の前で膝を突いていて、何をしているのかよく見えた。女性たちは素手で掘っていた。オランダ人女性の一人は立っていて、小さな段ボールの箱をいくつか胸に抱えている。その女性に母が何か話しかけると、その人はしゃがみこんだ。そして三つの箱を母とほかの女性二人に渡した。続いて、何か紙切れが配られた。その後、箱は穴に入れられて土が被せられた。平らになると踏み固められ、その上にさらに土が撒かれた。そして石がいくつか転がされ、最後に全員で握手した。その瞬間、はたと気づいた。埋めていたのは宝石で、交換したのは地図だ。母が戸口に戻ってきたので、急いで床に就いて寝ている振りをした。翌日になって何をしていたのか聞いてみた。思っていた通り、宝石が日本兵に盗まれないように隠していたのだ。誰にも口外しないようにと釘を刺された。

ある日、竹のフェンス沿いを家族で歩いていると、日本軍将校三人と行き合った。母から止まるように言われ、立ち止まってお辞儀をした。将校が歩き去り、母は顔を上げた。すると突然、後ろの方が騒がしくなった。背の高い、明るい赤毛の男の人が将校を追い越し、お辞儀をし忘れたのだ。将校の一人が怒鳴りつけると、男の人も怒鳴り返した。別の将校は拳銃を抜き、罵声を浴びせながら足下にひざまずくよう命令した。男の人は怖くて震えていた。母はラッセを抱き上げ、急ぎ車庫に戻ると言う。私たちは走りに走って、車庫に飛びこんだ。母はほうっと息をつき、監視塔の見張りの目や耐えがたい殴打の音、外でくり広げられる惨劇に私たちをふれさせまいと、車庫の引き戸をしっかりと閉めた。

敬礼（NIOD）

車庫と隣接する家には四〇人ほどが暮らしていたが、トイレは一つきりだった。トイレは家の真後ろにあって、廊下にはいつも列ができた。水甕《みずがめ》には排泄物を流す水が入っていることもあったが、空っぽだったこともある。トイレに行く度に、それまで嗅いだことのない臭気が鼻を刺した。前の人が出て自分の番になると、鼻を摘まんで祈るような気持ちで水甕の中を覗いたものだ――どうかいっぱい水が入っていますように。ドア代わりのカーテンと電球の傘には蠅が集《たか》っていて、しゃがむと顔の周りを飛び回った。断じて、世界でこれ以上ない汚《けが》らわしい場所だった。数日おきに我慢できなくなる便意が恐ろしかった。トイレから戻ると、母はいつも丁寧に手を洗ってくれた。

一日一日がとても長くて退屈で、一つのことを中心に過ぎた。食べ物だ。毎日が生き延びるための闘いだった。日本軍は、抑留所全体で炊事場を二ヵ所準備していた。一日に二回、トラックがキャベツと米を積んでやってきた。別の野菜を運んできたこともある。朝になると時々、味のしない粥《かゆ》が少しとパンの耳を一つもらった。炊事作業は捕虜に任せられていて、当番は数日ごとに代わった。希望者が途切れることはなかった。炊事担当はスプーンで二、三杯、鍋から最初に食べることができたからだ。炊事場はどちらも、鋳鉄製の大きな調理鍋が少なくとも三つあった。天水桶（雨水を貯めておく桶）ほどの大きさで、火煙《かえん》で黒く煤《すす》けていた。炊事担当は抑留所内を回って薪《まき》を集め、鍋の下に火を起こして一時間燃やした。鍋には水を半分入れて沸騰させ、続いてキャベツと米が放りこまれた。捕まえた兎や蛇が鍋に入ることもあった。しかし肉はいつも炊事担当が先に取ってしまい、私たちの口に入ることはなかった。

食事は抑留所の四分の一くらいの人数分しかないと母は言っていた。そのため食材が到着すると、すぐに行列ができた。ほとんど毎日、妹と私はキャベツと米のスープの列に並ぶよう送り出された。その間、母はラッセの世話をしていた。スープはたいてい、私たちの順番が来る前になくなってしまった。本当にお腹が空いていると、列の前の方に並ぶようにした。妹と私はそれぞれお椀に一杯ずつもらい、車庫に戻る途中で食べた。母の分はいつも残した。ラッセは、家から持ってきた特別の粉ミルクを十分飲んでいるようだった。いつだったか二時間近く並んで待っていたのに、スープがなくなってしまったことがある。私たちの前には、たった六人だけだったのに。

適者生存競争、あるいは母が時々口にしていた運者生存競争だった。お年寄りの中には、焼けつくような陽ざしの下で長時間立っている体力がなく、列に並べない人もいた。仲の良い人からのお裾分けがない限り、お年寄りは日に日に弱っていき、痩せ衰えていった。

第5章　適者生存

幸いにも最初の抑留所では飢えずに済んだ。食事の量はごくわずかだったが、本当の空腹が二、三日以上続くことはなかった。母はまるで魔法のように、いつもどこからかお金を見つけ出してきた。カーリンと私は毎日、焼き立てのパンや果物、時にはソーセージの燻製を買いに店に行かされた。そして、炊事場よりもずっと長い列に並んで順番を待った。後に、お金はリュックサックに隠してあることがわかった。全然知らなかった。夜になると母はリュックの縫い目を少しほどき、数日に足る分のお金を取り出してブラに隠していたのだ。

ありがたいことに、私たちは九日か一〇日おきにアクセルおじさんからも食べ物の小包を受け取ることができた。チョコレートや果物の缶詰、袋詰めした米、乾燥レンズ豆などが入っていて、クリスマスプレゼントのようだった。ある週など、マリアンおばさんはカーリンと私それぞれに小さなお人形さんを送ってくれさえした。こうした小包を母は懸命に守ったが、家に居住しているほかの女性たちからはいつも嫌な目で見られたり、やっかみから意地の悪いことを言われたりもした。その人たちは不運にも、外にいる知り合いから小包を受け取ることができなかったのだ。母は夜、食べ物が入った箱を枕に使い、その後ほかのバッグに隠した。

私たちは薬がほしくて、フェンスの向こうの地元ジャワの村人と物々交換もした。しかし物々交

ゲデック（NIOD）

換は日本軍から禁止されていて、捕まった人は誰であれ殴りつけられた。何から何まで物々交換だった。ジャワ人には毛布や衣服を渡し、代わりに新鮮な果物や野菜を受け取った。お金のない女性の中には夜の闇に紛れて抑留所を抜け出し、ジャワ人の男と会って体で取り引きする人もいた。抑留所を囲む竹のフェンスは所々壊れている上、夜になると兵隊は酒を飲んでいたり、カード（花札と思われる）をしていたりで兵舎から出ることは滅多になかったからだ。それに、いつもたいてい酔っぱらっていた。隙を見てフェンスの下を持ち上げ、くぐり抜けて外に出ることができたのだ。戻ろうとして監視に捕まり、罰せられることもあった。兵舎まで引きずっていかれたり、すぐその場で殴られたりした。時折、真夜中に銃声が聞こえることもあったが、何があったのか母が詳しく話してくれたことはない。

日本軍は、抑留所のフェンス近くにある土塁に特別な横穴を掘らせた。人一人がようやく入れるくらいの大きさだ。穴には特製の木のふたがあって、地面に打ちこんだ杭で固定されていた。物々交換をして捕まった女性は水も食べ物も与えられず、この穴に数日間放りこまれた。ほかの女性たちは監視の目をくぐり、命懸けで食べ物や水を運んだ。捕まれば、同様に穴の中だ。ある晩遅く、母が車庫をそっと出ていったことを覚えている。どこに行っていたのかと聞くと、ある娘さんが穴に閉じこめられていてひどく具合が悪い、噛むだけの力がないので水とチョコレートを持っていってあげたと言っていた。娘さんは翌朝釈放されたが、数日後に亡くなった。母はその日、ずっと泣いていた。娘さんはほんの一六歳だった。

村には通りが九つか十あって、外の世界とはフェンスで隔てられていた。村は私たちの遊び場となり、ついにはほぼ一日中カーリンと遊び回っていても母から小言を言われなくなった。母はラッセのお守《も》りをしながら車庫の入り口に座り、わずかばかりの財産を守ろうと目を光らせた。

通りの家々の多くには元々の所有者であるヨーロッパ人がまだ住んでいたが、やがて残らず立ち退くよう命じられ、ジャワ島のほかの抑留所に移動させられた。この立ち退きに注意するようになった。立ち退きはいつも急に命じられるので、持ち物の大半を置いていかざるをえない。抑留所の子どもにとってはチャンスで、忍びこんでは目ぼしい物を漁った。最初、カーリンと私は気が咎《とが》めた——盗みを働くのと同じだからだ——が、何週間かして空腹のつらさと、車庫にはろくな物がないことから、手伝うようカーリンを説得した。

監視が銃剣を突きつけて家の人を無理やり追い出した後、その姿が見えなくなるまで待ってカーリンに言った。「走って！」ぐずぐずしてはいられなかった。監視が家に戻ってくるまで、それほど時間はないからだ。ドアには鍵が掛かっていなくて、急いで家の中に入った。大人と子ども数人ずつがいっしょだった。完全に混乱状態で、残っている物の中で何が一番良いかと言い合いをしている人たちがいた。台所で缶詰と牛乳の入った瓶《びん》を争っている別の人たちを後目《しりめ》に奥の寝室の一つに走っていき、赤ちゃん用のふかふかの白い毛布を見つけてシャツの下に詰めた。台所に戻る頃には、イナゴの大群が通り過ぎた後のように何もかもなくなっていた。カーリンが廊下に立っていて、ビスケットの箱とカップ、皿を抱えてにこにこしていた。

かわいい娘二人が泥棒にまでなり下がったことに母が愕然《がくぜん》としたことは疑いない。しかしその晩、柔らかな毛布に三人で横になり、カーリンが見つけてきたおいしいビスケットを食べながら母はすぐに思い直した。数日後、母はカップと皿を大きなバナナ六本と交換した。

立ち退きが続くにつれ、私は益々ずるくなった。日本兵の動きを見て、家を立ち退かせようとしているのかどうかを探った。日本兵が家の明け渡しを命じるときは、いつも三人でやってきた。だから、普段より少し早足で歩いている三人組を注視するようにした。紙を何枚か持っていることもあった。移動させる家族の名前と住所が書いてあるのだろうと睨《にら》んだ。立ち退きはたいてい朝早くに行なわれるので、目が覚めたらすぐに起きるようになった。抑留所に来たばかりの頃は、起きなければならない理由がなかった。学校はないし、以前スラバヤで食べていたハムエッグや熱々のバタートーストといったすてきな朝食が待っているわけでもない。抑留所での朝食はたいてい、固くなったビスケットか果物だった。しかし今や私には、起きるに足る理由があった。

母とカーリン、そしてラッセはまだ寝ていた。私は急いで服を着て、外に座って様子を見た。兵隊は夜明けとともに現れ、間もなくして立ち退かせる家の住人を追い出した。私はかなり後ろからついていき、店の方に歩いていく振りをした。ほかの子は誰もいなかった。立ち退きはお馴染みの光景だった。このころには大人の男はもうほとんどいなくなっていて、家から出てくるのは女と子どもだけだった。女はいつも泣いていて、子どももたいていたい泣いていた。歯向かわないようにすることはほとんどの人がわかっていたが、中には抗議する人もいた。逆らう人は皆、銃の台尻で突かれた。監視は何とも思わなかった。

いったん監視と家族が安全な距離まで離れると、私は家に走りこんで物色し、運べるものは何でも盗んだ。ラッセが履けそうなズボン、靴下と赤ちゃんの服、毛布、食べ物を盗んだ。別の時には、おもちゃと鉛筆、字を書く紙とクレヨンを探した。ある日跳び縄を見つけたこと、別の日には自転車を見つけたことを覚えている。得意げに自転車をこいで車庫に戻り、母に見せた。私が色々持ち帰るのを、母はあまり快く思っていないことはわかっていた。しかしたとえ私が盗まなくても、ほかの誰かが盗むということは母も承知していた。いつだったか、思いがけず蚊帳《かや》を見つけたことがある。蚊帳を見て、母の顔が輝いた。母は木の棒と紐で小さな木枠を作り、夜の間ラッセを蚊から守ることができた。

蚊はいつも悩みの種だった。何時間も眠れない夜があった。大嫌いだった。ちょうど眠りかけたとき、耳元で羽音を立てて飛び回った。どんなに頑張っても眠れなかった。腕や足を刺されて起こされたこともある。今では自分の蚊帳がある弟が羨ましかった。私の蚊帳だったのに、と思わずにはいられなかった。結局は、自分のも手に入れたけれど。

立ち退きに遭った家で虫除けとヨードチンキを探すよう、母から言われた。時々は見つけることができ、ぐっすり眠ることができた。運の悪い人もいて、蚊が媒介するマラリアや黄熱病で亡くなる母親や子どもがいると母から聞いた。病気に罹った人に、日本軍は一切薬を渡さなかった。

家に入ったら、特定の物を探すよう母から度々頼まれるようになった。ある朝、カーリンの靴を見つけるよう言われた。カーリンの靴が小さくなって、母はつま先のところをナイフで切ってサンダルのようにしていたのだ。カーリンは気に入らなくて、靴がダメになったと言って口を尖らせていた。

靴が買える店などどこにもなく、抑留所で靴を履いている子はほとんどいなかった。皆、裸足で歩き回っていた。どんなに小さな切り傷や虫刺されでも化膿してしまい、傷口が虫や蠅を呼び寄せた。足はひどい状態になり、歩くことすらできない子もいた。妹の靴を探すよう頼まれてからおよそ一週間、まだ暗いうちに目が覚めた。小さなカーキ色の蟻たちの声が聞こえた。叫んでいた。今やお馴染みの言葉だ。どういう意味かはわからなかったが、家から人を追い出すときにいつも使う言葉だ。女の人の泣き声が聞こえて、飛び起きた。急いで服を着て、走って外に出た。日本兵の一人が地面に倒れた女の子を蹴っていた。七歳にもなっていない子だ。母親は泣きながら、日本兵を止めようとしていた。母親の髪はもう一人の兵隊に鷲づかみにされている。見ていられなくて、私は家の中に飛びこんだ。やがて静かになり、外に出た。とても静かで、朝の光が抑留所のあちこちに影を落とし始めていた。あの家族はどの通りに住んでいたのだろうと思い、見当をつけて歩き出した。

角を曲がって通りに面した家々を見ると、ある一軒の家が特に目を引いた。微《かす》かな風が村を吹き抜け、自分がいたところからちょうど真向い、緑色のドアが風とともに静かに開いたり閉じたりしていた。立ち止まり、通りを一渡り見回した。どの家もドアは閉まっている……あの親子の家はここに違いない。

台所の調理台にコーヒーのポットがあって、湯気がゆっくりと天井に立ち昇っていた。母に持っていってあげよう――コーヒーが大好きだから――と思ったが、さわると熱すぎて運べそうになかった。寝室を漁っていて、とうとう探しものを見つけた。日本兵に蹴られていた女の子の黒い革靴だ。女の子はカーリンと同じくらいの年頃で、サイズもだいたい同じだ。窓からの光にかざし、ぴったりの大きさでありますようにと祈った。

とてもうきうきしていて、ほかには何も盗らなかった。脇目もふらず、できるだけ早く走って家に帰った。車庫に入ると、母はまだ寝ていた。そばに座り、髪を撫でると目を覚ました。

「どうしたの？　何でそんなにうれしそうなの？」私は靴を見せ、親子で笑い転げた。母は私を抱きしめ、朝一番のギフトを手にカーリンを起こした。靴は少し大きかったが、母がつま先に紙を詰めるとぴったりだった。喜びいっぱいのキスをカーリンから受け、少ししてラッセも目を覚ました。ラッセには自分の蚊帳があって、カーリンには靴がある。よーし、次は母がプレゼントをもらう番だ。

クリスマスが近づき、心は決まっていた。二、三日して、また早いうちに起きた。母へのプレゼントを見つけようと、空き家を探して通りを歩き回った。ようやくドアが開きっ放しの家を探し当てた。数分様子を見たが、何の動きもない。どんな音も聞き逃さぬよう、用心しながらドアに近づいた。静かだ。家は空だ。戸口を通り抜け、台所に向かった。テーブルにはビスケットがあって、美しい磁器のカップや皿、タオル、テーブルクロスもある。宝物でいっぱいの洞窟にいるアラジンのようだった。たっぷりもらっていこうと気が逸《はや》ってならなかった。と、その時、真後ろで赤ちゃんの泣き声がして、心臓が止まりそうになった。すくみ上がって振り向くと、隣室のベビーサークルに赤ちゃんが寝かされていた。奥の部屋から女の人の声が聞こえてきて、体が凍りついた。足音が近づいてきた。次第に大きくなる。それにつれて赤ちゃんの泣き声も大きくなった。

逃げ道を探して廊下に走り出た途端、大柄な女性に道をふさがれてその場に立ちすくんだ。「何やってんの?」オランダ語だった。表通り側のドアを見て、振り切って逃げられるだろうかと考えた。女性は怒っていて、答えるよう迫ってきた。怖かった。ジャップに突き出され、泥棒だと訴えられるかも知れない。何をしているのかと、もう一度聞かれた。

近くにニーナというオランダ人女性が住んでいることを知っていたので、「ニーナを探してるんです」と答えた。真っ先に頭に浮かんだことだ。オランダ人女性はにこっとして、「ここじゃないわよ。ニーナなら、もう三軒先」と外を指さした。

立ち去ろうとすると、女性が大声で言った。「この次はノックするのよ」肩越しに、「わかりました」と笑顔で返した。

少なくとももう二週間たって、再び空き家に忍びこむ勇気をようやく奮い起こした。クリスマスの二、三日前で、何としてでも母へのプレゼントを手に入れなければならなかった。

スカンジナヴィアの伝統では、クリスマスのご馳走はクリスマスイヴに家族全員で揃って食べる。ありとあらゆる料理が並んだ、ノルウェーの特別な食事だ。そして食後は、コーヒーとケーキだ。子どもたちはその一方、たくさんのクリスマスプレゼントを開けるのに夢中になる。スカンジナヴィア通りのわが家のテラスでは去年、集まった大人全員が暗い顔をしているのが目についてならなかったが、小さなわが家の中はまるで魔法の世界だった。

父が持ってきてくれたクリスマスツリーが美しく飾られ、きらめいていた。家中にろうそくが灯され、すてきなわが家はちろちろと揺れる炎で輝いていた。自分たちで作った特別のクリスマス飾りがとても誇らしかった。とりわけ、白くて美しい小さなピアノが一番印象に残っている。カーリンと私は何週間も前から練習していて、有名なクリスマスキャロルを二曲ばかり演奏する機会を楽しみにしていた。とてもすばらしい演奏だったと皆が褒めてくれた。覚えている中で、断然一番のクリスマスだった。

一九四三年のクリスマウイヴ。プレゼントを渡せるのは家族で私だけだった。とてもうきうきしていて、空き家からどうにか持ち出せたものが誇らしかった。自分がプレゼントをもらえないことは気にしなかった。母は少し悲しかったと思うが、顔には出さなかった。母が外の木から太い枝を折ってきて、皆で飾りつけた。リボンと、クレヨンで色をつけた紙切れとでにぎやかにした。りんごやバナナ、ビスケットは食べずに取ってあったが、今度のクリスマスではあまり贅沢はしないことに母は決めていた。遠からず別の抑留所に移ることになるから、お金も含めてすべて大事にしなくてはならないというのがその理由だ。

その日の午後遅く、父について母と話した。「次のクリスマスにはたぶん、みんないっしょになれるわ。パパがどこにいるのかわからないけど、きっと無事よ」と母は言う。父はオランダ語やドイツ語、フランス語、英語、それにジャワ語も話せて、それほどたくさんの言葉が話せる人間は日本軍にとってとても貴重なのだそうだ。父はどこか安全な場所にある事務所で仕事をしていて、良い食事と、夜はぐっすり眠れるベッドが与えられているはずだと母は考えていた。

母は私たちの気持ちが少しでも晴れるよう、イヴを演出してくれた。夕方になって、私が空き家から盗ってきたろうそくに火を灯《とも》すよう言われたのだ。変に聞こえるかも知れないが、暗くなると、どこかよそでクリスマスイヴを過ごしているみたいだった。暖かくて雨に濡れる心配がなく、少しだけだが冷たいソーセージやパン、そして果物など、ちょっとしたご馳走もあった。もちろん、ビスケットも。私たちはクリスマスキャロルを静かに二、三曲歌い、そして寝る間際、私は弟と妹にプレゼントを渡した。ラッセには新しい上着とテディベアのぬいぐるみだ。弟は上着については小さな鼻をふんと鳴らして馬鹿にしたが、テディベアを包んでいた新聞紙を剝がした途端、目を輝かせた。テディベアを顔に押し当てて頬ずりし、柔らかな毛並みを撫でた。そしてものの数分もしないうちにことっと眠ってしまった。カーリンもお人形さんとミルクチョコレートに大喜びだったが、その晩の母の喜びようといったらなかった。母へのギフトは新聞紙で幾重にも丁寧に包んであって、一枚剝がす度に母は笑った。少しずつゆっくりと、色とりどりの蝶が美しく刺繡された、ほぼ新品の絹のスカーフが現れた。母はスカーフを顔に押し当て、深く息を吸いこんでから首に巻いた。これまでにもらった中で一番のプレゼントだと言ってくれた。雰囲気作りに立てたろうそくのちらちら揺れる明かりの中であっても、母の目が涙でいっぱいなのがわかった。

第6章　デ・ヴェイクを後にする

何日もしないうちにモンスーン（大量の雨をもたらす季節風）の雨がやってきて、クリスマスの喜びはたちどころに忘れられた。真っ先に思い出すのは、木箱で作った手製のベッドだ。目が覚めると数センチ浮いていた。雨は夜中に降り出し、数時間のうちに車庫のドアの下から浸水。たくさんの気味悪い虫や泥とともに、壊れた下水管から糞便を運んできた。

まず、その臭いにやられた。それまで嗅いだことのない臭いだった。カーリンは少し遅れて目を覚まし、びっくりして泣き叫んだ。そして自分の小さなベッドごとひっくり返り、悪臭のする汚泥の中に落っこちてしまった。カーリンの悲鳴で母とラッセが目を覚ました。できるだけ回収しようと、何もかもを古い自動車のボンネットと隅のドラム缶数本の上にしゃにむに引き揚げた。毛布全部と私のお気に入りの枕は、分刻みに深くなる茶色い汚泥に浸かって泥まみれだった。雨の中、母はすべて抱えて外に走っていき、あちこちにぶら下げた。その後は裏口から外を覗き、地面を打つ雨をじっと見ていた。

「とりあえず、これで汚れは落ちるわ」そう言って、母はほほ笑んだ。

一時間足らずで村全体が巨大な水泳プールのようになり、なお雨は降り続いた。二日間、降りっ放しだった。食材が運びこまれることはなく、炊事場は閉じられた。まる二日間車庫にいて、果物の残りと、アクセルおじさんからの小包にまだ残っていたビスケットとチョコレートを食べた。そして、古くて汚い自動車の中で寝た。自動車だけは乾いていたが、私が頭を預けた、まさにその場所から数センチのところでもぞもぞ動いてちゅうちゅう鳴いていた赤ちゃんネズミのことが思い出されてならなかった。雨が止むと、太陽が顔を出した。一時間もしないうちに枕も毛布もからからに乾いた。雨季がやってきたので、ベッドを床からできるだけ高くする必要があると母に言われた。壊れた木箱と段ボールを組んでどうにか板状にし、ドラム缶四本の上に据えた。母は毎晩、自分が上がる前に私たちをベッドに持ち上げてくれた。何週間もたってようやく車庫の悪臭が消え、床もすっかり乾いた。

母の体調が悪化していることに初めて気づいたのは、雨季に入ってからだ。母は毎朝、自身が横になっている板のベッドのように体が強《こわ》ばって目が覚めた。背中と肩の痛みについてこぼしていた。手や肘《ひじ》に痛みが走ることもあった。ラッセを抱えて長い距離を歩くことはもはやできなくなり、たまの散歩もすっかりやめてしまった。ラッセを連れて車庫の外に行くよう私たちに言い、自分は板のベッドに横になって天井を見つめていた。見ていられなかった。力尽きたかのようだった。

朝の六時で真っ暗の中、外でジャップの声がした。

「チュパ。チュパ（急げ）」インドネシア語で叫んでいた。しかし、今回はいつもとは違った。暗闇の中、家族全員が寝ぼけ眼でよろけながら外に出ると、荷造りするよう指示されたのだ。母の顔に笑みが広がった。

「やっとここから出られるのよ」母が言った。運べる物すべてを急いでまとめ、抑留所の門へ向かった。

「テンコー、テンコー」叫び声が上がり、列を作った。太陽が昇っても、まだテンコーをしていた。朝の陽ざしがじりじり熱くなってきても、まったく同じ場所に立っていた。母を見ると、汗が顎から地面に滴り落ちた。明らかに体の節々が痛くてならないのだ。母は私をじっと見て、無理に笑顔を作ろうとした。

「大丈夫よ。今日ここを出ることになるって、みんなが言ってたのは本当だったのね」私たちが頑張れたのは、きっと出られるとの思いがあったからこそだった。

ようやくにして日本軍将校が起立するよう命じた。テンコーの後、ずっと窮屈な姿勢を強いられていたせいで、背中を伸ばして真っ直ぐ立つまでずい分かかった。母も痛みに喘《あえ》ぎながら立ち上がった。その後、昼過ぎまでバッグの上に座っていた。炎天下、飲み水がなくて気を失う人が出た。ジャップはその人たちを日陰に移動させるでもなく、私たちはいつになっても食べ物や飲み水はもらえなかった。ラッセは一時間以上、絶えずすすり泣いたり、うめいたりして座っていた。母と私は交代でラッセの手をとり、少しだけ水を飲ませてあげた——何本か瓶《びん》に水を入れてきておいて良かった。

弟は母の特大の帽子で陽ざしを避け、地面の小石で遊んでいた。

トラックが到着して門が開くと、ジャップは私たちを移動させて竹のフェンスのそばに座らせた。

さあ、いよいよ出発だ。行き先は誰も教えてくれなかったが、噂だけはたくさんあった。釈放されると言う人がいる一方、何時間も行った先の別の抑留所に送られると言う人もいた。中には、もうこれでお終《しま》いだ――どういう意味かわからなかったけれど――などとささやき声で言う人さえいた。私たちが座らされた黒いアスファルトは燃えるように熱かった。数分もすると、テンコーのときよりもひどくなった。ジャップはわざとここに座らせたのではないかと思った。地面の方に近寄ると、ジャップの一人にじっとしているよう命じられた。つらくてならなかった。母もカーリンもだ。私はラッセを膝に乗せ、ジャップが目を離した隙に少しは涼しくて楽な土の方へじわじわとにじり寄った。

　悲しいかな、どこにも行かないことになった。とにかくその日の移動はなくなってしまったのだ。ジャップの将校が門のそばの小屋から出てきて、片言の英語で叫んだ。

「今日、ない。今日、ない。家、帰れ」

　歩き出すと、腕や足、背中、そして肩が痛みに悲鳴を上げた。

　車庫に戻ると女の人三人が中にいて、出ていくつもりはないと居直った。これまで見たことのない人たちだった。その朝、門に集まるよう命じられて私たちが出たすぐ後で車庫に入り、一日かけて中を整理したという。通り二つ向こうの過密状態の家から三人はやってきていた。三人ともオランダ人で中年、うち二人は少し太り気味だった。中でも一人の女の人はとても頑《かたく》なだった。車庫は今では自分たちのもので、どこにも行くつもりはないと言って梃子《てこ》でも動きそうにない。母は理を尽くしてわかってもらおうとしたが、まるで処置なし。子どもたちはどこで寝れば良いのかと聞くと、その女の人は頑として言い放った。「それはそっちの問題でしょ。こっちは関係ないわ」母は車庫が本当に私たちの家であることを証明しようと、自分たちの持ち物がまだあることを指摘した。

もうダメかと諦めていたところに、別の女の人が現れた。隣の家のリーダーだ。リーダーは車庫に押し入《い》ってきて、女の人たちに出ていくよう命じた。車庫は間違いなく私たちのもので、子どもたちこそ優先されるべきだと断固として言った。最初、三人は言い返していたが、リーダーはとても強気で一歩も引かなかった。結局、三人は荷物をまとめて出ていった。最後まで言い張っていた人が振り向き、私のことを睨《にら》みつけた。私はちょこっと手を振って、にこっと笑顔で返さずにいられなかった。もちろん、母の背中に隠れてだけれど。母はリーダーに助力してくれたことのお礼を言い、私たちは再び車庫に落ち着いた。

二、三日後、まるまる同じことがくり返された。早朝、ジャップから出発を告げられた。一〇分で準備し、門に行ってテンコーを受けるように、と。母は具合良さそうには見えなかった。体のあちこちがひどく痛むようで、首の後ろと肘の関節をさすっていた。私はカーリンに缶詰を持ってこさせ、妹のリュックに詰めてあげた。母がラッセのバッグをゆっくりと詰めている間に私は自分のリュックも詰め、蚊帳と皿何枚か、枕、そして水の瓶三本など、役立ちそうなもの全部をまとめて大きな包みにした。次にそれを大きな毛布でくるんで紐で括《くく》り、一番上の隙間に棒を押し通して肩に担ぎ上げた。思ったより重くて、一瞬、あんなに水を入れなければ良かったと思った。

リュックをもう片方の肩に担ぎ、真っ直ぐ立ち上がった。

「さっ、ママ、行くわよ」

母はにこっとしてラッセを抱き上げ、私たちは外に出た。

大きな門のところに座った。大勢が集まっていた。母は声を殺して泣きながら、数分おきに背中を指でさすっていた。ラッセがぐずり、カーリンは暑い、喉が渇いた、疲れたなどと不満たらたらだった。三時間後、私たちは車庫に戻された。

一週間後、同じことがくり返された。不潔で小さな車庫にまた戻され、くたびれ切ってもううんざり。車庫を見回し、早くここから出ていけますようにと祈った。

さらに七日間が過ぎ、ジャップが朝六時に現れた。持ち物を持って門のところに並び、テンコー、を受けるよう指示された。門に近づくと、外の道路にトラック六台が列になって駐《と》まっていた。

第7章　スラバヤからスマランへ

デ・ヴェイク臨時抑留所の汚い車庫に六ヵ月暮らした後、ようやく出発した。トラックの荷台での雰囲気は、不安はあるが見通しは明るいといったものだった。大方の女性が耳にしていたのは、特別に建設された家族抑留所に移送されるという噂だ。汚らしい車庫もないし、箱の上で寝ることもなく、ドブネズミもいなくて夜になっての洪水もない。食事も十分で衛生状態も良く、炊事場もずっときちんとしているという。トラックに乗っていたのは二時間足らずだった。ぎゅうぎゅう詰めで全員が座れるだけのスペースはなかったが、私は周りの人をそっと押して母がリュックに座れるようにした。母にラッセを渡すと、ラッセは抱かれながら寝てしまった。母もどうにか少しくらいはうつらうつらすることができたのではないかと思う。母はこのところ、とても疲れているようだった。夜中に痛みで目が覚めるとこぼしていた。車庫の湿気のせいだと言っていた。母が眠っているのを見て、顔がほころんだ。私たちは清潔で湿気のない新しい抑留所に向かっていて、そこでなら母はきっとまた良くなるだろう。母は目が覚めると、ずい分水を飲んだ。私は、カーリンとラッセにも水を上げた。しかし瓶《びん》は三本とももう半分しか残っていなかったので、自分は飲まない方が良いだろうと考えた。暑くて喉は渇いていたが、もう少し我慢できそうだった。

トラックが止まると、例によってジャップは大声で命令していた。どうしてジャップはあんなにがなり立て、威丈高なのだろう？　トラックから降り、鉄道の駅に着いたということが分かった。お馴染みの叫びがまた上がった。「テンコー！　テンコー！」

駅の外では何百人もの女性や子どもが列を作り、お辞儀していた。そして大勢のジャップが小さな紙切れを手に、それぞれ違う家族名を大声で叫んでいた。大変なごった返しようだ。一時間ほど立っていて、ようやく私たち家族が呼ばれた。そして駅の中へ移動させられ、五〇人ほどのグループで列を作らされた。食べ物と水をジャップに要求する人たちがいた。トイレに行きたいと訴える人たちもいた。ある女性は、トラックに数時間乗っていて子どもがひどい脱水症状を起こしていることを兵隊に伝えようとしていた。男の子は抱かれたまま、泣き声一つ上げる気力すらない。ジャップはその女性の顔面を平手打ちし、列に戻させて立ち去った。

汽車は一五分おきに駅に入ってきていて、人々はグループごとに乗車するよう命じられた。乗るだけのスペースがないと女性たちが文句を言うと、ジャップに怒鳴りつけられて何人かが銃の台尻で突かれた。抗議する者は全員が蹴られ、殴られた。見るに堪えなかった。私は目を背け、母の胸に顔を埋《うず》めた。

自分たちの順番になり、駅の端の方へ押されていった。カーリンは用を足したかったが、トイレは見当たらなかった。小さい子何人かが駅の壁に向かっておしっこしているのを目にして、私もトイレに行きたくなった。ホームの端まで来ると、列が二つあった。一つはホームに一つきりのトイレの列で、もう一方は水飲み場で瓶に水を入れる人たちの列だということがすぐにわかった。私は瓶二本を手に、四〇人ほどの列に並んだ。母はトイレの列に並んだ。

列に並んで二分もしないうちに、轟音とともに汽車が駅に入ってきた。ブレーキが鋭い音を立て、列のすぐそばで止まった。それを合図にジャップの追い立てが始まった。

「乗れ」叫び声が飛んだ。「さっさとせんか。汽車だ、汽車」

私は慌てた。汽車にはどのくらいの時間乗ることになるのだろう? 水はもっと必要だ。ジャップは水飲み場から人々を追い散らした。抗議した女性が銃床で側頭部を突かれた。頭は裂け、傷口から血が流れ出た。悲鳴が上がり、並んでいた人たちは水を諦めて列が崩れた。私はこの機を逃さず、水飲み場に向かって走った。瓶一本をどうにか水で満たし、もう一本にも半分入れたところで太った女性に気づかれ、襟をつかまれて蛇口から引き離された。しかし女性は瓶を蛇口に当てる間もなく、兵隊にどかされてしまった。汽車の方に追い立てられながら、その女性に睨《にら》みつけられた。戻ってみると母も弟も妹もいなくて慌てたが、貨車の扉のところにいるのが目に入って走っていった。瓶二本を掲げて、上手くいったことを母に知らせた。母は笑顔で応えようとしたが、笑顔にはならなかった。

かわいそうな母。トイレに行き着けた人はいなかったという。母の話はこうだった。切羽詰まって、ホームにしゃがみこむ女性が何人かいた。湯気を立ててホームを流れるおしっこを見て、ジャップは興味津々。指をさしてにたにたしていた。もう今しかないと、何人もがこれに加わった。その時のジャップの顔といったら、言い表しようがない。これまで、ああした顔つきを見たことはなかった。すっかり見入っていた。ジャップは依然汽車に乗せようとはしていたが、わざとゆっくりやっているみたいだった。そのため、こらえきれなくなった女性がこの上ない恥辱を次々と強いられることになったのだそうだ。

一二時間近くに及んだ、あの汽車での移送を想像できる人はいないだろう。日本兵は、人々を殴りつけて貨車に乗せた。後生だからと声を上げ、もうこれ以上乗せないでほしいと頼んでも、さらに詰めこまれた。扉口でジャップが銃を振り上げ、台尻で突いてくるのをよけて最後の数人が飛びこんできたときの衝撃は想像を超えていた。兵隊が外から閂《かんぬき》を掛けるとパニックはやや収まり、少しは楽に息ができるようになった。しかし汽車が出発するまで、少なくとも一時間は駅に停車したままだった。

真昼の太陽が貨車の屋根にじりじりと照りつけ、その熱気は耐えられたものではなかった。貨車の両側には小さな窓が高い位置に四つずつあったが、空気は澱《よど》んでいて茹《う》だるような暑さだった。ほんの数分で汗が噴き出し、かっきり四秒ごとに汗が顎から滴り落ちた。何度も数えていると、ついに三秒おきに落ち始めた。座るだけのスペースはなかったが、身をよじったり少し押したりしてリュックを床に置いた。立っているようカーリンに言い、半分水の入った瓶を渡した。瓶を手にして、妹はほっとしたようだった。ごくごく飲む妹に、水はそれだけだから大事にするよう伝えた。そして、母をリュックの上に座らせて楽にしてあげた。これで、足に負担を掛けなくて済む。ラッセは母の膝で横になった。

貨車の床でどさっと音がした。続いてもう一度。看護師はいないかと声が上がった。お年寄りが二人、意識を失ったのだ。看護師だと名乗り出た人に道を空けようと、また押し合いになった。何本もの足の間から覗いてみると、看護師さんが一人、また一人と息を吹き返させようとしていた。汽車ががたんと揺れ、大きな音とともに前に引っ張られて動き出した。ずっと後になって、汽車が止まる度に尿の波が貨車の床を洗っていき、靴に染みこんでいったことを思い出す。汽車が再び動きだすと、尿は逆方向に戻っていった。私たちのリュックは尿が染みこんでびしょ濡れになり、アンモニアのむかつくような臭いが充満した。ありがたいことに汽車がスピードを増すと、小さな窓から風が入ってきた。とてもゆっくりだったが、車内は何とか耐えられるくらいの温度に下がった。

何も悪いことはしていないのに、どうしてこんな目に遭わされるのだろう？　汽車はきっと止まる。とんでもない間違いがあったのだと誰かが声を上げてくれるはず。祈るような気持ちだった。しかしおぞましい状況は、これで終わりではなかった。数時間して貨車の壁際、木のベンチに少し隙間があることに気づいた。二人の女性の間に割りこんで少しずつ押し広げ、ついに母が座れるだけのスペースを確保した。私のところに急いで座るよう母に伝え、女性二人の間から引っ張った。二人には嫌な顔をされたが、私がラッセを母に手渡すと、母はその二人に笑顔を向けて謝った。ラッセは母の膝にごろりと横になった。窮屈そうだったが、母はリュックに座るよりもずっと楽な様子だった。

貨車は今では、汗と、ついに我慢しきれなくなった人の尿の臭いでむっとしていた。すると、温度が再び上がり始めた。汽車が速度を上げ、女も子どもも自然の成り行きでいよいよ選択の余地がなく、立ったままその場で排便するしかなかった。それまで嗅いだことのない最悪の臭いだった。たちまちのうちに床はむかつくような茶色の糞便でいっぱいになった。さらに悪いことに、臭いに耐えられなくなって嘔吐する子どもが相次いだ。そして蝿が降ってきた。

蝿がどこから湧いたのかはわからない。どうやら、窓から群れをなして入ってきたようだ。糞便の臭いが何キロも先から呼び寄せたのだ。最初、顔の蝿ははたいたり、水の瓶で払ったりしていた。しかし終《しま》いには疲れ切って諦め、体中這い回るに任せた。母はラッセを蚊帳でおおった。蝿は蚊帳の上を飛び交い這い回ったが、ラッセは自分の小さな繭の中にいて気持ち良さそうに眠っていた。ああ、周りの事すべてに気づかないでいられるラッセ！　どれほどラッセになりたかったことか！　すてきなベッドと動けるだけのスペース、食べ物、水、そしてトイレがあった、あの小さな車庫にいられたらどんなに良かったことか！　突然、嫌でたまらなかった車庫がそれほど嫌ではなくなった。温度が再び上がり出し、少し眠った。そして、スラバヤ郊外のわが家の夢を見た。車庫の緑色のドア、木と段ボールでできたベッド、枕、外水道の蛇口からほとばしる冷たい水の夢だった。

はっとして目が覚めた。カーリンが袖を引っ張っていた。

「お姉ちゃん、お水もっとほしい」

自分で一本持っているくせにもっとだなんてありえないと、妹をなじった。妹は泣き出し、汽車が動き出す前にいつの間にか瓶はなくなっていたと言う。母はやり取りを聞いていて、カーリンを叱りつけた。

「命懸けで守るようにって、あれほど言ったでしょ！」母は声を荒げた。「ダメな子ね」

カーリンは謝り、瓶を抱いて母に寄りかかりながら寝てしまったと明かした。機に乗じて誰かが盗んだのだ。私は、最後の二、三口分をカーリンに上げ、ラッセにも少し上げた。そして、残りで自分の唇を湿らせた。水はもう一滴もなく、汽車はなお走り続けた。水がほしくてたまらないと同時に、胃が痙攣を起こしてきりきりと痛んだ。汽車にはもうどのくらい乗っているのかわからなかったが、お腹は食べ物をほしがっていた。リュックを開け、最後のバナナ一本を取り出した。皮をむいて、四つに割った。とてもおいしくて、できるだけ長く味わおうと少しずつ口に運んだ。しかし、結局はなくなってしまった。

「ママ、きっともうそう遠くないんじゃないかな」

母は答えようとはせず、ラッセの髪を撫でていた。弟は両手の中指をしゃぶっていて、珍しく穏やかな様子だった。少しばかりの水とバナナ四分の一で気分が良くなるとは、何という驚きだったろう。

ようやく汽車が止まった。スマランという駅だった。ジャップが貨車の扉を引き開けると、扉近くの人はもう少しでホームに転げ落ちそうになった。私はカーリンと交代でリュックに座ってはいたものの、まるで同じ位置にずっと立っていたような感じだった。足は歩くという仕事を忘れてしまったかのようで、ほかの女性や子どもも同じだった。駅に倒れこむ人がいた。足を交互に前に出すということができず、互いに支え合っている人もいた。カーリンはその場から一歩も動けず、足にピンや針が刺さっていると訴えた。母は、見るからにひどい状態だった。

それまで見たことがないくらいジャップがそこら中にいて、私たちに銃口を向けていた。怒鳴ったり、ホームにへたりこむ人を見て笑ったりしていた。私は、誰よりも気づくのが早かった。水道だ！残っている瓶二本をつかみ、水道に向かって飛んでいった。誰からも気づかれずに一本を満たした。そして二本目もいっぱいになろうかというところで誰かの手が伸びてきて、蛇口に瓶を当てさせまいと邪魔された。私は瓶にゴム栓をして、母のところに持っていった。私たちはすぐその場で、瓶一本の水を家族四人で分け合って飲んだ。水が入った残りのもうひと瓶は、母が頭陀袋《ずだぶくろ》に仕舞った。

女性も子どももようやく立ち上がって新鮮な空気を吸い、汚れをできるだけ落とそうと乾いた砂で懸命にこすっていた。悪臭は依然として辺りに漂っていて、少なくともジャップは近づいて来なかった。ジャップでさえ、私たちのなりを見てショックだったのだろう。誰も彼も茶色い糞便がこびりついていて、蝿が頭の上を飛び回っていた。足先から膝のあたりまで糞尿だらけだったが、貨車の中で気を失って倒れた人はそんなものではなかった。子どもに食べ物をとジャップに乞い求める人がいたが、ジャップは単に水道を指さすだけ。瓶がある人は満杯にし、ない人はこれ以上飲めないというくらい蛇口から直に飲んだ。私はもう一度水道の列に並び、ジャップが銃剣で追い払いに来る前に空になった瓶をいっぱいにすることができた。

駅の外で、またテンコーを取らされた。これって、ジャップにとって一体何なの？　ひっきりなしに敬意を払ってもらいたいわけ？　母によれば、ジャップは自尊心が低い。自分の力を誇示する必要からテンコーをくり返すという。テンコーをすることで優越感を覚え、力強さを感じるのだそうだ。女子どもを統制できるということが、それほど大した力の誇示なのだろうか？　ましてや統制のために銃と銃剣が必要だなんて。こんな情けない集団では、万が一にも戦争には勝てないだろうと考えて気が清々した。

第8章　バンコン教会抑留所への遠い道

一九四四年二月

昼過ぎの燃えるような陽ざしの下、遠い道を歩き出した。二五人ずつのグループに分けられ、それぞれ護衛が五人ついた。食べ物は何も与えられず、最終目的地まで移送するトラックはないという。瓶《びん》の水を少しずつすすりながら歩きに歩いた。やがて瓶は空になった。村々を通り過ぎると、村人はただ突っ立ってじっと見ていた。食べ物と水を恵んでほしいと訴えたが、何ももらえなかった。母によれば、私たちと関わったら射殺されてしまうのだそうだ。私には、村人も私たちと同じくらい空腹で疲れ切っているように見えた。皆、骨が浮き出ていた。

女性も子どもも倒れ始めていた。それを護衛はただ蹴りつけた。自分で起き上がるか、グループの誰かが抱き起こして支えるほかなかった。

この行進で一番覚えているのは、音がまったくしなかったことだ。話す気力すら誰にもなかった。子どもたちには声を上げて泣く力はもはやなく、うめき声やすすり泣く声が時折聞こえるだけ。さながら、「まだ生きてるよ」「まだここにいる」「私のこと忘れないで」とでも言っているかのようだった。用足しの許可を求める場合を除き、誰も口を利かなかった。用足しには、護衛が一人ついた。母もそうだった。用を足す間、分厚い眼鏡をした背の低い恐ろしい男がにたにたしながらずっと見ていたという。私は行く必要がなくて良かった。

母は倒れる寸前だった。体が前後にゆっくり振れ、左右に揺れた。そして何度もつまずいて、その度に地面を足で強く踏み鳴らした。眠りながら歩いているみたいだった。そっちじゃないよ、こっちだよ、立っていなくちゃだめだよと体が声を上げ、まるで母に知らせようとしているかのよう。私は下唇を噛み、涙がこぼれそうになるのをこらえた。どうして子が親のことをこんなふうに見守らなければならないのだろう？　どうしてラッセを抱いていなければならないのだろう？　ラッセは重くてならなかった。それにカーリンは、どうしてあんなにめそめそ泣いてばかりいるのだろう？　しかし、母は負けなかった。一方の足をもう一方の足の前に何度も何度も置きながら闘い続けた。蝿が唇の周りを這い回って開いた口から入っても、母は真っ直ぐ前を見すえていた。水を飲ませてあげたかったが、もう一滴もなかった。支えたかったが、力は残っていなかった。ありがたいことに、まだ体力のある女性が母に手を貸してくれた。

さらに村々を過ぎた。村人の様子はいつも同じで、安全な距離を置いてただ見ているだけ。食べ物を、水をと女たちはすがったが、村人は顔色一つ変えず、身動き一つしない。私はと言えば、ほこりっぽい道を見すえることと、足を動かすことに集中した。一歩ずつだと、自分に言い聞かせた。足元で踊る影が長くなっていた。もうすぐ暗くなる。

私たちは押し黙ったまま、延々と歩いた。足元と道に意識を集中させようとしたが、目は母を追っていた。明らかに深刻な状態で、目をつぶって歩いていることもあった。腕をつかみ、できるだけ支えになろうとした。しかし、それでも母は左右に揺れた。私はラッセをもう少なくとも一時間以上抱えていたが、母に預けようとはしなかった。その重さに耐えられず力尽きてしまうことはわかっていたし、疲れ果てた母がジャップに蹴りつけられるのを見るのは堪えがたかった。母はもう一歩も歩けないと思ったそのとき、護衛が互いに話をし出して、前方を指さした。私たちは別の村に近づいていた。ここで止まって何か食べ、水を飲んで少し休まない限り、母は死んでしまうのではないかと思った。

村の中ほどに教会があって、大きな木の扉へ続く階段があった。私たちは階段に座るよう命じられ、護衛二人が教会の扉を叩いて中に入っていった。カーリンは階段にへたりこみ、涙ぐんでいた。私はラッセをカーリンに預け、母が階段に腰を下ろすのを手伝ってそばに座った。粗い石の階段がこんなにも心地好く感じられようとは思いもしなかった。世界一柔らかい肘《ひじ》掛け椅子に身を沈めるような感覚だった。仰向けになり、ひんやりした石の上で伸びをした。満天に瞬《また》く星を見上げ、どこか遠くの惑星に行きたかった。ここ以外ならどこでも良かった。

数分してジャップが出てきて、教会に入るよう命じられた。母を立ち上がらせるのに少し手間取った。母は全力を振り絞り、扉の前の六段ばかりの階段を上ったところで前のめりに倒れてしまった。カーリンとラッセが泣き出し、私はどうしたら良いか正直わからなかった。手をこまねいていると女性が三、四人集まってきて、うち一人が水を飲ませてくれた。母の目は閉じられ、頭はごろりとして縫いぐるみ人形のようだった。ジャップの一人がやってきて、指をさしながら叫んだ。行進の途中で倒れた女性同様、母も蹴りつけられるのではないかと思った。私は母の前に出てジャップに向き合い、空になった水の瓶をぎゅっとつかんだ。ものすごく怖かったが、母を守りたかった。瓶をつかんで頭の上に掲げ、背の低い恐ろしい男に「ママに近づいたら、頭に瓶をぶつけるぞ」「ママに指一本でもふれたら、頭痛で一週間苦しむことになるぞ」と言ってやりたかった。しかし瓶は体の横に張りついたまま、一ミリも動かなかった。私には何の力もなく、心底から怖かった。忌々《いまいま》しいジャップと銃剣の前では、瓶は何の役にも立たないことはわかっていた。ジャップが近くに来る前に私はどかされ、女性の一人が叫んだ。「病院、病院」

女性たちはジャップと少しの間押し問答していたが、ついに担架が見つかって母は運ばれていった。ジャップは去り際、女性たちの抗議が腹に据えかねたのか依然怒鳴り散らしていた。大きな扉がばたんと閉まり、教会は暗闇に包まれた。

すてきな女の人――修道女さんだということが後にわかった――が、私たちを聖母マリア教会に迎え入れてくれた。「心配要りませんよ。ママは水浴をして、お水をたくさん飲んで、それに少し食べないといけません。二、三時間したら戻りますからね」

修道女さんは、私たち三人を見て言った。「あなたたちも水浴しないとね。清潔は敬神に次ぐ美徳ですよ」

教会への道すがら、私は神について色々考えた……いつになったら神は現れ、子どもたちに救いの手を差し伸べてくれるのだろうかと。

私たちは修道女さんに教会の庭に連れていかれ、服を脱ぐのを手伝ってもらって下着になった。体を洗って、水もたくさん飲んだ。その後、リュックから出した清潔な服に着替えた。修道女さんはラッセが服を着るのを手伝ってくれた。私たちはもうすっかり気分が良くなっていた。水浴と着替えを済ませ、キャベツスープとパンの列に並んだ。ラッセはスープとパンに加え、バナナも一本もらった。カーリンも私もバナナがとてもほしかったが、二歳以下の男の子と女の子だけがバナナを毎日一本もらえるのだそうだ。初めてバナナを目にしたかのように一心に頬張るラッセを見ていて、分けてくれないかなと思った。ラッセが最後の一口まで笑顔で口に押しこむのを見て、カーリンと私は妬《ねた》ましくてならなかった。ラッセはわかっていなかった。私だったら、あのバナナを弟と妹とで分け合っただろうに。カーリンと私はバナナの皮を半分ずつにし、指の爪でわずかな果肉をこそぎ落とした。とてもおいしかった。こそぎにこそいで、ついには甘みがなくなって酸っぱくなった。二人とも、一番外側の皮だということはわかっていた。捨てなければならない。これ以上食べたら、お腹が痛くなってしまうから。

数時間して母が戻った。顔色はまだ悪かったが、だいぶ分元気になったようだった。修道女さんの手を借りて母は食事を終え、水浴と着替えも済ませていた。実際、母は笑顔を見せていて、私たち三人はもうどこにも行かせまいとしがみついた。その後、教会の中に入り、寝る場所に案内された。

教会の中は一つも電球がなく、とても暗かった。どの窓の桟にもろうそくが数本、扉近くには一、二本灯っていた。案内してくれた女性が木の台を指さした。そこでは、すでに寝支度が始まっていた。

寝台は荒削りの材木で作られていて、高さは床からおよそ三〇センチ、長さ二〇メートル、幅二メートルほどの大きさだ。元々は会衆席があった場所に四つ置かれていて、真ん中の寝台二つはほぼ満員。数えてみると五五人の女性と子どもが額を寄せ合って横になっていた。眠っているか、ささやき声で静かに話していた。案内の女性が、幅二メートルもない場所を指さして言った。「そこをお使いください。では、おやすみなさい」

割り当てられた場所に行って、毛布を置いた。すでにそこにいた人たちの間に割って入っていくと、顔をしかめる人もいた。少し詰めてもらわなくてはならなかったからだ。私は自分と妹のリュックの止め紐を縛り、寝台の下に押しこんだ。こうしておけば、夜中誰かに何かを持っていかれることはない。私は寝台の木枠に頭を乗せた。少しごつごつしたが、横になった途端、すぐに眠ってしまった。

翌朝、汚れた窓から差しこんでくる陽の光でようやく目が覚めた。静かに横になったまま、天井を見上げた。聖書の各場面を描いた美しいステンドグラスの窓に驚いた。どうして長いこと窓を拭いていないのだろうと思った。陽ざしが空中に浮かぶほこりに反射し、やがて二〇〇人以上の疲れ切った人たちの悲惨な姿が照らし出された。

第9章　ヨハネス・ブラームスの子守歌

ジャップは段ボールで作った番号札を配布した。私たちはその札を始終身に着けていなくてはならない。大きな錆びた安全ピンが渡され、母はそれを私たちの服に押し通して番号札をつけた。グロン＝ニールセン家は一四三六四―四番。最後の四は四人家族という意味だ。着替える度に、私たちが番号札の安全ピンを外して次に着る服につけたか母は確認した。庭に出るときはいつも番号をつけなければならないとやかましく言われた。

私にとっては、すべて大冒険だった。聖母マリア教会抑留所での最初の朝、すぐにでも探検したかった。庭はかなり広いと思っていたので、見て少しがっかりした。自分の寝床を出て真正面、三〇メートルほど離れたところにシャワーと流し台があった。屋根は汚れたトタン板だ。片側にシャワー、反対側に流し台が並んでいて、粗い造りの竹の壁で仕切られていた。流し台もシャワーも三つずつあったが、シャワー室の一つはドアがなかった。水浴中の女性をジャップがしげしげ眺められるという寸法だ。シャワーを浴びる人がたいてい誰か一人はいたように思う。列ができると監視が一人か二人、いつもぶらぶらしていた。

庭の塀の方へ行こうとシャワーをぐるりと回った途端、これ以上ないほどひどい臭いが鼻を突いた。シャワーの裏手、庭の隅に隠れるようにトイレが二つあって、無数の蝿が飛び回っていた。トイレに近づくにつれ、用を足したくなった。我慢しようとしたが、お腹の痛みはひどくなるばかり。二〇人ほどの列に並び、蠅を追い払いながら鼻と口をふさいだ。皆、鼻と口をふさいでいて、ハンカチや布切れでおおっている人もいれば、両手を当てている人もいる。単に鼻を摘まんで、唇に止まろうとする蠅を払いながら口で息をしている人もいた。

トイレは地面に掘られた穴にすぎず、両側に足を置く場所があるだけだ。用を足すにはしゃがまねばならず、おまけに排泄物を流す水はなかった。そのため壁にはびっしりと蠅が集《たか》っていて、揺れ動く黒い絨毯のようだった。用を足した後、足が滑って物の見事にトイレから転がり出た。順番待ちの女性から笑われ、「そのうち慣れるわよ」と言われた。

慣れるだなんてとんでもない。金輪際慣れることはなかった。トイレに入って、出る度にひやひやした。教会では水の供給が常に問題だった。シャワーと流し台には水道の蛇口があったが、週に数回は断水した。断水すると、ジャップは給水車を持ちこんだ。ジャップは給水車に大きなホースを取りつけてタンクに給水し、女性たちにトイレを掃除するよう命じた。トイレの蠅は数時間消えていなくなったが、その後また戻ってきた。

私は教会に戻った。教会の中はいつも静かで、いかにも神聖な場所といった感じだ。自分の寝床に座って母に目をやると、ラッセといっしょに丸くなっていた。ラッセは、またぐっすり眠っている。母は目を閉じていたが、眠っているわけではなくて単に体を休めているだけだろうと思った。すると美しい音色が聞こえてきて、母が目を開いた。そして私と目を見交わし、ほほ笑んだ。それまで聞いたことのない調べだった。音楽というささやかな楽しみからもう長いこと遠ざかっていることに気づいた。美しい音楽を最後に聞いたのはいつだったろう？　あれは確か、そう、スラバヤのわが家で父と座ってラジオを聴いていた時のことだ。歌とクラシック音楽が中断され、アナウンサーが重々しい声でヨーロッパとアフリカでの戦争すべてについて伝え、終わりの方で太平洋での戦争についてふれていたっけ。教会に流れる、楽しげでほぼ完璧な音楽が、私を遠い思いから呼び戻した。この美しい調べはどこから聞こえてくるのだろう？

「ヨハネス・ブラームスの『子守歌』よ」母が体を起こしながら言った。「とってもかわいらしいでしょ、リーセ？」

膝の間に何かを置き、うずくまるようにしている男の子の方に目をやった。男の子がその何かにそっとふれると、メロディーが流れた。ひどく疲れてはいたが、調べを奏でているものが何なのか知りたくて男の子のところに行った。そばに来た私を見上げ、男の子はびっくりして身を縮めた。私は、笑顔でその子の肩に手を置いた。

「頼むから黙っててよ。あの意地悪な黄色い連中には言わないでよね」

「大丈夫。言わないから」

その子はにこりとして、ささやき声で言った。「僕、ロバート」そして真っ直ぐ座り直し、膝の小さな木の箱を見せてくれた。「これ、僕だけのオルゴールなんだ」と得意げにほほ笑んだ。

ロバートは日本軍抑留所に二年近くいて、この宝物をどうにか隠しおおせてきたのだそうだ。小さなタバコの箱ほどの大きさで、花と東洋風の木々の模様が色鮮やかに描かれている。

私たちは何時間も座りこんで、同じ調べを何度も何度も聴いた。やがて暗くなり、私は母のところに戻って寝台に上がった。そして、教会の中を静かに踊るように流れる調べに誘われて眠りに就いた。すると、遠く離れたところにいる自分の姿が思い浮かんだ。そこではオーケストラが演奏していて、すてきな黒の服と糊の効いた白いシャツを着た優雅な指揮者が誇らしげな笑みを浮かべてタクトを振っていた。その夜、平和や食べ物、ちゃんとした服、柔らかな枕など、すてきなものの夢を見た。初めての楽しい夢だった。いつもの悪夢ではなかった。

夜はたいてい、オルゴールを掛けるロバートといっしょに座って過ごした。ロバートはすてきな服をまとった指揮者で、私は観客だった。ロバートは、教会抑留所での親友の一人になった。私たちにはいつも、素朴な調べをともに楽しむ特別な絆があった。

抑留所に来て二日目、最初のテンコーがあった。これまでと何も変わらなかった。

母は私たちを急《せ》かし、段ボールの番号が安全ピンで胸に留まっているか確認した。抑留所の全員が列になって並ぶと、人数を数えて全員の番号を控えるよう、日本軍将校が兵隊二人に指示した。二人の兵隊は長い列の両端から数え出し、ものすごい勢いで番号を書きなぐっていった。そして列の中ほどでぶつかると、数を合計して将校に報告した。将校は納得せず、数え直すよう叫んだ。一時間以上立たされ、ようやく正しい数になった。二人はろくに教育を受けていなくて、数さえ正しく数えられないのだと母がささやいた。私は声を抑えて笑った。私はほんの一〇歳だったが、楽に一〇〇〇以上数えることができた。こんな兵隊では戦争に勝てるわけがないと思った。

第一週の週末、日本の天皇の庇護のもとにある捕虜は健康でなければならないとテンコーで告げられた。天皇の命令だそうだ。抑留所の状況と私たちに配給される食事は、敵の抑留所や配給食よりも格段に良いという。体操を毎朝することになると聞いて驚いた。兵隊が一人、長い列の前に立って両腕を頭の上に掲げ、動きを真似るよう命じた。こうして一〇分間、飛んだり跳ねたり、体を伸ばしたりした。子どもはとても面白がったが、病弱な人でさえも参加させられた。列の後ろを別の兵隊が銃を持って見て回り、適当にやっていると判断された人は背中を銃の台尻で突かれた。

体操の後、朝食の列に並んだ。配られたのは、何の味もしない灰色のどろっとした粥《かゆ》だ。炊事場は最初の抑留所でのものと同じだった。食材はトラックで搬入された。そして日本兵が傍らで見張る中、女性たちが降ろした。米と小麦粉は大きな頭陀袋《ずだぶくろ》に入っていて、女性たちは一度に二袋ずつ降ろしていた。トラックにはお馴染みの黒く煤《すす》けた鋳鉄製の調理鍋も積まれていて、そこには湯気の立ち昇る食べ物が何やら入っていた。空気中に漂う匂いを懸命に嗅ごうとした――何か食欲をそそる、肉かスパイスのような匂いを。湯気は私の方に流れてきたが、何の匂いもしなかった。女性四人がトラックの荷台に上がり、竹ざお二本を調理鍋の取っ手に通した。四人はそれぞれ竹ざおの端を持って慎重に降ろし、下にいる別の女性四人に引き継いだ。体が弱っていて、栄養不足の女性には大変な作業だということは一目瞭然だ。女性たちが苦労しているのに、見ているだけで何も手を貸そうとはしない日本兵が嫌でも目についた。こんな作業、沽券《こけん》にかかわるとでも言わんばかりだ。いつであれ、ジャップはテンコーをとても重視した。テンコーが行なわれるのはたいてい朝だったが、決まったパターンはなかった。一週間ないこともあったし、毎日行なわれることもあった。夜遅くになってテンコーの声が上がることも稀にあった。何をしていようと、常にテンコーが最優先だった。時折、トイレやシャワーの途中で引っかかる人がいて、テンコーを仕切る日本軍将校は怒鳴り散らし、怒りまくった。

ある日の朝、一人の若い女性がシャワーを浴びていて、テンコーの声が聞こえなかった。女性がシャワー室から出たときには全員が整列し、日本兵が人数を数え、番号を端から確認しているところだった。女性は二〇歳くらい。体にバスタオルだけを巻いて、慌てふためいて列に駆けこんできた。お辞儀をして将校に謝り、列の自分の場所に並んだ。遅れたのはわずか一分ほどにすぎない。将校が女性の方に歩いてゆき、怒り出したのがすぐにわかった。歯をむいてうなり、怒鳴り上げたときに見せた、その恐ろしいほどに黄色い、ほとんど緑色をした歯だけは今でも覚えている。でも、どうして？　何で怒ってるの？　ここの日本兵は遠く離れた国で戦っているわけではなく、小さな町の真ん中にある抑留所を管理しているにすぎない。来る日も来る日も同じことをくり返しているだけだ。将校は女性のバスタオルを見て叫んだ。

「番号、どこか」

女性は、シャワーを浴びていて自分の服を持ってくる余裕がなかったと説明した。

「すぐ行って、取ってこい」将校に命じられて女性はもう一度頭を下げ、列を離れて戻っていった。飛ぶように庭を駆け抜け、教会に入った。一分もしないうちに、番号札を安全ピンでバスタオルに留めて列に戻った。そして、テンコーを中断してしまったことを再び将校に謝った。将校は列を一渡り見て一歩下がり、私たちに呼びかけた。

「番号、非常に重要。テ、ン、コ、ー、常に番号」

将校は前に踏み出し、女性のバスタオルから番号札を外した。そして私たち全員が見えるよう、高々と掲げた。

「何より重要。絶対忘れるな」そう言うと、女性を指さした。「この女、番号、二度と忘れない」

女性は前に出るよう命じられ、従った。将校は、頭上に掲げていた段ボールの番号札を下ろすと、段ボールについている安全ピンを開いた。とても古いピンで、汗で錆びついている。将校は一歩前に踏み出し、列に向かって言った。

「女、番号、二度と忘れない」

将校は手を前に伸ばし、女性の胸と鎖骨の間の皮膚を摘まんで引っ張った。女性は栄養不足で痩せているため、親指と人差し指で肉を十分挟むのに手こずった。強く摘まみ上げられ、女性は顔をしかめて息を呑んだ。将校は身の毛もよだつ所業に及ぼうと数秒間かけ、ついに十分摘まむことができてしたり顔だ。続いて、摘まみ上げた肉に安全ピンを押し通そうとするのを、私たちはぞっとする思いで見た。ピンを突き刺され、女性は悲鳴を上げた。「静かにせんか」将校が叫んだ。たちまち血が流れ出し、湿ったバスタオルに染みていった。皮膚はさらに強く摘まみ上げられ、涙が女性の頬を伝って落ちた。将校がピンを押して突っつき、ついに向こう側に抜けると、血がまた一筋滲《にじ》み出た。将校はピンを行ったり来たりさせ、ピンの先が肉を貫通して十分顔を出すとようやく満足した。そして笑みを浮かべ、ピンを留め金に収めた。段ボールの番号札が微《かす》かに吹く風にゆらりと揺れ、傷口からさらに血が流れた。

女性のバスタオルに目が釘付けになった。バスタオルはゆっくりと、赤くサイケデリックな痛みのローブに変わっていった。女性が胸を手で押さえると、血と汗、そして涙が一つに混じり合った。血の染みは数秒おきに変化して大きくなった。血の染みが広がるとともに激しくなる、女性の痛みと怯えを私は思った。目にしたことが信じられなかった。走っていって、慰めてあげたかった。兵隊の銃剣を奪って、将校の胸に突き立ててやりたかった。しかし、何もできなかった。穴を掘ってもぐりこみ、目にしたばかりの悪夢を忘れてずっと眠っていたかった。泣いている女や子どもがいた。私は、片言の英語で話し続ける将校に嫌悪の目を向けた。

将校は、さらに一〇分間演説をぶった。話が終わって解散したときには、灰白色のバスタオルは血に染まって真っ赤だった。将校が立ち去ると、女性は崩れるように倒れた。数人が助けに駆け寄った。修道女さんの一人が現れ、泣いている女性が動かないよう押さえつけられる中、錆びたピンを胸から引き抜いた。その瞬間、女性は鋭く悲鳴を上げた。続いて修道女さんが傷口にヨードチンキを塗ると、一段と大きな悲鳴が上がった。私は自分が泣かないよう懸命にこらえた。女性は引っ張られて立ち上がり、病院と呼ばれている部屋の方に支えられながら向かった。

少しして、同じ将校が門のところにいるのが目に留まった。監視何人かと笑い、冗談を言い合っていた。無力な女性にあんな仕打ちをしておいて、一片の後ろめたさも顔に出さないとはどういう人間かと思った。

女性は試練を生き抜いた。しかし数日後にそのそばを通りかかると、まるで別人だった。それまでのかわいらしい笑顔も目の輝きもどこかに行ってしまっていた。母に聞いた話では、病院を出てからも敗血症と発熱で何日も苦しんだのだそうだ。お年寄りだったら生き抜けなかっただろうとも言っていた。乗り越えられたのは、若かったからだと。

第10章　天使の死

ある日のこと、教会のそれまで行ったことのない場所を探検していて、天井からぶら下がっているロープに気づいた。教会にはあまり似つかわしくないもののように思え、ロープはどこに繋がっているのだろうと不思議でならなかった。ロープの下端は、竹で作った間仕切りの上に置かれていた。天井をずっと見上げながら、上の方で見えなくなっているロープに近づくにつれて好奇心が膨らんだ。間仕切りの上のロープの端には大きな結び目があって、その先はほつれている。間仕切りまでそうっと歩き、後ろには何があるのかと覗きこんだ。ぽかんと口を開けまま見入ってしまった。アラジンの物語と、アラジンが宝物を見つけた洞窟のようだった。金のゴブレット（持ち手のついたグラス）と銀の燭台、そして赤や緑の宝石が散りばめられた十字架があった。持ち手と台座が金色に塗られた美しい水晶のグラスが少なくとも一〇個、そして光り輝く銀のお盆もある。お盆の三〇くらいはある穴にはぴかぴかの小さなガラス玉が埋めこまれていて、ステンドグラスの窓から差しこむ陽の光にきらめいていた。

どこからともなく母が現れ、すぐそばに立っていることに気づいた。

「ここにいちゃダメなのよ」

「ママ、これって何なの？」足元の金銀宝石をじっと見ながら聞いた。「秘密の宝物？」

母はうなずいた。「そうよ。宗教のね」

「でも、ジャップはどうして持っていかないの？」

母は肩をすくめ、私の頭に手を置いた。

「畏怖の念かな、たぶん」

「いふのねんって？」

「宗教に対する恐れのことよ。持っていって、万が一神の怒りにふれることになったらって怖いのよ」母は天井を見上げた。「それに、もっともっと恐ろしいことになるかも知れないしね」

訳がわからない。抑留中、ジャップはお金や宝石など、すべてを没収した。後ろから服を脱がして奪うことさえあった。なのに、この宝の山だけは手つかずのままだなんて！　まったく理解できなかったし、理解したいとも思わなかった。磁石に引き寄せられるように、再びロープを見た。

「で、ママ、これは？　これって何なの？　どこに繋がってるの？」

手を伸ばしてロープの結び目をつかむと、そこに母の手がさっと重なった。

「さわらないで。特別のものなのよ」母は私の手を結び目からそっと離させた。そして天井を見上げ、話を続けた。

「ロープは鐘に繋がってるのよ。もう何年も鳴らしてないけどね」

かぶりを振って口を開こうとすると、聞きたかったまさにそのことについて母は答えてくれた。

「鐘が鳴るのは、この恐ろしい戦争が終わったときよ。鐘は鳴り響いて、世界中の子どももみんなが聞くことになるわ。鐘は平和を告げ、誰もが自由に歩いて、おしゃべりして、笑って、食べて、そして木綿のシーツと柔らかい枕のベッドで眠るの。ノルウェーに向かう船の上でも鐘は鳴っていて、ベルゲンに着いたときもまだ鳴っている。雨が降ってたって、問題じゃないのよ。鐘は永遠に鳴り続けるから」

「今鳴らそうよ、ママ。鳴らして、戦争を終わらせようよ」

母はにこっとした。「そんな簡単じゃないのよ、リーセモール（「モール」は、日本語の「ちゃん」に当たる）。辛抱しないとね」母はロープをじっと見た。「鳴るのはもうすぐよ。約束する。もうすぐ鐘は鳴る」そう言って母は私の手をとり、私たちはその場を離れた。

子どもにとって、教会抑留所はとても退屈なところだった。遊ぶおもちゃなどなく、学校は禁止されていた。抑留所には教師が何人かいたが、ジャップは日本語を学ぶことを除き、どんな教育も許さなかった。しきりに日本語を学ばせようとしたが、それ以外は断じて許可しなかった。教会抑留所に来て数週間たった頃だった。子どもたちがあまりに退屈していたので、先生たちは教会の扉を閉めてこっそり教えることにした。教会の中はひんやりしていて、外の熱気から逃れるには絶好の場所だった。二、三週間が過ぎ、授業が形になってきた。授業はいつもテンコーの後、監視が朝食に行ってからだった。飲んで食べて、ブリキの食器を打ち鳴らす音が竹のフェンスを越えて聞こえた。フェンスの向こう、日本軍の側には食糧不足などまるでないみたいだった。朝食時に抑留所の庭にいつも漂ってくるおいしそうな料理の匂いは、飢えたヨーロッパ人捕虜全員にとって拷問そのものだった。

テンコーの後、少なくとも一時間は監視が姿を見せることはなかった。その間、授業が続いた。先生は三人いて、交代で教えた。三人ともオランダ人で、私が好きだったのはヘレーナ先生だ。ヘレーナ先生はオランダのアムステルダム出身で、とてもかわいらしい人だった。アムステルダムの運河の絵を描いてくれ、フラワー・フェスティバルについて話してくれた。先生は何色ものクレヨンを持っていて、使ったクレヨンは授業後に返さなくてはならなかった。先生は一本一本数え、なくなっていないか確認していた。

ヘレーナ先生もほかの先生も危険を冒してまで一時間以上教えようとはしなかった。しかしそれでも、私たちは皆、毎日授業を楽しみにしていた。日曜日はいつも、聖書や神、イエス、聖母マリア、聖ヨセフ、そしてモーゼという男の人について学んだ。すごくこっそりとやっていたので、とてもはらはらすることでもあった。テンコーの後、子どもたちは庭に散っていく。トイレに行ったり、シャワーを浴びたりする子もいる。しかしその間ずっと、監視から目は離さない。そして最後の一人が抑留所からいなくなった瞬間、私たちは教会に駆けこんだ。

いったん教会に入ると、守らなければならない厳しい決まりがあった。ヘレーナ先生（あるいは誰かほかの先生）は隅にいて、紙や鉛筆、クレヨンを用意した。先生は床に座り、教会の外の日本軍事務所とは反対側にいた。私たちが寝台にしている木の長い台の陰の、ほとんど見えないところだ。私たちは静かに這って入った。幼い子たちには、くすくす笑いをしないよう言い聞かせた。授業は、終始ささやき声で進んだ。秘密だということで、一層刺激的な授業になったのだと思う。

授業が終わるのは瞬《また》く間だった。しかしその後、私は庭でヘレーナ先生を探したものだ。先生は授業についての質問、特にオランダとノルウェーについての質問に答えるのがこの上なくうれしそうだった。先生はヨーロッパの国々について信じられないくらいたくさん知っていて、フィヨルドを訪れたこともあるし、パリやロンドンにも行ったことがあると言っていた。

ある日、イギリスについての授業を受けていた。すると突然、教会の裏口から監視が何人か飛びこんできた。私たちは地図を見ながらイギリス諸島の形を描き、スコットランドとイングランド、アイルランド、そしてウェールズの国ごとの境界線を引き終えていた。後ろの方が騒がしくなったとき、私は深紅のクレヨンでウェールズを塗り始めたところだった。監視は、教会の後ろから私たち目がけて走ってきた。ヘレーナ先生は必死に鉛筆と紙を集めようとしていた。私は巻きこまれないよう、本能的に寝台の下にもぐりこんだ。怖くて床に縮《ちぢ》こまり、黒くて恐ろしい靴が逃げ遅れた子を蹴り上げ、クレヨンや鉛筆を踏み潰すのを見ていた。私は目をぎゅっとつむって、両手で耳をふさいだ。目を開くと、ヘレーナ先生の姿が見えた。庭がある方の扉へ床を引きずられていくところだった。先生は泣いていて、顔は血だらけだった。監視がいなくなるまで、寝台の下にいた。すると間もなくして、外でテンコーの叫びが上がった。

庭で母に追いつき、できかかっている列に向かって急いだ。母は三人とも番号がついているか確認し、私たちは列の自分たちの場所に並んだ。ヘレーナ先生は列にはいなくて、私たちと向かい合っているジャップ二人の間にいた。少し遅れて、日本軍将校が現れた。将校が近づいてくる間、私は大好きな先生の顔をじっと見ていた。とても怯えているようで、血が涙と混ざり合っていた。

「捕虜、命令違反」教会を土台から揺さぶるような声が轟いた。

「学校、禁止」将校は続けた。「学校、日本語のみ。捕虜、罰する」

将校は監視の一人にうなずいた。その男は一歩前に出て銃を高々と振り上げ、銃床をヘレーナ先生の側頭部に力一杯打ちつけた。側頭部は裂け、先生は一瞬のうちに地面に倒れた。地面に血だまりが広がり、それを見て女性が一人失神した。私の周りの人は泣いていた。ほんの数分前にヘレーナ先生の授業を受けていた子たちは、自分の母親の服に顔を埋《うず》めた。

私は見ていた。

まったく信じられない思いで見ていた。見続けたのは、ヘレーナ先生に立ち上がってほしかったからだ。終わってほしかったからだ。信じがたいことに、先生の瞼《まぶた》が微《かす》かに動いたようだった。将校もそれに気づき、兵隊にもう一度合図を送った。兵隊は先生を立たせた。先生はとてもぐらぐらしていたが、やがて一人で立った。それを見て、兵隊は後ろに下がった。先生は側頭部を押さえていて、指の間から血が流れ落ちていた。ああした傷からあれほどたくさんの血が出てこようとは思いも寄らなかった。血は先生のブラウスとスカートを赤く染め、乾いた地面に滴り落ちた。

頭への一撃で先生が死ななかったことが信じられなかった。先生は身じろぎもせず立っていた。

泣いてはいたけれど、見る間に強くなっていくようだった。

日本軍将校が兵隊の一人に向かって顎をしゃくると、その兵隊は銃床で先生をくり返し激しく突いた。先生は再び、どっと倒れた。私は走り出て、やめるよう言おうとしたが、両肩を母にきつく抑えられて身動きできなかった。すると、別の兵隊が靴で蹴り始めた。両手で目をおおったけれど、音は遮れなかった。二人の兵隊が蹴ったり突いたりする音が続いた。お腹は空っぽなのに、胃がむかむかした。兵隊二人は先生をまるまる一分間打ちすえた。動かなくなるまで痛めつけた。目から両手を外した……。奴らは先生を滅多打ちにし、先生はぴくりともしない。女性と子どもの列はもう狂乱状態だった。悲鳴と叫び声が抑留所中に響き渡る中、先生は監視に引きずられていった。

将校は服従と処罰について演説し、解散となった。

ヘレーナ先生は教会の中、入口すぐ近くの狭い部屋の一つに放りこまれた。何の部屋かは知らなかったが、そこに部屋があることは以前から気がついていた。窓はなく、ベッド一つ分の広さもない部屋だ。物置だと、母は言っていた。

ヘレーナ先生は四日間の罰を受けることになると日本軍将校が告げた。食べ物も水ももらえず、傷の手当ても受けられないという。部屋は施錠され、先生は監禁された。日本軍将校は部屋の鍵をポケットに収め、立ち去った。先生が閉じこめられた暗い部屋からわずか二、三メートル、教会のすぐ外に見張りが配置された。見張りは入口のすぐそばでマットに座り、誰かが先生に近づいたり、食べ物や水をあげたりすることのないよう目を光らせた。

最初の夜は最悪だった。先生のうめき声が聞こえた。ただうめくだけだった。その声は静かな教会に響き渡った。二〇分おきぐらいにうめき声が上がり、耐えられなくなった一人の女性の押し殺した泣き声が重なった。

数時間して、うめき声がやんだ。単に眠っただけだと心から願った。明くる日、寝床を出てヘレーナ先生が監禁されている部屋のドアの前に立った。自分がそこにいること、ドアに鍵がかかっていて何もしてあげられないことを伝えた。返事はなかった。泣き出しそうになり、その場から走って逃げた。

先生を助けてほしいと母に頼むと、やってみると言った。母は集まりを持ったが、私はそばにいさせてもらえなかった。母が後に教えてくれたところでは、ある女性が爪やすりと針金で鍵を開けられるので、暗くなったら食べ物と水を先生に届けるということだった。別の女性が見張りの注意を引くという。

二人はその通りに動いた。横になったまま目を覚ましてこっそり見ていると、静かに錠をいじる人影があった。「お願い。急いで」声を殺してつぶやいた。ジャップに見つかるのではないかと怖かった。永遠とも思えるほどの時間が過ぎ、ついにドアが開いた。女性は粥《かゆ》と水を差し入れ、再び施錠して急いで自分の寝床に戻った。

大好きな先生が心配で眠れなかった。

数時間後、女性は戻り、再びドアを開けた。今度はずっと素早かった。すぐにお椀二つを取ってきた。

見えなかったが、持ち帰ったお椀が二つとも空になっていることを祈った。翌日の夜、この作業がもう一度くり返された。疲れてはいたが、眠気と闘った。ヘレーナ先生を一目見ようと、眠るまいとした。

先生の姿は見えなかった。

三日目の朝のテンコーで、先生の監禁が解かれると日本軍将校が告げた。列に目をやると、男の子も女の子も笑顔だった。大人たちを見ると、不思議なことに皆かなり深刻な顔をしている。女性たちが教会に入っていく前に、日本兵がいなくなった。変だなと思った。ヘレーナ先生と顔を合せたくないのかしら？

子ども全員が教会の外に集まり、わくわくしながら先生が出てくるのを待った。将校が修道女さんの一人に鍵を渡し、修道女さんと母、そして数人の女性が教会に入っていった。その後、先生への水の瓶《びん》とパン、バナナ一本を持ったまま、教会の奥に移動した。ずっと行方知れずだったおばが帰ってきたかのように、ヘレーナ先生が笑顔で出てくるのを想像した。バナナを食べている先生を想像した。切傷や打撲傷がすっかり消えて、先生が……私の大好きなヘレーナ先生が元の姿で現れるのを想像した。

待って、待って、待ち続けた。

先生が監禁された部屋の前まで行きたかったけれど、外にいるよう母からきつく言われていた。

母と女性数人は教会の奥にずっと行ったきりだったが、しばらくして母が出てきた。

何か様子がおかしい。母は泣いていて、頬を落ちる涙を拭いている。母の後ろ、修道女さんも泣いている。

「どうしたの？」私は聞いた。「先生、どこ？　ヘレーナ先生はどこなの？」

母は私の手をとり、教会に背を向けさせた。

「リーセモール、ごめんね。先生、お亡くなりになったの」

第11章　蠅と砂糖

こんな言い方をするのは気が咎《とが》めるけれど、自分の先生が叩き殺されるのを目の当たりにするというつらい試練を乗り越えた。先生のことは心の奥に押しこめ、何事もなかったかのように振る舞おうとした。残忍な暴行場面が頭を過《よぎ》らない日は一日としてなかったが、数日のうちに声を立てて笑い、友だちと遊んでいた。しかし、笑う度に大きな罪悪感を覚えるようになった。ほかの子たちが笑うのを耳にしても、いら立つようになった。みんな、どうして笑ってられるの？　ロバートのオルゴールが奏でる調べは心和らぐものではあったが、それさえもいら立ちを覚えた。ヘレーナ先生が痛ましくもお亡くなりになったってことを、みんなわかってるのかしら？　しかし日一日と過ぎる中、気持ちの整理がつくようになり、気に留めなくなった。抑留所での何ヵ月もの間に目にした数限りない殴打や残虐行為は普通のこと……日常生活の一部なのだと考えるようにした。戦闘のただ中にいる兵士とまったく同じように、私は「無感覚」（当時、この言葉は聞いたこともなかったが）になっていった。初めて目にする殺人は最悪だが……いずれ平気になる。人が殴打されるのを何度も見てきた。テンコーのとき、自分の番号札を忘れた若い女性に対して日本軍将校が平然とやってのけたおぞましい仕打ちもあった。そして今、大好きで特別の友だちでもあったヘレーナ先生が半殺しの目に遭い、物置に放りこまれて死んでいくのを目撃していた。

夜になると悪夢が再び現れるようになり、居座ったままどこにも行こうとしなかった。泣き濡れてまんじりともしない夜が続き、先生が息を引き取った、まさにその瞬間はいつだったのだろうと思った。母もほかの大人も二度と先生についてふれることはなかった。口にさえしなければ、子どもの心から先生の記憶を消すことができると考えているかのようだった。あの夜、先生がうめき声を上げるのを耳にした。それは確かだ。監視に放りこまれたあの暗い穴倉で先生は苦しむことはなかったのだと思いたかったが、私の想像以上に先生が苦しんだことは疑いようがない。何度も何度も自分に問いかけた。どうしてこんなことが？

抑留所の蠅はイナゴの異常発生のようだった。特にトイレの近く、そして食べ物がある場所はどこものすごかった。ご飯の入ったお椀に目を落とすと、ご飯粒よりも蠅の方が多いくらいだった。子どもたちのほとんどが膿傷や膿疱を発症し、それを目がけて蠅が飛んできた。蠅に煩わされずにいられるのは、夜になって木の寝台で蚊帳を被ったときだけだったような気がする。そのため抑留所の大多数の人が病気に罹り、発熱するのを避けられなかった。赤痢は普通のことだった。

母親が日に少なくとも一人か二人、ふっといなくなったような気がする。いつも決まって母親だった。母親は食事の一部、時には全部を子どもに譲ってしまうことがよくあったからだ。抑留所のお年寄りからは母親の食べる分を取らないよう、差し出されたものは何であれ断るよう言われた。皆、とてもお腹が空いていたので、そう簡単なことではなかった。子どもによってはかなり無理な相談で、差し出されたものは何でも食べた。母親たちは日に日に弱っていき、ウイルスや発熱で倒れたときにはもはや病と闘うだけの体力は残されていなかった。静かに横になり、顔からは血の気が失せ、痩せ細った体からは骨が浮き出た。

そしてその後、いなくなった。

どこに行ったのかと母に聞いても、答えてくれなかった。

あの蠅。トイレに集《たか》り、その後でパンやご飯にも集るあの恐ろしい蠅。すべて、蠅のせいだ。抑留所には蠅の好きな場所が二ヵ所あった。トイレと、庭の一番端、門のそばにあるごみ捨て場だ。ごみはトラックの横に積み上げられ、二、三日するとジャップの命令で女性何人かがトラックに積みこんだ。作業が終わると、トラックはどこかに捨てにいった。

トラックのそばには、大きな茶色の防水シートが被せられた木製の手押し車もあった。シートの下が何なのかについては子どもたちの間で色々な意見がたくさんあった。愚にもつかないものもあった。しかしシートの下が何であれ、数日していっぱいになると、最終的には監視が門を開け、女性何人かを使って手押し車を外に運び出させた。手押し車が動き出した途端、シートの下からは何千もの蠅が飛び出し、監視は悲鳴を上げて軍帽で追い払っていた。手押し車が戻ってくるとシートはぺちゃんこになっていて、蠅はどこにもいなかった。

オランダ人女性の一人、ハースさんがテンコーの後で頑として言い放った。「忌々《いまいま》しい蠅の奴らにはもううんざり。どうにかしてやる」母とほかの女性何人かは思い止《とど》まるよう必死に頼んだが、ハースさんの決心は固かった。ハースさんは門を叩き、門衛が開けると責任将校への面会を求めた。断じてありえないことだ。日本人と直談判しようとする人など、いようはずがないのだ。

少しの間、門衛と押し問答が続き、門はばたんと閉じられた。私は少しほっとした。門衛はわざわざ将校に取り次ごうとはせず、忘れてしまうだろう。

そうはならなかった。

数分して門が開き、日本軍将校が後ろ手を組んで出てきた。腰に吊るされた大きな刀に目が釘付けになった。将校が抑留所に入ってくると、ハースさんはお辞儀をして近づいた。ハースさんは止まるよう命じられ、二人は話を交わした。何を言っているのかはわからなかった。すると日本軍将校は振り向き、門に歩いていった。そしてやおら立ち止まり、ついてくるようハースさんを手招いた。二人の後ろで門が閉まり、心臓がすごくどきどきした。きっと、ハースさんには二度と会えないのではないかと思った。

それまで生きてきて、あれほど長い一五分間はなかった。しかし奇跡的にも、ハースさんは顔に笑みを浮かべて現れた。教会抑留所で笑顔は滅多に見られない。子どもでさえ笑顔になることはない。それだけに皆、強く関心を引かれた。

ハースさんは集会を開き、自分の前に子ども全員を座らせた。母親たちはその後ろに立ち、ハースさんがどうしてとてもうれしそうにしているのか知りたくてならなかった。

ハースさんは、蝿の問題と蝿に起因する病気について日本軍将校に説明したのだそうだ。将校はとてもよく理解してくれ、蠅は日本兵にも影響を及ぼしていて、少なくとも監視四人が赤痢で病院送りになっていることを認めた。天皇の捕虜は全員が健康でいることが重要だと、日本軍将校は言明したという。続けてハースさんは子ども全員を見て、ほほ笑んだ。

「さあ、今日から新しいゲームの始まりよ。蠅獲りゲームよ」

この新しいゲーム、蠅をたくさん捕まえた子にはご褒美があるとのこと。あんぐり口を開けて座っていると、そのご褒美についてハースさんが発表した。「蠅を一〇〇匹殺して日本軍将校のところに持ってきた子は、一〇〇匹当て砂糖がスプーン一杯もらえるのよ」

砂糖！

砂糖がどんな味だったか忘れていた。もうずい分になるのだ。母がいちごやマンゴー、時にはパンにさえ砂糖をまぶしていたことを思い出した。スラバヤの清潔な台所で母がパンを焼いていたこと、母が作ったビスケットとケーキの匂い、そしてその味を思い出した。ボウルの上で振ったり、時にはトッピングに使った砂糖。じりじりしながら待って、ようやくケーキとビスケットがオーブンから出てきたこと、口が火傷《やけど》しないよう、冷めるまでさらに待ったことを思い出した。

砂糖……。

蠅一〇〇匹で、砂糖がスプーン一杯もらえる。最初、蠅が一〇〇匹だなんてとんでもない数だと思ったが、この小さな害虫はいつだって飛び回っていることを忘れていた。

蠅はどこにだっている。

辺りを見回した。空中、壁、地面、着ている服、髪の毛、手や足など、無数にいる。

子どもたちはすぐに準備に取りかかった。抑留所の子ども全員が挑戦した。私たちはあり合わせの材料で蠅叩きを作った。庭で棒を探し、その棒を小さな穴二つを開けた段ボールの切れ端に縫うように通した。いっぺんにたくさん叩けるように大きな蠅叩きも作ってはみたが、すぐにダメなことがわかった。空を切るスピードが遅くて、逃げられてしまうのだ。逆に小さ過ぎると、的を外しやすくなる。最適な大きさは直径一〇センチに落ち着いた。そして空気が逃げやすいようにと、小さな穴をたくさん開けて実験した。一日目が終わる頃、蠅叩きは完成した。

小さな汚らしい生き物に逃げ道はなかった。そこら中で殺した。トイレ近くを始めとして、実際、一番の場所を見つけようと互いに争ったくらいだ。子どもたちはその日のうちに獲物を数え上げ、女性委員会に持っていく準備をした。私の獲物はカーリンと協力してのものだったが、殺した数は私の方が多かった。段ボールの切れ端の上に一〇匹ずつ列を作って並べた。数えやすくするためだ。初日、戦果は二人で二七六匹だった。三〇〇匹まで二四匹足りなかった。そこで翌日の夜明け、テンコーの前に蠅叩きで武装して妹と蠅退治に出かけた。とても早い時間だったので蠅は目を覚ましてさえいなかったが、次第に起きてきた。一苦労の末、ちょうどスプーン三杯分の砂糖に見合うだけの数になった。

その週の終わりまでには、どこに行っても蠅を見かけなくなってしまった。それ以降、蠅を一〇〇匹集めるのにずっと長く時間がかかるようになった。ゲームは成功だった。抑留所から蠅を駆除できたことで、ハースさんはとても誇らしげだった。私たち子どもは退屈をしのげた上に砂糖をもらったりもして、うれしいったらなかった。

週末になって、ジャップが砂糖の入った大きな袋を運びこんだ。袋は炊事場のテーブルに置かれ、子どもたちは蝿の死骸をくっつけた段ボールの切れ端を手に長蛇の列を作った。蝿は一匹一匹、慎重に数え上げられた。委員会の女性たちは蝿にふれたくなかったので、細く切った段ボール片二つで左から右に寄せて数えていた。辛抱して立っていると、ついに砂糖何杯分に当たるか告げられた。妹と私は別の女性のところに移動し、その数分《かずぶん》の砂糖を白いエナメルの傷んだカップに入れてもらった。

クリスマスがまたやってきたようだった。砂糖……砂糖をもらったぞー！

その後、穴の空いた大きな中華鍋でたき火がたかれ、儀式みたいに蝿を焼いた。これは、病気を防ぐためだということを修道女さんが教えてくれた。蝿は神の星で一番汚らわしい生き物なのだそうだ。私たち子どもは、たき火をお祝いのようなものとして捉えた。抑留所から害虫を駆除し、そしてもちろん褒美として砂糖までもらったからだ。蝿を焼く煙の臭いを忘れることはないだろう。思わず鼻と口をふさいでいた。何か有害なものを吸いこんだなら、死よりもひどい目に遭うかも知れないと自分に言い聞かせた。蝿の小さな体が炎の中でばちばちと爆《は》ぜると、子どもたちは叫び、歓声を上げ、小躍りしてはしゃぎ回った。指揮官が時々やってきて、進行状況を見ていた。顔にはあまり出さなかったが、私たちの仕事振りに満足そうだった。怒っている様子はなかった。とても喜んでいたと、ハースさんは言っていた。

毎晩たき火が消えた後、母に言われた通り真っ直ぐ車庫に帰った。ただし途中、唾《つば》で濡らした指を何回か砂糖につけて舐めてからだ。持って帰った砂糖を母は缶に入れ、次にバナナの特配があるまで取って置くことにした。

その後、ラッセが毎日バナナを食べるのを見ていてうらやましくてならなかった。カーリンと私はいつものようにバナナの皮をもらい、スプーンで果肉をこそぎ落とした。ところが二、三日して、朝のテンコーが終わった後でカーリンと私はバナナを一本ずつもらうことができたのだ。母を驚かせようと、走って戻った。

私たちは皿の上でバナナを残らず潰して砂糖を少し加え、ふわふわになるまで混ぜ合わせた。すごくおいしそうで、口に唾が溜った。私たちは一回にスプーン一杯という約束で食べた。カーリンが最初で、スプーンが妹の口に入っていくのをじいっと見た。妹の顔に浮かんだ表情は幸せそのものだった。ラッセが次で、そして私だった。すばらしかった。何の味もしない粥《かゆ》とご飯に慣れ切っていたせいだ。口が爆発するかのようで、口の中で味が弾けた。信じられない感覚に、皆、笑みがこぼれた。うれしくてうなり声を上げ、互いに口をもぐもぐさせながら笑い合った。母にもスプーン一杯食べるよう言った。そして最後、もう一杯ずつ食べた。私たちは、それぞれ三杯ずつ食べた。ついになくなり、最後のスプーン半杯分はラッセに上げ、皿も舐めさせてあげた。本当に最高の時だった。蠅獲りゲームのお陰で時々はご馳走にありつくことができ、大きな励みになった。私たちはまた、ほぼ毎朝食べている何の味もしない粥のことを考え、砂糖を少し残しておくことにした。ひどい状況だったが、自分がとても健康で丈夫でいられることがありがたかった。たとえ少しでも、家族のためになることができてうれしかった。ごみごみして汚い、飢えに苦しむ抑留所にあっては、あの不快な蠅でさえ役に立つもののように思えた。

第12章　泥棒

抑留所にいた頃を振り返ってみると、一番苦しめられたのは退屈だったこと、そして言うまでもなく空腹だ。

食べ物が十分にあった例《ためし》はない。そのため、また盗みを働くようになった。盗めるものは何でも、盗めるときはいつでも盗んだ。このころ、母は動きがとても鈍くなっていた。関節の硬直が原因だ。食事が配られるとき、母は早く行って列の前の方に並ぶことができなかった。ひどい痛みに襲われることがあって、配給を受けようにも長いこと列に並んで立っていられなかったのだ。教会抑留所には女と子どもが一二〇〇人以上いたと思う。食事はこれ以上ないほど小分けされて配給されたが、毎日少なくとも二、三〇〇人くらいは何ももらえなかった。

母は病気があって列に並べないことをわかってもらおうと配食係の女性に説明し、食事を二人分もらえないかと頼んでみた。しかし、ダメだった。規則は規則、食事がほしかったら頑張って自分で並ぶしかないと取り合ってもらえなかった。それからだ、テーブルから頂戴できるものは何でもポケットに入れるようになったのは。パンのかけらをくすねた。配食係の目を盗んでは自分のお椀の一つかみのご飯をポケットに押しこみ、空のお椀を手に何食わぬ顔でもう一度列に並んだ。配食係は戸惑い、怪訝《けげん》そうに私を見た。口の中は空っぽだと、開けて見せた。配食係はもう一度よそうほかなかった。

バナナは最高の獲物——特に砂糖の蓄えがあるときは——だった。二歳以下の子は誰でもバナナを毎日一本もらえたことから、実際には十分すぎるほどあることはわかっていた。年長の子がバナナをもらえるのはごくたまにで、残りはきっと配食係のものになるのだろうと思っていた。バナナをくすねるのは簡単だったが、隠すのが厄介だった。そこで、一計を案じた。半ズボンのウエストバンドをブラウスの裾ごとお腹のところで折りこんだのだ。これで、ブラウスの中を滑り落ちたものは何であれ引っかかる。バナナの山のそばを通ったとき、ひょいと一本取ってブラウスの前から入れた。バナナは滑り落ちて、ウエストバンドで止まった。私はとてもずるかったので、誰からも疑われず、捕まらなかった。自分の方を見ている人が多いと思ったら、迷わず盗みは翌日まで延期した。

残飯を見つけるのが上手くなり、それを自分のリュックサックに少しずつ蓄えるようにした。万が一に備えてだ。食材を搬入するトラックが来なくて、空き腹を抱えることがあったからだ。私はまた、ジャップはいつでも好きなときに私たちを移動させられることもよくわかっていた。それに、食べ物も水もろくに持たずに駅から連れてこられた、あの最悪だった日のことが頭を離れなかった。

バナナを盗んだ日の夜、自分がすごく賢くなったような気がして寝床に横になった。お腹はまだ少し空いていたが、我慢できないほどではなかった。リュックサックの小さな缶の中にはパンのかけらとご飯のお焦げ（土地の言葉でクラ）が少し、そして一番下には何よりも価値のある、よく熟したバナナが一本あった。次の日のひどい粥《かゆ》の朝食の後、このバナナを家族みんなで分け合って食べるつもりでいた。呑みこむことでしか食べられない粥の後でだ。粥は何の味もしなくて、まるで洗濯糊を食べているみたいだと母は言っていた。よーし、明日はみんなを驚かしてやるぞ。まずは粥でお腹を膨らませ、それからバナナのご馳走だ。

眠ってからほどなくして、はっと目が覚めた。真っ暗だったが、叫び声がして闇を貫く懐中電灯の光が見えた。テ、ン、コー、テ、ン、コ、ーと声がする。いつにないことだ。ジャップは何をしているのだろう？　母から立入検査だと言われ、大急ぎで寝床を出た。怖くて泣いている幼い子がいた。突然起こされ、懸命に立ち上がろうとしている衰弱した女性もいた。私たちは教会の中で列を作らされ、自分のバッグを持ってくるよう命じられた。山と積まれたバッグすべてを兵隊五人が調べ、見つけたものは片端から没収した。

お金――マラヤの通貨とオランダのギルダー――、宝石、衣服が奪われた。見つかった食べ物はすべて、私たちのすぐ目の前で処分された。兵隊の一人が私のリュックを拾い上げ、逆さまにして揺さぶるのを固唾を呑んで見守った。兵隊は私がパンとお焦げを入れておいた缶をつかむと中身を床にばら撒き、汚い靴で踏み潰した。その兵隊はもう一度リュックに手を突っこみ、バナナを見つけた。そして山になった食べ物の上へ放り投げてにやりと笑い、色々な食べ物と混じり合ってぐちゃぐちゃになるまで踏みにじった。

思い切り叫びたかった。まさかの時に備えて、あるいはご馳走として少しばかり残しておこうと私は必死に頑張ってきた。しかしここへ来てまた、日本人の精神構造と、徹底して病的な意地の悪さに疑念を覚えた。日本の天皇は捕虜の健康を願っていると将校は言っていた。だったら、ほんの少ししかないちゃんとした食べ物をどうしてダメにしちゃうの？　バッグも容器もすべて一つずつ徹底的に調べられ、食べられるものは何であれ教会の汚れた木の床で踏みつけにされるのを見て、女性が何人か泣いていた。

しかし、最悪の時はそれからだった。

ロバートが目の端に入った。ものすごく怯えているようで、一点を見つめている。ロバートの視線を追って、その先を恐る恐る見た。一人の監視がオルゴール箱を仲間の懐中電灯の光にかざしていた。見つけ出したものが何なのか見当がつかないといった様子だ。箱についている真鍮の留め金を監視がいじると、ふたが開いた。その途端、聞き馴染んだ曲がひんやりした夜の空気に染み入り、時間が束の間止まったみたいだった。兵隊が二、三人、一瞬動きを止めた。どこから聞こえてくるのかよく分からないといった顔をしている。女性が何人か、慌てて天井を見上げた。ロバートは、意外にもほほ笑んだ。監視がどうするつもりなのか心配だったが、ついこっちまで盗み笑いしてしまった。

ジャップの監視はあざ笑い、山となった食べ物の中へ箱を投げ入れて靴で踏み潰した。オルゴールの小箱は最後の音を哀しげに響かせ、あっという間に壊れた。

一〇分後、監視は引き揚げた。

ロバートのところに行って抱きしめ、慰めて——親友だった——あげたかった。しかしその目を見て、そんなことをしても何にもならないと思った。ロバートはその場を離れて自分の寝床に這い上がり、背中を丸めて横になった。起こったことすべてを忘れたかったのだ。彼の胸は張り裂け、小さな体が身震いするのを見て、涙がこぼれた。

ほかの人たちは泣きながら、まだ食べられそうなものはないかと床の食べ物の山から必死に拾い上げようとしていた。割れた板とゼンマイ仕掛けが傍らに転がっていた。一瞬、取っておこうかと思ったが、意味のないことかも知れなかった。潰され、曲げられ、ねじられていて、修理できそうにないほど壊れている。しかしそれでも拾える部品は拾って、自分のリュックの底に仕舞った。いつかその時が来たら、ロバートに返してあげるつもりだった。

暗くて気がつかなかったが、教会で列に並ばなかった女性が一人いた。女性はひどく衰弱していて、ただ息をひそめて横になっていた。そしてジャップに見つかりませんようにと、一縷の望みにすがっていた。骸骨のように痩せ細った体は毛布にすっかり紛れて、見分けがつかなかったのだ。その人に気づいたのは寝床に戻ったときで、そのことを母に話した。

「ムーレンさんよ。具合が良くないの」

母は横になっているムーレンさんのそばにひざまずき、その顔にそっとハンカチを押し当てた。暗くはあったが、額に玉の汗をかいているのがわかった。目のところが落ちくぼんでいて、深く穿《うが》たれた穴のようだった。顔には表情といったものがまるでなく、痛みも哀しみも希望も一切ない。

翌日の夕方、ムーレンさんの寝床は空っぽで、ただ一人の息子さんがぼーっとして歩き回っていた。やがて女性の一人が、その子を自分の隣の寝床に寝かせてあげた。

「ムーレンさん、どこ行っちゃったの？」母に聞いた。

「病院よ」

数日が過ぎたが、ムーレンさんは戻らなかった。終《しま》いに、聞くのはやめた。

ある噂が絶えなかった。門近くに駐《と》めてあるトラックとごみ捨て場の間に防水シートを被った手押し車があって、そのシートの下には何があるのかという噂だ。このころには抑留所の蝿はほとんど退治されていて、褒美の砂糖をもらうのはいよいよむずかしくなっていた。朝のうちカーリンといっしょにずっと蝿を追っていたが、妹はついに投げ出し、母とラッセがいる教会に戻っていってしまった。

手押し車に蝿が群がっているのに気づいた。抑留所を見回すと、ほかの子たちの姿が目に入った。皆、とても甘い宝石と交換できる小さな蝿を探してうろつき回っている。私は腰を下ろし、地面に段ボールの蝿叩き、そしてその上に蝿の死骸を置いた。

二六匹だ。

朝ずっと追いかけて、戦果はたったの二六匹。この調子では、砂糖をスプーン一杯分もらえない。ただし……。

ごみ捨て場をもう一度見た。手押し車にはものすごい数の蝿が群をなしている。どうして皆、あそこには行かないのだろう？　そう、近づくなと母親が言うからだ。でも、どうして？　カーリンも私も、近づかないようにと母から一〇回以上は言われている。しかし、理由は聞いていない。

二、三日おきに、女性何人かが手押し車を動かすよう命じられた。女性たちは、監視から配られたシャベル（先が尖っている）とスコップ（先が平たい）を持って抑留所から出ていった。この作業には体力のある人だけが選ばれた。外に出ていくと、数時間戻らなかった。その人たちが戻ってきたときのことを覚えている。どの顔からも表情といったものは一切消えていて、涙ぐんでいる人さえいた。

昼過ぎまで待った。すると監視は昼食に出かけ、捕虜のほとんどは太陽の焦がすような熱を避けて教会や元兵舎に入っていった。

私と蝿だけだ。

外に出ている人や私を見ている人がいないことを確認し、大きな紙袋を手に手押し車に向かった。私はあの砂糖が必要だった。私の家族にはあの砂糖が必要だった。手押し車に近づいた。手押し車はまさに砂糖でおおわれていた――蝿ではなく、砂糖でだ！　シャツの袖で顔をおおった。その悪臭は、抑留所の臭いの一〇〇倍はひどかった。

防水シートに最初のひと叩きをくれた。蝿四匹が転がった。四匹！　最初の一撃で四匹殺したのだ。すごく簡単そうだった。どの蝿も大きかった。普通のよりも大きく、ゴキブリのようだった。こんなに大きな蝿を持っていったなら、余分に砂糖をもらえるのではないかと思ったほどだ！　蝿がもう一度シートに集《たか》るのをじっと待った。そして、空を切って蠅叩きを振り下ろした。何度やっても、結果は同じ。三匹、四匹、時に五匹と殺していった。シートを叩きに叩いた。殺した蠅をいちいち集めようとはしなかった。体力の続く限り叩いて、集めるのは後回しにした。死んだ蠅がシートの端や地面に転がって、死骸の山がいくつもできた。少なくとも一時間は叩き続け、もうこれ以上は無理と、どたっと地面にお尻をついた。息は荒く、鼻と顎《あご》の先から汗が滴り落ちた。

蠅の死骸を見回して、思わずにんまりした。

紙袋を取り出し、積み重なって山となった蠅の死骸をすくい集めた。地面だけで少なくとも三〇〇匹。シートの上にはもっとたくさんいると見た。何の造作もなかった。シートの死骸に取りかかるのはこれからなのに、紙袋にはすでに半分は入っている。シートの一番高いところから四隅にかき寄せ、死骸の大きな山を作った。集め終わったとき、紙袋はぱんぱんだった。紙袋の口を折り畳もうと、死骸を下に押さえつけなければならなかったくらいだ。一刻も早く母とカーリンに見せたかった。午前中のカーリンの頑張りに免じて、ご褒美として妹に数えさせてあげることにした。

とてもうきうきしていた。そして退散しようとしたまさにその時、好奇心が頭をもたげた。怪物や死体、幽霊や吸血鬼がその正体だなどと子どもたちは噂していたが、この汚らしい防水シートの下にそれがいるのだ。探るように周りを見回した。誰もいない。ちょっと覗きこんで、この噂に終止符を打ってやろうと思った。

シートの角をそっとつかんだとき、どうして身震いするのかわからなかった。恐怖？　それとも興奮？　たぶん両方だ。顔を手押し車の高さに近づけ、そうっと持ち上げた。シートの下から蝿が群れになって飛び出した。とっさに目を閉じると、顔をかすめて飛んでいった。目を開けると、死体の、蛆虫が密集している眼窩がすぐそこにあった。ムーレンさんの顔だった。

ムーレンさんの後ろ、死んだ女性が何体も裸で積まれていた。三歳にもなっていない小さな男の子もいる。次の瞬間、ものすごい臭いが鼻を突いた。死臭だ。すべてわかって胃がむかむかし、がくっと膝を落とした。地面に嘔吐し、体が震え出した。女性たちは消えたのでも、病院に行ったのでもなかった。死んでいったのだ。飢えて、ゆっくり死んでいったのだ。あの女性たちがスコップやシャベルを持っていた意味がようやくわかった。教会に向かって歩いていて心に一つのことが掛かり、しゃくり上げながら大声で泣いた。母が手押し車に積まれるのはいつだろう？

できるだけ心を鎮《しず》めた。何百匹もの蝿と、そのお陰でもらえる褒美の砂糖のことだけを考えようとした。母なら心配はないと考えるようにした。家族全員が確実に生き延びられるようにしたかった。たとえ死体でいっぱいの、あの防水シートと手押し車のところにまた出かけて行かなくてはならないにしても、わが家はきっと大丈夫だ。何としてでも、家族が生き延びられるようにしたかった。

第13章　ドブネズミ

大変な数の蝿を見るなり、私がどこで殺してきたのか母はすぐに気づいた。叱られてお説教されるのではないかと思ったが、ドブネズミはとても危険だから気をつけるようにと言われただけだった。ドブネズミは、トイレやごみ捨て場付近で目にしていた。尻尾の長いこの生き物を前にすると身がすくんでしまい、近づこうとはしなかった。だから、母は心配するまでもなかった。蝿を殺そうと手押し車のところには何度となく行ったが、その数は日に日に少なくなっていった。防水シートの下が何なのか今でははっきりわかっていたが、蝿を叩いている間はそれを意識しないようにした。一日の終わりにもらえる褒美のことだけを考えるようにした。汚れた茶色い防水シートの下に何があるのか抑留所のどの子にも教えてあげたが、獲物を増やそうと手押し車まで出かけていく勇気のある子は、うれしいことにほんの数人しかいなかった。

蝿がほとんどいなくなり、ドブネズミとハツカネズミ（原文ではmouse。頭から尻までが6～9㎝、尻尾は4～8㎝の小型種）の数が増えたようだった。今やこの小さな生き物は人間との生活にすっかり慣れ、日毎大胆になっていた。抑留所の食べ物のかけらやパンくずを奪い取ろうと、それまでになく必死だった。炊事場のテーブルや寝台の上をハツカネズミが走って横切るのを見ることも珍しくなかった。最初のうちは飛び上がったり悲鳴を上げたり罵《ののし》ったりもしたが、いつの間にか慣れてしまった。

　ある日、食事を終えた子たちがテーブルからいなくなり、炊事場担当も一人、また一人と持ち場を離れていったとき、棚の奥に半分になったパンがあるのが目に入った。明らかに配食係の見落としだ。自分の幸運がまるで信じられなかった。じっと待っていると、ついに誰もいなくなった。棚に箱を押しつけて乗り、目の高さが棚板と同じになるようにした。そして手を伸ばし、パンの端をつかんだ。何かが少し動いたような気配がした。パンが何かに引っかかっているような感覚もあった。棚からパンを取ろうとするのを何が邪魔しているのかと目を凝らした。パンを引っ張ると、元の場所に引き戻そうとするかのよう。強く引っ張ると、パンが引っかかりから外れた。棚板のささくれか何かだろうと思った。しかしパンが元々あった場所に目をやると、大きな黒いドブネズミとにらめっこする破目になった。ドブネズミは恐怖で固まっていた。身の毛もよだつ、ぬるっとした黄色い歯を相手がむくのを見て、私も恐怖で固まった。

　パンくずが少し、ドブネズミの頬ひげについていた。ドブネズミ相手に尋常ではない綱引きを演じていたわけだ。ゆっくりと身を引いた。少しでも急に動けば、襲いかかってくるのではないかと怖かった。下に降りて、箱を元の場所に戻した。かじり取られたパンの端を見て、ドブネズミが媒介する恐ろしい病気について母が言っていたことを思い出した。死に至る病だ。途端にパンはそれほど魅力あるものではなくなったが、そう簡単に諦めるつもりはなかった。正々堂々と戦って勝ち獲ったのだ。炊事場の包丁を取り、かじられた部分を切り落とした。そしてパンをポケットに入れ、教会へ走って戻った。背筋に震えが走った。

テンコーのとき、日本軍将校から発表があった。蝿の問題が一段落したことをとても喜んでいたが、今やネズミに全力を注がなければならないという。褒美の砂糖はハツカネズミ一匹にはスプーン一杯、ドブネズミ一匹については二杯に引き上げられた。子どもたちは砂糖がほしくてたまらなかったが、蝿はすっかりいなくなっていた。そこで全員、この新しい課題にも蝿のときと同じように熱を上げた。

子どもたちがドブネズミ狩りをすることに母親たちはあまり好い顔はしなかったが、年上の男の子たちが挑戦しようとするのは止められなかった。あらゆる種類の罠が考案された。追い詰めたり、罠にはまったとなれば、たくさんの殺し方があった。私は、ドブネズミ狩りは年上の子たちに任せることにした。あの恐ろしい生き物と対峙することはできなかった。ドブネズミにかじられたら簡単に死んでしまうと、母からもおどかされた。ドブネズミとのパンの獲り合いと、その歯がどれほど自分の指に近かったかを思い出した。ドブネズミはまた、日本兵をも連想させた。あの鋭くて気持ち悪い黄色い歯、脂染みた黒い髪、そして意地の悪そうな黒い目を。日本兵と向き合えないのとまったく同様、ドブネズミと面と対することもできなかった。たとえスプーン二杯分の砂糖であっても。

このころ、モンスーンの雨がやってきて、それまでにない最大のドブネズミ狩りがあった。雨は絶え間なく降り、滝のようだった。抑留所の庭が次第に水没し、大きな湖になっていくのを教会の階段から魅入られたように眺めた。

水深が五〇センチほどになったときだった。トイレの方から泳ぎ出した最初のドブネズミが目に留まった。年上の男の子の一人が歓声を上げ、教会の中に駆けこんでいった。数秒後、男の子は上半身裸になって大きな棒を手に戻ってきた。そして頭上高く棒を振りかざしながら、あれよあれよという間に水の中に走っていった。ドブネズミは円を描いて泳ぎ回り、高くなった場所に這い上がろうと必死だ。男の子が棒をドブネズミの頭に振り下ろすとドブネズミは水面からひょいと沈み、やがて再び浮かび上がった。ぴくりともしない。男の子はもう一度叩いた――念のためにだ。そして獲物の尻尾をつかんで持ち上げ、誇らしげな笑みを浮かべて教会に戻った。

男の子がドブネズミを階段に置いた直後、再び歓声が上がった。別のドブネズミが泳いでいるのが見つかったのだ。もう二人の男の子が棒を手にとった。そして一分もしないうちにドブネズミは死んで、水面に浮かんだ。ドブネズミ狩りは何時間も続いた。しかし見たところ、男の子たちは戦果に少しがっかりしているようだった。ずい分長いこと見張っていたものの、泳ぎ出てきたのは六、七匹にすぎなかったからだ。泳ぎ出たドブネズミはすべて退治された。ドブネズミは水の中では動きが鈍く、逃げようにも逃げられなかった。日が暮れた頃には雨が止み、水位が下がり始めた。残りのドブネズミはすべて溺れ死んだものと思われ、ドブネズミ狩りの見物は終わりとなった。その晩、ドブネズミの死骸は女性委員会で回収され、砂糖が配られた。死骸は明くる日の晩、たき火で焼かれるという。

たき火がどこで行なわれたのかはわからないが、ドブネズミが焼ける匂いを嗅いだ覚えはある。とても香ばしい匂いで、思わず鼻が追いかけていた。肉が焼ける匂いだ。スラバヤのわが家で鶏肉をオーブンであぶり焼きにした匂いと似てなくもなかった。

数日後の夕食で、キャベツスープに小さな肉が少し入っていた。女性が一人、自分のスープに入っていた筋の多い肉を見せびらかしながら自慢げに歩き回った。どういうことかとスープを配っている女性の一人に聞くと、抑留所のドブネズミを残らず退治した褒美として、ジャップが鶏を何羽か持ってきたという。スープにぐっと風味が加わって歯ごたえがあり、以前わが家で食べた鶏肉の食感を思い出した。この滅多にない機会を逃さないようにと、急いで母を呼びに行った。今晩はシチューで、いつもの単なるキャベツスープではなくて本物の肉が入っていると伝えると、にっこりして首を横に振った。「珍しく、あまりお腹が空いてないから」そう言って、教会に戻っていってしまった。

ロバートのオルゴールを最後に開いて以来、初めての楽しげな音だった。抑留所はいつも、ジャップの叫びや怒鳴り声が飛び交っていた。そして教会の寝台では、病気で死んでいく女性や子どものうめき声が絶えなかった。しかし、それとは違っていた。聞き慣れない音色で、聞いていて心地好かった。水が引いて太陽が輝き、靄《もや》のようなものが煙のように立ち昇っていた。音が聞こえてくる、庭の一番遠くの端はぼやけていてはっきりとは見えなかったが、歩いていくと男の子がいて、陽ざしを避けて塀際に座っていた。近づくと、にこっとした。ヤープというオランダ人の子だった。

「これ、僕の竹クリッカー（かちかちっと音を出すものの意）。自分で作ったんだよ」ヤープが胸を張って言った。

ヤープはすっかり磨きこんだ二本の竹の棒を人差し指と親指で挟んで持ち、それを互いにぶつけた。手首を打ち振って竹の棒二本をぶつけ合うと、嘘のようにリズムが叩き出されて庭中に響き渡った。ヤープは、少し怯えている様子のもう一人の子といっしょだった。オーストラリア人のアーニーだと、ヤープが紹介してくれた。私はアーニーのそばに座り、どうかしたのかと聞いた。彼は首を振り、ほほ笑んだ。

「別に何も。けど、取って置きのものがあるんだ。僕の秘密がね」

アーニーはもう一度辺りを見回し、覗き見されていないか、近くに「ニップ（日本人に対する、オランダ語の蔑称）」がいないか確認した。そしてポケットに手を入れ、小さな木製のハーモニカを取り出して唇に当てた。本物の音楽だ！　私は、熱心に練習を続ける二人のそばに座った。ハーモニカの調べは、手製の打楽器が生み出すビートと見事に調和した。こんな場所でこんな音が生まれるなんて、何てすてきなことだろうと思った。二人の演奏にうっとりしながらも、ヤープを見ていて吹き出すまいと必死だった。ヤープはとても集中してクリッカーを打ち鳴らすあまり、口の端から舌がはみ出ていたのだ。後に二人は、両手で同時にクリッカーを演奏するまでになった。

私は抑留所楽団に参加したかった。

竹の棒は抑留所のどこにでも転がっていて、見つけるのは簡単だった。細くして、磨き上げるのはむずかしかった。炊事場から「借りてきた」包丁で削って形を整えた。次に、細くした竹を調理鍋の下の火であぶり、細かい砂で磨いた。そして、同じ作業をもう一度最初からくり返した。クリッカー――そう呼んでいた――は形状と長さ、そしてどれだけ磨いたかによって、一本一本がそれぞれ異なる音色を生んだ。二、三週間のうちにほかの子も加わって小さな楽団ができあがり、私たちは毎日何時間も練習した。おかしなことにジャップは気にしていないようで、ついにはアーニーでさえもハーモニカを隠そうとはしなくなった。初めてジャップが許し、好きにさせてもらえる娯楽を見つけたのだ。楽団は毎日の単調な生活を一変させた。ジャップも私たちと同様、抑留所での生活に退屈しているらしいということがわかってきた。

こうして私たちは生き延びた……かろうじてだったが。

第14章　マーガレットさん親子

このころ、肋骨《ろっこつ》が目に見えて浮き出ていた。夜になってカーリンがシャツを脱ぐと、妹も同じだった。いつもいつもお腹が空いていた。そのため物乞いをしたり、ごみ捨て場を漁《あさ》ったり、盗んだり、命を繋ぐ貴重な褒美にありつこうと蠅やハツカネズミを殺したりした。母が自分の配給分をちゃんと食べているか目を離さないようにし、褒美の砂糖も食べるよう言って譲らなかった。砂糖がないときは、私と妹に配られたバナナをいっしょに食べるように、と。獲物を追いかけたり食べ物を漁ったりしていないときは、ほかの子たちと遊んだり、楽団で曲を作ったり、夜はいつも疲れ切って抑留所のあちこちに座りこんだりして過ごした。寝床に横になるとすぐ眠くなったので、空腹感が気になることはなかった。単に気のせいかも知れないが、食事の量が減ってきているようだった。

母は足がすごく浮腫《むく》んで、一日のほとんどの時間を寝床で横になって過ごした。母を気づかってくれる人が何人かいて、治療のために時々病院に連れていってくれた。脚気という病気で、ビタミンをもっと摂る必要があったのだ。

暴力がやむことはなかった。ジャップがテンコーを取る度に、誰かが何か間違いを犯して罰せられるのではないかと常に不安だった。いつも同じことのくり返しだった。将校が片言の英語で腹立ちを捲《まく》し立て、その傍らには自分への殴打が始まることを覚悟している気の毒な女性が立っていた。

今回の女性はイギリス人で、マーガレットさんという美しい人だった。マーガレットさんには幼い娘が二人、そしてトーマスという息子がいた。トーマスはまだほんの四歳で、糖尿病という病気を患っていた。マーガレットさんはトーマスの薬が必要で、やむにやまれずある監視をブレスレットで買収しようとして捕まってしまったのだ。お金のないマーガレットさんにしてみれば、その監視が日本にいる自分の妻か恋人へのプレゼントとして宝石のついたブレスレットを受け取ってくれるのではないかと、すがる思いからのことだった。監視一人ばかりでなく、日本国や天皇にも背く行為であると将校は断じた。監視はブレスレットを受け取り、その足で将校のところに行って証拠として差し出していた。将校がマーガレットさんの子どもの名を叫ぶと、子どもたちはおずおずと前に出た。マーガレットさんは将校の足元に額《ぬか》づいて子どもを罰しないでほしいと懇願したが、将校はこれを無視。さっと手を振り、列になって並ぶよう子どもたちに指示した。

「家族全員の罰だ」将校が告げた。これは普段と違う。子どもが罰せられることは滅多にないからだ。たとえ子どもが盗みを働いて捕まっても、殴打されるのは決まって母親だった。

マーガレットさんは将校の前で地面を叩き、泣き叫んで訴えた。「お願いです。おやめください。何でもします。罰は私だけにしてください」

私は三人の子どもを見た。三人とも怯え、立ちすくんでいる。一番年上の女の子は七歳にもなっていない。カーリンと同じくらいだ。将校の合図で監視数人が前に踏み出し、銃剣を家族に突きつけた。一瞬、すぐその場で殺されてしまうのではないと思った。そうはならなかった。一人の監視がマーガレットさんの髪を鷲づかみにして立ち上がらせ、教会に向かうよう指さして叫び、蹴りつけた。別の監視は手のひらで子どもたちの後頭部をくり返し平手打ちしながら、母親についていくよう急き立てた。子どもたちはいよいよヒステリー状態で、大声で泣けば泣くほどはたかれた。母子四人は荷物をまとめるよう指示され、教会の中に入っていった。家族全員が懲罰房に五日間閉じこめられ、朝は粥《かゆ》が一杯、水は毎晩一杯だけ与えられると言い渡された。私たちはもう一度お辞儀するよう命じられ、解散となった。

夜になって床に就くと、トーマスと姉妹のくぐもった泣き声が教会中にさえざえと響いた。マーガレットさんと子どもたちは教会の中、入口近くの大きい物置の一つに押しこまれた。物置は二メートル四方もない。あの漆黒の木のドアの向こう、その恐怖はどれほどだったろう。最初の晩以降、何の物音も泣き声も助けを求める声もしなかった。もちろん、息をするのが聞こえようはずもない。静寂というのは最悪だった。どうしてたとえ少しでもすすり泣くことができないのだろう？そうすれば、少なくともまだ生きていることがわかるのに。教会が最も静かになる深夜、私は横になったまま目を覚ましていて、物置の方からどんな物音であれ何か聞こえてきやしないかと耳を澄ませた。

見張りが二人、教会の外壁のすぐそばに配置されていた。誰かが家族を助けることのないよう、交代で寝ているという。四日目の朝、錠が解かれた。ドアを開けた瞬間、ジャップは鼻を摘まんだ。

中は糞尿だらけだった。ジャップは物置を離れ、教会の開け放った扉のところで向き直って叫んだ。

「飯食わせて、掃除しろ」

物置の中はこれといった動きはなく、きっと四人とも死んでしまったに違いないと思った。最初に中に入ったのは、修道女さんの一人だった。邪魔になるからとどけられたが、隣り合って横になっている、ぐしゃっとした体をちらりと見た覚えがある。私たち子どもは外に出され、教会の扉のそばで皆して待った。家族全員が支えられながら日向に出てきて、流し場へ向かった。痩せた体にこびりついた汚れを修道女さんたちが洗い落とした。四人の顔はほとんど真っ黒で、泣いてばかりいて涙が汚れを流し去った跡だけが二筋白かった。四人はもう泣いていなかった。泣き疲れたからだと母は言っていた。目は閉じられていて、まぶしい陽ざしの中で少し開くにもずい分とかかった。ようやく目が開くと、痛みに顔をしかめた。四人とも本能的に手をかざして陽ざしを遮った。

母子四人は修道女さんから飲み水と小さな果物をもらい、やがて病院へ送られた。抑留所を横切って病院に通じる木戸までの五〇メートル、足を引きずりながら優に一〇分はかかった。病院には一週間いて、ようやく教会に戻ってきた。マーガレットさんは順調な回復を見せたが、子どもたちは別だった。いっしょにゲームをしようと言っても遊ぼうとはせず、笑顔になるということがなかった。末っ子のトーマスは一日中、教会の自分の寝床にただ横になっているだけ。そしてある日、消えていなくなった。

ある日、抑留所で大きな騒ぎがあった。かなりの数の日本兵が軍のトラックでやってきたのだ。

「きっと、いつものテンコーでしょ」しかし今回、母は私の言葉に首を横に振った。私も何となく、今度のテンコーは少し違うことに気づいた。

日本軍将校は私たちを整列させたが、名前も段ボールの番号も問わなかったのだ。こんなこと、今までない。そして突然、一七歳以上の未婚女性は別に並ぶよう指示があった。すぐに皆、訝《いぶか》しげに目を見交わした。若い女性はとても怖がっている様子だった。次第にできていく列に並びたくなくて、自分の母親にしがみつく娘さんもいた。

ついに三〇人ほどの長い列ができた。皆、怖くて震えていた。日本軍将校が数人現れ、未婚女性の列の前を行ったり来たりしてじろじろと睨《ね》め回した。将校たちは笑い合い、時折特定の女性の顎を上げさせては入念に眺め、仲間の一人に何か言っていた。

皆かわいそうにも、その場に立ちすくんでいた。恐ろしさのあまりうつむき、顔を上げようとはしなかった。将校たちの話し合いが続き、放免となった人もいた。列は最後、一〇人になった。

泣いている母親もいて、娘を放してくれるよう日本軍将校に懇願していた。一〇人は荷物をまとめ、急ぎ正門に集合するよう命じられた。門には、別の抑留所に女性たちを連れていくトラックが待っていた。将校に抗議しようと集まった母親もいた。娘さんたちは別れを告げ、母親や友だちとハグしていた。娘さんたちがトラックに乗せられると、一人の将校が母親の一人に言った。

「娘は大丈夫。心配ない。大日本帝国陸軍の将兵に慰安を提供する」

第15章 「Ik《イック》 ga《ハー》 nog《ノッホ》 liever《リーヴァー》 dood《ドードゥ》（死んだ方がましだ）」

貧弱な食事のせいで、すぐに疲れるようになった。教会抑留所に来て八ヵ月近くになり、午後になるといつも寝床で休むようになっていた。いったん眠ると二時間、時には三時間になることもあった。そして胃の内側に爪を立てられたような、きりきりする痛みで目が覚めた。私だけではない。今では母もカーリンもほぼ毎日、うたた寝ばかりしていた。飢えて、ゆっくり死んでいくのではないか、ある日いったん眠ったが最後、二度と目が覚めないのではないかと恐ろしかった。目を開く度に、心底から救われる思いだった。

ある日の午後、何かすごく不快な、とは言っても決して初めてではない臭いで目が覚めた。抑留所の衛生状態は最底で、汗まみれの不潔な体の臭いはどこにいても鼻についたが、監視は概して身なりがきちんとしていて、軍服の襟からは白くて清潔なシャツが覗いていた。

しかし一人、ひどく臭う監視がいた。この監視の軍服は仲間の兵隊よりも少し汚らしく、髪は少し脂染みていて歯は緑色に近かった。この男はいつも汚らしく見える数人のうちの一人にすぎなかったが、将校からは度々叱責されていた。男は、どんなに洗っても汚らしく見えた。この男がテンコーで一言でも口を利こうものなら、その口臭は数メートル先からでも臭った。私たちはこの男をニップと呼んだ。男は、ドブネズミのように口の尖《とが》った小さな顔をしていた。何本か突き出た頬髭がありありと目に浮かぶ、そういう顔つきだ。その体臭は、スラバヤで一番臭い下水道の汚物と廃物の中を這い回るドブネズミの臭いと同じと言っても過言ではなかった。

ニップのその臭いで目が覚めた。

途端に全身が強《こわ》ばった。こんな時間、教会で何してるの？　居場所はここじゃないのに。臭いがきつくなるにつれ、パニックになった。ニップがすぐ目の前に立っていることに気づいた。開いた目が次第に光に慣れ、ニップがゆっくり離れていくのを見てほうっと息をついた。狙いは私ではなかった。ニップの視線は、うら若いオランダ人女性の一人にひたと注がれている。その人も寝ていたのだが、今は床に立っていた。伸びをして、髪を手櫛で梳《す》いている。丈が膝の少し上くらいまでの白の薄いブラウスを着ていて、痩せた体が後ろのドアから差しこむ陽の光を受けて透けて見えた。

ニップはにたにたと舌なめずりしている。見たこともないような不快な顔つきだ。ニップは素早く教会を見回した。静か――寝ていたのは一五人から二〇人にすぎない――で、オランダ人のお姉さんは何も気づいてない。しかもお姉さんは、教会の外へと向かうニップの通り路をふさぐようにして立っていた。どいてほしかった。ニップは最後の数歩を踏み出し、お姉さんの腕を荒々しくつかんだ。

お姉さんは本能的に抵抗して身を離そうとしたが、ニップはその顔を平手打ちしてうなるように言った。「おとなしくせんか」お姉さんはすくみ上った。見るからにショックを受けている。ニップは再び腕をつかみ、寝台から引き離した。そして、物置がある暗がりの方へ引っ張っていった。

言い争う声が大きくなった。ニップはお姉さんを捕まえながら、もう一方の手でポケットから鍵を出して物置のドアを開けた。一息でお姉さんを中へ押しこむと、戸口で一瞬仁王立ちになった。時が止まったかのようだった。物置からは何の物音もない。ニップは両手を腰に当て、ただ突っ立っている。見えなかったが、にたにた笑いが顔中に広がっていたことは想像にかたくない。

ニップは一歩前に出て、ズボンの前をまさぐり始めた。そしてつぶやいた。

「いい女だなあ」次いで、分厚い革のベルトが床に落ちた。これが引き金となり、お姉さんはいきり立って物置から飛び出した。それをニップは後ろから抱え上げ、物置の戸口に数歩戻ろうとした。今やお姉さんは声を張り上げていて、周りの人たちが目を覚まし出した。皆、何事かとは思ったが、助けに入る人は誰もいなかった。お姉さんはドア枠に両足を突っ張っていて、ニップは全力で押しこもうとするも果たせないでいた。

オランダ語の叫び声が上がった。「Ik《イック》 ga《ハー》 nog《ノッホ》 liever《リーヴァー》 dood《ドードゥ》! Ik ga nog liever dood!」

オランダ語は一通り理解できたので、「死んだ方がましだ」と叫んでいるのがわかった。

お姉さんは顔をどうにかニップに向け、唾を吐きかけた。ニップが慌てて手を離したので、お姉さんは体を床に強く打ちつけた。ニップは顔の唾を懸命に拭き取りながら、お姉さんを激しく蹴りつけた。その時になってようやくお姉さんが裸だということに気づいた。抗《あらが》う中、ブラウスは引き裂かれていた。

ニップは怒鳴り散らしていたが、顔を伝い落ちる唾の方が気になってならない様子だった。お姉さんは床に倒れたままうめき声を上げ、お腹を押さえている。ニップは蹴り続けるだろうと思ったが、なぜか振り向いて教会から出ていってしまった。

お姉さんはひどく痛めつけられたわけではなく、女性何人かが服を着せて涙を拭いてあげた。お姉さんの震えは収まらず、女性たちは気持ちを落ち着かせようとしていた。しかしお姉さんは教会の開いた扉をただ見つめるばかり。その目は恐怖に慄《おのの》いていた。私でさえ、ニップが報復することはわかった。日本兵の顔面に唾を吐きかけたのだ。まさに最悪の事態だ。間もなくして日本兵六人が打ち揃って教会に入ってきて、扉のそばで直立不動の姿勢を取った。続いて、抑留所の責任将校が足を踏み鳴らして入ってきた。お姉さんは気づかってくれる女性たちに囲まれて寝台に座っていたが、将校がさっと手を振って女性たちを追い払った。お姉さんは将校を見上げ、恐怖で縮こまった。

「立て」将校が静かに言うと、お姉さんは命令に従った。立ち上がって、本能的にお辞儀をした。将校は叫ぶことなく、穏やかに話した。今までにないことだ。「貴様、大日本帝国陸軍将兵の顔面に唾を吐きかけたというのは事実か」

涙が頬を伝って流れるまま、お姉さんは答えた。「襲われたんです」

「質問に答えろ」

「襲ってきたんです。私を――」

将校が遮った。「答えんか、質問に」

逃げ道はなかった。将校は、部下の一人がしたことについて何か知りたいとは思っていなかった。

お姉さんはうなずいた。

将校は振り向き、教会に残っている女性と子どもに言い渡した。「全員、外に出ろ」そして、やや声を荒げて言った。「テ、ン、コー……今すぐだ」

整列したままで一時間、ついにお姉さんが教会から引きずり出された。立っていられなかった。腕も足も切り傷や打撲傷だらけだ。目は腫れ上がり、閉じられている。元々は白かったブラウスは血で赤く染まり、土が茶色くこびりついている。見るからに、ずたずたにされた古いぼろ切れだ。奴らが何をしたか、神はすべてお見通しだ。お姉さんはぼろ人形のようだった。兵隊はお姉さんを立たせておこうとしたが、地面に倒れこんでしまった。兵隊が立ち去った途端、いつものように修道女さんがどこからともなく現れた。修道女さんがいれば、これで助かると思った。いつもの修道女さん効果だ。修道女さんは親切で、すばらしいお話をしてくださり、体の弱った人を薬で治してくれる。お姉さんは担架に乗せられた。死の一歩手前みたく見えるけれど、今度も修道女さんが手当てをしてくれて直に戻ってくると思った。

何週間待っても、オランダ人のお姉さんは戻ってこなかった。

第16章　仏さま、どうかお恵みを

一九四四年九月

修道女さんが集会を呼びかけた。これはきっと、オランダ人のお姉さんが戻ってきたことを知らせるためだと思った。みんなを驚かせるつもりなのかな？　もしかしたら連れてきているのかも知れない。

集会は、家族名の載った名簿についてだった。修道女さんの一人、シスター・マリアが説明した。教会抑留所は過密状態になっていて、何家族かが別の抑留所に移動しなければならないのだそうだ。シスターは皆を安心させようとしてか、抑留所の収容人数が減れば食料は長く持ち、また移動先ではここよりも良い居住施設と食事が提供されると告げた。こんなに長いこと自分の家だったこの場所を出ていくのはどんな感じだろうと思った。食べ物を譲ってくれ、とてもやさしくしてくれたお年寄りの修道女さんたちのこと、そして母を気づかってくれた人たちのことが頭を過《よぎ》った。

話をしているお年寄りのシスターの目を見て……そして……そう……修道女さんたちについてもきっと懐かしく思い出すことだろう。教会抑留所はむごたらしいところだった。殴打や殺人、ごみ、病気、そして虐待を信じられないほど見てきた。母はひどい病気になった。カーリンもだ。そして、八ヵ月以上に渡って配給された食事はあまりに貧弱なものだった。それなのにどうして、すぐそこにあるシスター・マリアの名簿を見ながら、わが家が含まれていないことを祈ったのだろう？

朝食後、翌日朝一番に出発する一二家族の名が読み上げられた。

「ファン・ベーク、バイゼ、スミス、ピータース、ヴィレムス、デュボア、グロン＝ニールセン……」

その後の名前は耳に入らなかった。シスターは、長い道のりになるから心構えをしておくようにとも言った。そして明くる朝は粥《かゆ》が少し多目にもらえて、バナナが一人一本配られると発表があった。やさしげなお年寄りのシスターからバナナのことを聞いて、ラッセとカーリンの顔に笑みが広がった。私は母を見た。弱々しかった。足の浮腫《むく》みは少し引いたようだが、短い距離であっても歩けるかどうか疑問だった。まして長距離を移動するとあっては……。庭の炊事場に行くことさえ覚束ないのだ。移動？　良い知らせではない。残ることになる友だち、そして楽団仲間のヤープやアーニーに目をやった。さようならを伝え、翌朝に向けて準備に掛かった。

結局、バナナの約束は果たされなかった。翌日の朝食で受け取ったバナナは、家族四人に一本だけだった。ジャップは特配を約束していたが、バナナは到着しなかったとシスター・マリアは謝った。バナナは、カーリンとラッセにすぐその場では食べさせなかった。私のリュックに入れ、後に取っておくことにした。前の晩にパンとご飯をくすねておいて良かった。教会を出て、水道で瓶《びん》を全部いっぱいにした。そして妹と弟には、これ以上はもう無理というくらい蛇口から水を飲ませた。お腹がぱんぱんで苦しいとカーリンが文句を言った。内心、笑ってしまった。妹がそんなことを言うのは久し振りだ。

門が開き、九ヵ月近くいた抑留所の外に初めて出た。抑留所楽団やいっしょに遊んだゲームなど、友だちとのすてきな思い出は脇へ押しやり、ここよりも良いところに向かおうとしているのだと自分に言い聞かせた。日本軍指揮官が門の外に立ち、家族名を読み上げて人数を確認した。

一九四四年九月になっていた。ラッセはもうすぐ二歳だった。女性と子ども大勢が門に立ち、手を振って送り出してくれた。涙でいっぱいのお別れだった。特に子どもたちが泣いていた。この時ばかりはジャップも門を閉めようとはせず、私たちの姿が見えなくなるまで後に残る家族が見送るのを許してくれた。

歩き出して間もなく、周りの風景に目を奪われた。私を最初に捉えたのは色彩だった。教会抑留所には花がなかった。草も生えず、木が二、三本あるきり。地面は灰色、壁も灰色、トイレと病院は薄汚れた白。それがいきなり、長いこと奪われていた色彩が目の前に溢れたのだ。黄と赤、濃いピンク、そして紫の美しい花が満開だった。雨が止んだばかりで、すべてが生き生きしている。木々と花々は、草と低木が織りなす鮮やかな緑の絨毯《じゅうたん》に囲まれている。行き先は知らなかったが、胸躍る気分だった。そして数分後、長いこと耳にしていなかった美しい調べが聞こえてきた。鳥の鳴き声だ。

私たちが通りかかると一斉にさえずる小さな生き物を見つけようと、木々や茂みに目を凝らした。抑留所ではその姿を見たことはないし、鳴き声を聞いたこともない。そもそも鳥が飛んで来ようはずもなかった。収容所には餌はなく、鳥が羽を休める低木の茂み一つなかったから。抑留所は一〇〇〇人もの飢えて惨めな人たちの住みかであって、鳥が啄《ついば》むようにとパンやピーナッツをベランダに出しておいたスラバヤのわが家とは違い、木の実も果物も食べ残しもなかった。鳥は自由で、どこにでも好きなところに飛んでいくことができ、木の実でいっぱいの茂みや果物のプランテーション近くの木々に巣を掛けることができた。プランテーションは灌漑が施されていて土が柔らかく、そこを這い回るよく太った幼虫や甲虫が赤ちゃん鳥の餌になった。抑留所にはドブネズミと一戦交えて得られるわずかばかりのパンのかけらを除けば、鳥の餌となりそうなものはなかった。

美しい果樹園やバナナとマンゴーのプランテーションを過ぎても、依然として鳥はさえずっていた。ジャワ固有の蝶が一群《ひとむれ》いた。私の手のひらほどの大きさのものもいて、羽は独特の黄色と黒い色をしている。蝶はさながら、私たちの必死の行進の後をついてくるかのよう。ひらひらと頭上を舞い、ごく普通の静かな道を連れ立っていくのを喜んでいるみたいだった。

最初の一、二時間、美しいジャワの田舎を歩くことが楽しくて心が浮き立っていた。しかし飲み水と食べ物が尽きると、この先どれだけ歩くのか、飲み水はどこでもらえるのかということが気になり出した。母の瓶には水が二、三センチ残っていて、出発してから少しずつすすっていた。しかし、私たちには飲ませてくれなかった。修道女さんがどうにか都合してくれた痛み止めを溶かしこんでいたからだ。母が最後の数滴を口にしたとき、私は母の足を見た。両足とも、足首のところが浮腫んでいる。母はもうどれほど歩いたのだろう。

「リーセモール、あまり遠くなければいいんだけど。あと一、二時間で薬が効かなくなりそうなの」

「ママ、心配しないで。きっと、もうそんなに遠くないと思う」

ラッセやほかの子たちは今ではもう、喉が渇いた、疲れたと不平を鳴らしていた。この子たちも最初の数時間は私同様、経験したことのない自由のようなものを楽しんでいたのだが……。

護衛から休息するよう言われ、陽ざしを遮ってくれる大きなバニヤンの木の下に座った。護衛四人は少し離れたところに座り、来る途中でもいだ果物を食べていた。うち一人が大きなパイナップルの皮を銃剣で削ぎ落とし、仲間に配っていた。甘い果肉にかぶりつくのを見ていて、よだれが文字通り顎を流れて落ちた。

母は段ボールの靴を調整し直していた。すでに一年以上抑留生活が続いていて、大人の靴はもうあらかた履き潰されていたのだ。行進が始まる前、母親何人かが包帯で段ボールの靴を足に括《くく》りつけていた。段ボールの靴は道中、尖《とが》った石や虫刺されから少しは足を守ってくれた。子どもたちの靴はとっくに小さくなっていて、誰もが裸足だった。靴を履かないことに慣れていて、足裏は革のようだった。足の浮腫みはまだ硬くなっていなくてとてもついている、と母が言った。母は今ではぼろぼろになってしまった包帯を捨て、バッグから出した別の包帯で段ボールの靴を結わきつけた。

その時、その朝にもらったバナナのことを思い出した。もうすっかり黒くなっていたが、薄くなった皮をそうっとむいて四等分した。

やがて護衛が、立ち上がるよう大声で叫んだ。再びほこりっぽい道に集められ、出発を命じられた。

お腹の空き具合では昼食の時間だった。猛烈な陽ざしだったが、それでもなお歩かされた。母親は子どもを陽ざしから守ろうと、利用できるものは何でも利用した。帽子がある人は幸運だった。ない人は布切れや葉っぱで頭をおおった。私たちはラッセのおむつを使った。

もはや鳥や蝶は茂みの陰に消え、蝿が集まってきて煩わしかった。蝿はうなじの汗の粒に止まり、私はラッセのおむつで絶えず叩いた。今やラッセはずっと抱っこされたがっていて、最初のうちはカーリンと私が交代で抱いてあげた。母にはもうそんな力は残っていないことはわかっていた。赤ちゃんのいない女性たちも手を貸してくれて、ラッセはたくさんの違う人の腕の中でうとうととまどろんだ。

私たちはもはや歩いているのではなく、単に足を引きずっているにすぎなかった。足を引きずる度に舞い上がる、もうもうとした土けむりの中を進んだ。日陰に入って水が飲みたかったが、太陽は真上にあった。ジャップが急ぐよう叫んだ。ジャップが憎らしかった。ジャップにはなぜか尽きることのない飲み水があるようだったが、誰も分けてもらえなかった。教会抑留所の門のそばにあった手押し車のことが頭をかすめた。手押し車にあれほど積みこみ、それを女性何人かで押すことができたのは、飲み水があったからこそだったのではないだろうか。どうかお水をと母親も子どもも護衛にすがったが、まるで取り合ってもらえなかった。

私たちはパイナップルがたくさん実った畑を通り過ぎた。子どもがもいでも良いかと母親何人かが護衛に聞いたが、ダメだった。

母がまたふらつくようになっていた。前に教会抑留所に行進した時と同じふらつき方だ。母は行き着けないかも知れない。「もうそんなに遠くないはずよ」と励ました。

パパイヤやマンゴーのプランテーションのそばを通った。遠く、スラバヤの熟した果実の香りが鼻先に蘇った。両親からは木から盗らないようにと厳しく言われたが、誘惑には勝てなかった。友だちとぐるになって、慎重に作戦を立てた。見返りはいつも危険に見合うものだったし、一度として捕まった覚えはない。果物の味とそのみずみずしさを思い出した。今ではこうした記憶はずっと遠い昔のことのようだ。

「リーセモール、痛み止めがそろそろ効かなくなりそうなの」

道の先に目をやると、遠くに建物がいくつか見えた。

「ママ、頑張って。もうすぐだから。ひょっとしたら目的地に着いたのかも知れない。少なくても飲み水はあるはずよ」

母は顔を上げて、無理に笑顔を作った。

「たぶん。たぶんね」

村に近づくにつれて、皆、元気が出た。ラッセさえもが目を開いて、自分の足で少し歩きたがった。兵隊の動きから片時も目を離さなかった。歩みを止めようとするどんな小さなそぶりも見逃すまいとした。歩を緩めずに村を通り過ぎながら、私は今にも泣き出しそうだった。これ以上ないくらい空腹で、喉が渇いていた。止まらないとはっきりわかって、わっと泣き出す子もいた。しかし、ジャップは気にも留めず歩き続けた。村人が何人か立っていて、じっと見ていた。犬が二匹ばかり、良い匂いのする村人を鼻を鳴らして嗅ぎ回っていた。

村人からは同情のまなざしが感じられた。おばあさんが一人、水の入った瓶《びん》から一口飲んで見せた。子どもたちに少し上げたいのだということがすぐにわかった。護衛の一人がそれに気づき、おばあさんの方へ歩いていった。護衛はおばあさんの胸に銃剣を突きつけ、「失《う》せろ」と命じた。後ろを向いて自分の家の方へ歩いていくおばあさんは、きっと涙ぐんでいたと思う。「どうして護衛はおばあさんを追っ払っちゃったの」カーリンが聞いてきた。私もそう思った。しかし、おばあさんの瓶の水だけが水ではなかった。だって、村には井戸があるってことでしょ？　休息するだけの時間だってあるんでしょ？

村外れに近づくと、その同じ護衛がさもうれしそうに水の瓶を出し、皆の前でこれ見よがしにごくごくと飲んだ。どれほどあの瓶がほしかったことか。

村を出て五〇メートルほど、広い道に向かって歩いていると、礼拝所としか言い表しようのない建物に出くわした。近づいていくとジャップが背中の荷物を下ろそうとしたので、ここで休むことがわかった。やがてその建物の真正面に立つと、子どもも母親も顔いっぱいに笑みが広がった。これまで目にした中で一番に色鮮やかで、驚くべき光景だった。ピンクの花で飾られた格別に美しい木の下には、石で作った大きくて太った男の人が座っている。以前、スラバヤでこの男の人を何回か見たことがある。仏像だ。しかし、ここにいるのは並みの仏像ではない。本当に特別な仏像だ。

仏像が座っている場所の前も横もピンクと黄の花びらが一面びっしりと敷きつめられていて、美しい絨毯のようだった。花びらの上には何百もの小さなろうそくが立てられ、ろうそくは木の枝々にも吊るされている。あまりにたくさんのろうそくなので、どうして枝に燃え移らないのかと不思議だった。

私は石像の上、色鮮やかな紙がはためいているのをじっと見た。

「祈祷旗よ」私が木を見上げていると、母が言った。

しかし私の関心はすでに木を離れ、仏像の周りに移っていた。ほかの子たちも気づいていた。手描きの、よく似た絵皿が少なくとも二〇はあった。皿には切り分けたパイナップルやバナナ、マンゴー、そしてご飯（たくさん！）が盛られていた。どの皿もぴかぴかに磨き上げられ、整然と並んでいる。仏像の前の台座にはビスケットのお盆と水の入ったグラスがあって、黄色や赤、緑色のグラスもある。すごいご馳走だ。見ていると、村人の家族が仏像のところにやってきて、鮮やかなオレンジ色のお菓子が盛られた皿を地面に置いた。

すごくわくわくした。村人が私たちのためにご馳走を用意してくれたのだ。手をつけても良いという合図か指示が出るものと思い、まずは兵隊を、次に母を見た。ほかの子たち何人かも期待を胸に、ぎこちない笑顔を母親や村人に向けながらすでに前へ前へとにじり寄っている。その時、ジャワ人の家族が果物でいっぱいの皿を持ってやってきた。皿は、カーリンと同じ年頃の女の子が抱えていた。その子はとても痩せていて、見るからに悲しそうだ。女の子が果物を指さしてお父さんに何か言うと、お父さんは首を横に振って皿を取り上げた。お父さんは仏像のところまで行って頭を下げ、二言三言つぶやいた。そして皿を地面に置いた。お父さんが戻ってくると、女の子は泣き出した。私は母を見て、「ママ、もう手つけてもいい？」と聞いた。「こんなに用意してくれるなんて思ってもみなかった」

母は地面にへたりこんでしまった。他の母親もほとんどがそうだった。休息できることと、ドリアンの木陰がうれしくて仕方ないのだ。母はふくらはぎを揉《も》みながら言った。「あれはあなたのじゃないのよ、リーセモール」

理解できなかった。

「私のじゃないって、どういうこと？　水に果物、ビスケットもある。私たちにって、村の人たちが持ってきてくれたんでしょ？　村の人たちはほしがってないし、日本兵だってほしがってる様子はないわ。じゃあ、一体誰のなの？」

母は真っ直ぐ前を指さした。

「あの方よ」

意味がわからなかった。母は石像の方を指さしていたが、その近くには誰もいない。

「ママ、誰？　誰なの？　誰のこと指さしてるの？」

「仏像よ、リーセモール。ママが指さしてるのは石の人よ。全部、あの方のものなの」

私は声を立てて笑った。母は私をからかっているのかと思った。しかし次の瞬間、皆がとても空腹で喉が渇いているのに、よもや母が冗談を言うはずはないと思い直した。周りにいる子たちやジャップ、村人たちを見回すと、皆ただ立っていて、じっと見ているだけだ。誰も食べ物に手を伸ばそうとはしていない。村人の中には、お辞儀をくり返したり、静かにつぶやいたりしている人もいる。あの女の子はまだしくしく泣いていて、すてきな皿に盛られた果物やビスケット、餅をじっと見つめている。

「でもママ、あれって石のかたまりでしょ。石のかたまりがどうやって食べられるの？　口は閉じていて、開くはずないじゃない」女の子のお父さんを見た。座って手を合わせ、体を前後に揺すっている。

「自分たちの神にお供えをしてるのよ、リーセモール。信仰の証しとして、家で一番の食べ物を神にお供えしてるの」

「でも、村の人たちだってお腹空いてるんでしょ？」私は腹が立って、大声で叫んだ。「見てよ、あの子。私より痩せっぽちじゃん。果物から目が離せないじゃない。石の仏像が食べられるわけないわ」

「そう、その通りよ、リーセモール」そう言って、母は道の先を指さした。その指さす方を追った。「ほら、あそこ。昨日のご馳走よ。おとといのも先おとといのもある」

大きな段ボール箱の上を蝿とハチが飛び交い、ハチはうなりを上げていた。すっかり黒くなったバナナやパイナップルの大きなかたまり、そしてかびにおおわれた餅があった。私たちの誰一人としてこのご馳走に与《あずか》ることはないのだと知って、泣き叫びたかった。私たちは死にそうなくらいお腹が減っていて、喉が渇いていた。目の前には食べ物も水もふんだんにある。それなのに一滴の水すら誰の口にも入らないのだ……仏像の口にだって入らない。

「でもママ、これって馬鹿げてるわ」私は村人を見た。「あの人たちもどうかしてる。それに、目が見えてないんだ。道に置いてある、あの腐った食べ物が見えないの？　あの太った石の人は食べられないってことがわかんないの？」

母はため息をついた。「わかってるのよ、リーセモール。ちゃんとわかってて、食べ物は二、三日おきにごみの山に捨てるの。お供えが蠅やネズミのものになって、仏像の口には入らないってこともわかってるの」

「じゃあ、どうして同じことばっかりしてるの？　ママ、どうして？」

「そうしなさいってお坊さんが言うから、そうしてるのよ。そういう宗教なの」

私の頭はいよいよこんがらがるばかり。教会抑留所の修道女さんのことがふっと頭を過《よぎ》った。

「ママ、修道女さんは、これまで会った人の中で一番すてきで一番親切だったわ」

「修道女さんは信仰心が厚いからよ」

「修道女さんはみんなを大事にして、病気の人には薬を上げて介抱してくれた。修道女さんの宗教は、絶対いい宗教でしょ？　でも、この仏像の宗教は最低。だってお腹を空かせた子どもからちゃんとした食べ物を奪って、ネズミに上げちゃうんだもん」

母は私を見上げ、そして仏陀の方を見やった。

「リーセは一〇歳だけど、もうその年以上に頭がいいのね。腐るに任せた食べ物を見て、村の人たちの行ないがどれほど馬鹿げてるかってことがわかるんだものね。ジャップも見てみて。ジャップでさえ、仏像の前からこれっぽっちも取ろうとはしてない。それを私たちに許すわけがないわ。ジャップは石像が怖いのよ」

母は涙を拭いて言った。「愚かよね」

「でもママ、修道女さんは――」

「もう言わないの」ぴしゃりと言われた。「修道女さんはみんなとても親切で、良くしてくれたわ。でもそれでいて、神の家と呼ぶ教会の中で若い子たちが殴られ、殺されるのを座って見てた。そしてそのあと、神のご意志だって言ってた。神がどれほど崇高かとか、子どもたちみんなをどれだけ見守っているかともね」

母の唇は震え、仏像のご馳走を見やりながら話を続けた。

「ねえ、今、神はどこにいるのかしらね？　それに、かわいい子どもたちを見守ってないのはどうして？　一滴の水すら子どもたちの口には入らないのに、平気でいられるのはなぜ？」

母が声をひそめて手厳しくつぶやいていると、立ち上がって再び行進の準備をするよう護衛が命じた。仏像を後にするとき、そのままになっている果物やご飯、ビスケット、お菓子、水を見るのが忍びなかった。礼拝所を照らす真昼の太陽の熱で、もうすでに腐り始めている。

ランペルサリ抑留所までどうやって行き着けたのかわからない。なぜ死人が（特に母が）出なかったのかわからない。痛み止めはとっくに効かなくなっていて、母は少なくとも一時間、苦しみながら歩いていた。ひどい空腹と喉の渇きで、母は文字通り死にそうだった。私たちは何時間か歩いたにすぎないが、何年にも感じられた。護衛はいら立ち、残りわずかだと怒鳴り出して大人何人かが銃剣で叩かれた。血が飛び散った。

眠ってしまった小さな子たちを、交代しながらやっとの思いで運んだ。お年寄りと病人を支えてあげる人も必要だった。荷物を運ぶのに手を貸してくれる護衛は一人としていなかった。意地悪そうに笑うだけで、「とっとと歩かんか。情けねえ奴らだ！」と声を荒げた。

村人と行き合ってからずい分時間がたっていた。今や見渡す限り、灰色の乾ききった荒れ野だけが広がっていた。「スマランからは遠いと思う」「それに、修道院とはスマランを挟んで反対の方角だわ」大人たちが口々にささやいた。私たちは朦朧《もうろう》としながら、背の高い木立に近づいていた。すると、どこまでも続く有刺鉄線のフェンスがまたしても現れた。ずっと遠くまで延びていて、遥か彼方に兵舎と小さな家がたくさん見えた。

私たちは、大きな門を構えた本館のようなところに追いやられた。まず間違いなく、ここは元々軍の大規模な兵営だ。旗ざおには、憎むべき日本軍の旭日旗がだらりと垂れ下がっていた。入口の門に「ランペルサリ」と書いてあったような気もする。あらゆるものが腐りかけていて、雑草が生い茂っていた。有刺鉄線のフェンス（未だ、ふれることは御免だ）でさえ古く、錆びついていた。所々に竹で編んだ仕切りがあって、好奇心旺盛な地元住民の出入りを阻《はば》んでいた。

次に三〇メートルほど先の、物資を積んだトラックが出入りする大きな通用門に向かわされた。日本兵一〇人余りが私たちを引き継ぎ、例によって怒鳴り散らした。何を言っているのかさっぱりわからなかった。理解できたのは「テンコー」だけだ。

私は足が震えて膝ががくがくし、地面に倒れまいと必死だった。ラッセは水がほしくて泣いていた。母とカーリンはただ立っていて、真っ直ぐ前を見つめていた。責任将校が私たちの前に悠然と歩いてきた。将校が兵隊の一人にうなずくと、その兵隊は前に進み出て、私たちを連行してきた護衛から何か紙を受け取った。護衛四人のためにと、別の兵隊が水の入ったガラス瓶を持って出てきた。瓶に水滴がついていることから、どこかとても冷たいところに置いてあったことがわかる。護衛の一人が瓶から一口飲んだ挙げ句、涼を取ろうと頭から水を被った。これを見てとても耐えられず、小さい子が何人か地面に倒れた。

一人の女性が一歩前に出て、将校に向かって頭を下げた。

「将校殿、お願いがあります」丁寧に話しかけた。「子どもたちが少しお水を飲むことをお許しいただけませんでしょうか。この数時間、一口も飲んでいない子どももおります」

将校は両の拳を握り締め、その女性に向かって日本語で怒鳴り出した。そしていきなり、女性の顔面を拳で殴った。女性が地面に倒れると、将校はその前で仁王立ちになってホルスターを開けた。そして拳銃を抜き、女性の頭に狙いをつけて日本語でがなり立てた。女性は体を丸くして、両手で頭をおおった。将校は益々怒ってわめき散らし、女性はすぐその場で撃ち殺されてしまうのではないかと思った。再び自らに問いかけた。どうして？　どうしてなの？

新しい監視は、二つの抑留所間の長くて苦しい道のりを歩いてきた五〇人の名前を読み上げるのに少なくとも一時間はかかった。名前を確認する監視の顔を見ていて、目の前が時々ぼやけた。監視が二人に見えることがあった。三人に見えることも。しばらくしてわが家の番号と通り名が読み上げられた。グロン＝ニールセン家はブリムボン通り三四番地に収容されることになった。三四番地を覚えているのは、一九三四年が私の生年だからだ。グロン＝ニールセン家の住所が読み上げられるのを聞いて、これでいよいよ家に向かい、水を飲むことができると思った。

違った。

延々と待たされた。どこに収容されるのか全員が知らされるまで待っていなくてはならなかった。太陽はまだ照りつけていて、小さな子たち何人かが日陰を求めて小屋の横ににじり寄った。ありがたいことに、日本兵は気にしていないようだった。母が寄りかかってきていたので、私は立っていた。二時間が過ぎ、ようやく門を入るよう命じられた。有刺鉄線が一番上に張られた大きな門を重い足取りでくぐった。その瞬間、色のない世界に気づいた。花も蝶も緑の木々も鳥のさえずりもなかった。

第17章　ランペルサリ抑留所　青いドアでの暮らし

灰色の地獄に逆戻りだった。これまで収容されたどの抑留所よりも重苦しい空気が垂れこめているように感じられた。私たちはひたすら歩き、ほかの家族が新しい家の方向を指し示される度に立ち止まった。小さなホッケー場ほどの平らなコンクリートの台のそばを通った。台は野天にあって日陰は一切ない。通り過ぎながら温度が上がるのを感じた。コンクリートが太陽に焼かれ、熱を吸収していくのを想像した。完成しなかった建物の土台部分のようで、とても場違いに見えた。

もはや母には私の質問に答えるだけの気力はなかったので、聞こうとはしなかった。とうとう私たちの家族四人だけになった。建物をいくつか過ぎ、通りをずい分歩いた。抑留所は大きな村のようだった。歩いていると、じろじろ見られた。視線は冷たかった。村はすでに収容人数を越えていて、新しい家族の到着は過密状態が一層ひどくなることを意味していたと、後に聞いた。ほとんど廃屋同然の家の一つに案内されたとき、灰色の世界で一際目を引いたのは青いドアだった。ドアは地面に埋めこまれたコンクリートの支柱二本の上に据えられていた。家の窓は見た目が変だったが、スラバヤのわが家の窓と何がどう違うのかはっきりしなかった。後になって、住人が窓の下の部分を打ち抜き、間に合わせの出入り口として使っている（一軒の家に何家族もが居住することを強いられて文字通り足の踏み場がなかったため、家族の割り当て場所近くに出入り口が必要だった）ことがわかった。

外から見ると家はひどいありさまだけど、中はもっとちゃんとしてるはず、と自分に言い聞かせた。日本兵が叫んだ。「お前たちの家だ。行け」

オランダ人の女性が迎えてくれた。アンチェだと自己紹介された。アンチェさんは私たちの寝る場所について説明しようとしたが、母はこらえ切れずに言った。

「どうかお水を」

母が青いドアに倒れこむと、アンチェさんは家の中に走っていった。すぐその後、水の入った大きな瓶《びん》を手に戻ってきた。私たちは皆、浴びるように飲んだ。瓶はあっという間に空になり、アンチェさんはもう一度水を汲《く》みに家に走った。

アンチェさんは再び寝る場所について説明しようとしたが、私たちの気持ちは水を飲むことにしか向いていなかった。飲みすぎて、終《しま》いにはお腹が痛くなった。ラッセとカーリンは深刻な脱水症状を起こしていて、母は本当にひどい状態だった。

数分して、アンチェさんが母をそっと立たせてくれた。

「寝る場所をどこにするか決めたら、すぐに何か食べる物を持ってきますからね」

アンチェさんの話では、寝る場所が選べるとのこと。過密状態の家を案内しながらアンチェさんが言った。「どこを選ぼうと、窮屈であることに変わりはないんですけどね」私は横になりたかった。ただ眠りたくて、後にも先にもあれほどお腹が空いていたことはない。しかしどんな場所に寝ることになるのか気になり、眠気や空腹と闘っていた。少しでもちゃんとした場所に落ち着くには、ひと揉めありそうだという妙な予感もあった。家に以前からいる女性や子どもからは嫌な目で見られた。アンチェさんはもう三人のオランダ人教師と廊下で生活しているが、廊下には家族四人が入るスペースはまったくないと言う。

「四人いっしょに眠れた方がいいですよね」

母は大儀そうにうずいた。

選択肢ははっきりしていた。物置か、すでに一五人いる居間かだ。母は居間にいる人たちの険しい顔をぐるりと見回し、アンチェさんに言った。「すみませんが、これ以上ここに人が入りこむ余地がありますか？」

母は困り果て、今にも泣き出しそうだった。私たちはもっと良いところ、もっと広くてもっと食べ物があってもっとやさしい監視がいる抑留所に向かっているものとばかり思ってひたすら歩いてきた。しかし今、大変な現実が幕を開けたのだった。母の顔には絶望の色が広がっていて、もうほとんど力尽きそうだった。アンチェさんが物置まで案内してくれた。居間にいる人たちが笑顔になっているのに気づいた。そのうちの一人、二人は廊下をずっとついてきて、物置の掃除に手を貸すとまで言ってくれた。

物置のドアが開けられた途端、ものすごい臭いが鼻を突いた。この臭いに、母も思わず後ずさりした。ラッセは中を覗くと、わっと泣き出した。カーリンは今にも倒れそうだった。女性の一人がカーリンとラッセ、そして私を外に連れ出してくれた。妹も弟も青いドアにへたりこみ、ひょろりとした木の陰で横になった。その木の枝とわずかに残っている葉を見て、ここでは木でさえお腹が減っていて喉が渇いているんだと思った。

妹や弟といっしょに横になりたくて仕方なかった——体は休みたくて、悲鳴を上げていた——が、あのひどい部屋と母のことが頭を離れなかった。あの部屋をどうしようというのか見ておく必要があった。窓の下を打ち抜いた、間に合わせの出入り口を通って戻った。

こんな部屋を見るのは初めてだった。壁は青褐色のかびにおおわれ、四隅にはほこりまみれの大きな蜘蛛の巣が張っている。この部屋にはもう何年も人が入っていないと思った。こんなに汚くて狭い場所で一体どうやって寝ることができるだろう？　二人が横になるだけのスペースすらない。まして四人分だなんて。

「ここじゃあ、寝られない」臭いを嗅いで涙が出た。

心配ないからと、母が私の肩に腕を回した。「きれいになるわ、リーセモール。いったん掃除すればね」

母を見て、この汚らしい物置を掃除する力なんてもうこれっぽっちもないのに、と思った。アンチェさんがラッセとカーリンにまた水を持っていってくれた。そして戻ってくると、私に話しかけてきた。「もう少ししたら何か食べ物を用意しますからね」

居間に居住する女性の一人が段ボールの切れ端を持ち、もう一人はブラシを手に現れた。女性たちは部屋をきれいにしようと精一杯頑張ってくれた。その一生懸命さには感謝の言葉もなく、私もいっしょになって手伝った。たちまちのうちに汚らしいごみの山が裏庭にできた。木切れや小さな車輪、古い靴、ぼろ切れ、空き缶、そして空き瓶の山だ。皆で必死に片づけたものの、部屋に入ってみると臭いは依然としてきつかった。床は今ではむき出しになっていたが、場所によっては油染みた土が厚さ二センチほど積もっている。すがる思いでアンチェさんに目を向けると、アンチェさんは女性たちに声を掛けた。「水、持ってきてちょうだい。この部屋、子どもたちのために洗い流さないと」

女性たちは再び、目の前の仕事に全力を注いだ。これは隣人としての親切心からだと信じたかったが、実は自分たち自身のためなのだと薄々勘づいていた。つまり、自分たちの貴重なスペースにもう四人分の体が割りこんでこないなら、その晩はゆったり眠ることができるというわけだ。

女性たちは一時間かけて壁と床をこすり、水洗いした。壁の隙間や床の割れ目からハツカネズミやドブネズミが一度ならず飛び出してきて、その度に悲鳴が上がった。廊下の横に水道の蛇口が一つあって、アンチェさんの教師仲間エルスさんがいつも番をしていた。水は貴重なのだそうだ。バケツで何杯も運ぶことをアンチェさんは許可したが、家中の容器が常に満水になっているようにしていた。毎週二、三回は断水するという。

とは言え、バケツの水は次から次へとコンクリートの床に撒かれ、外に押し流された。家のドアも部屋のドアも開け放たれ、暖かい風が少しは乾かしてくれた。狭い部屋を急ぎ足で走り回るゴキブリは数知れなかった。それを女性たちは箒《ほうき》の先ですくい、外に放り出した。

「殺しちゃえばいいのに」女性の一人に言った。

女性は私を見て、顔をしかめた。

「あなた、殺そうとしたことあるの？」

私は首を横に振った。

「ゴキブリを殺すだなんて無理よ。頭を切り落としたって、死なないんだから」

「そうなの？」

「そうよ。何日も生きてる。口がなくて食べられないから飢えて死んでいくだけなのよ」

女性は私の髪を撫でた。「ちょっと私たちみたいよね。私たちもみんな飢えてるから」

女性が部屋の中を覗くと、別のゴキブリが床を横切った。女性は箒の先で叩いた。ゴキブリはひっくり返ったが、身の毛もよだつ小さな脚はまだ動いていて、大きな黒い頭はぴくぴく痙攣している。この恐ろしい生き物といっしょに寝ることになるのだと思うと、耐えられなかった。「どうか全部追っ払って」

「やってみるわ」女性は答えた。

戸口に立っていた母もアンチェさんに訴えた。「この床に子どもを寝かすなんて、とてもできません。ぞっとします」

「利用できるものは何でも利用しないと」アンチェさんはそう言い置いて、再び居間に行った。そしてかなり言い合いした後、毛布と汚そうな絨毯《じゅうたん》を抱えて戻ってきた。

「あとで弟さんにベッドを作ってあげましょう。そうすれば、床より高い位置にいられるから」

女性たちは、夕闇が迫る頃まで部屋にかかりっきりになってくれた。その後、就寝前に食事することができた。お椀一杯のご飯と何の味もしない水っぽいスープだった。

古くて汚れたマットレスと段ボールの切れ端がいくつも部屋に引っ張りこまれ、母がリュックや毛布、絨毯を使ってラッセの小さなベッドを作るのをアンチェさんも手伝ってくれた。これでラッセは、少なくとも床にふれなくて済む。私たちの残りの持ち物は、物置に一つだけあった整理ダンスの上に置いた。暗くなり、床に就いた。仰向けになったゴキブリと、その黒くて恐ろしい、いつまでも蠢《うごめ》いていた脚のことばかり考えていた。

部屋が狭すぎてカーリンと私は足を十分に伸ばすことができず、膝を抱えて横向きで寝るしかなかった。私は入口の見張り番でもあった。部屋には窓がないので、夜はずっとドアを開けておく必要があると母に言われたからだ。ドブネズミやハツカネズミ、ゴキブリが入ってこないよう、ちぎった段ボール片を障害物のように入口のところに立てた。

間違いなく、それまで生きてきた中で最悪の夜だった。怖かった。私たちは夜通し咬まれっ放しだった。体に歯を立てる、見えない生き物とずっと闘っていて、一睡もできなかった。かさかさと脚を蠢かす恐ろしいゴキブリが一晩中、自分たちの棲みかを取り返そうとしているのをはっきりと感じた。

翌朝、部屋をもう少し掃除し、もらった絨毯を外に出して日に当てた。母は、カーリンとラッセといっしょに青いドアの上に座っていた。三人とも疲れ切った様子だ。

「リーセモール、こっち来て休んだら?」母が大きな声で呼んだ。「みんな、夕べは眠れなかったわね。朝食の前に少し休みなさい」

絨毯からあの恐ろしい生き物を追い出すまで、休むつもりはなかった。

「もっときれいにしなくちゃ」そう答え、絨毯を地面に広げて叩き始めた。どうして絨毯を手放すことにしたのか、すぐにわかった。古い箒で叩くと、陽の光の中にほこりが舞い上がった。ほこりは生きていて、無数の生き物とともに空中を漂っているかのよう。母はそれを無表情で見ていた。

「大丈夫。日向に長く出しておけば、あとは太陽の熱がやってくれるから」そう母に言った。これ以上はもう無理というくらい叩いた。毛布も同じように叩き、再び部屋に戻す前に何時間も日に干した。太陽の熱が、絨毯と毛布の中にまだ棲息している何もかもを殺してくれることを祈った。

朝食について聞いておこうと、家に戻った。アンチェさんによれば、グロン＝ニールセン家の名は配食の特別名簿に間違いなく載っているとのこと。配給を受けるために炊事場まで連れていってくれるという。

あれだけ歩いた後なので母はとても歩けない、母と弟の分も私が受け取ることができるか尋ねた。カーリンは疲れていたが、好奇心には勝てなかった。炊事場まで歩こうと、すぐに立ち上がった。ラッセは母と青いドアの上にいて、機嫌良さそうだった。アンチェさんは外にいる母を見て、私の希望を受け入れてくれた。

「今回は良しとしましょう。だけど、お母さんも弟さんもいずれは自分で行かなければならないのよ。でないと、何ももらえないから」

アンチェさんはとてもやさしかった。好きになった。受け取る食事は一日分で、昼食と夕食分は必ず残しておくように、と言われた。

「いっぺんに全部食べないこと。でないと、お腹を空かせたまま寝ることになるから」

「アンチェさん、私、覚えてる限り、寝るときはいつもお腹空いてた」

アンチェさんは笑い、私を抱き寄せた。「そうよね。そうだったのよね」

アンチェさんは四人分だと言って、いわゆるビリー缶（キャンプで使う調理・湯沸かし用のブリキ缶）を持ってきた。ブリキでできた円筒の缶だ。缶が四つ、入れ子になってぴったり収まっている。五分ほど歩いて炊事場に着き、列に並んでしばらく立っていた。アンチェさんは女の子二人がどうして四食分必要なのか女性の一人に話した。また、母親は脚気で歩けず、ラッセは赤ちゃん食だと、配食していた女性たちにも伝えた。配食係は好い顔はせずしぶしぶだったが、カーリンと私は二食分ずつ受け取った。粥《かゆ》は二缶に入れ、ご飯は別の二缶によそってくれた。ラッセの粥には牛乳がカップ一杯分注がれ、バナナも一本ついた。ご飯をよそってくれた女性から離れようとすると、パンの大きなかたまりが私のビリー缶に載せられた。パンは四人で分けるようアンチェさんに言われた。

アンチェさんはカーリンのビリー缶二つを持ってくれた。カーリンには重すぎて、手こずっていたからだ。母とラッセが座っている青いドアまではわずか三〇〇メートルほどだったが、帰りはずい分と遠く感じられた。

朝食はドアに座って食べた。アンチェさんに言われたことを忘れず母に伝えた。パンとご飯は昼食と夕食に残しておくよう、母とカーリンに説明した。

母はご飯が心配で、ネズミやゴキブリに食べられないよう、どこに仕舞っておこうかと気を揉んでいた。私は何かないかと探しに出て、針金を見つけてきた。そして大きい方のビリー缶に持ち手を二つ取りつけ、これにご飯を全部入れた。アンチェさんが金づちで釘を壁に打ちこんでくれたので、ご飯の入った缶を掛けることができた。ぐるりと見回し、ぞっとするようなこの部屋で喜んで寝る気にはまだなれなかった。外に出て、青いドアに座っている母とカーリン、そしてラッセを見た。ドアは物置の床面と同じくらいの大きさだったので、部屋に運び入れたかったのだ。ドアを敷けば、冷たくて汚らしい床から少なくとも体は離すことができる。

「リーセモール、何企んでるの?」母が聞いてきた。「また、そういう顔してるわよ」

考えを説明した。

「すごく重そうじゃない、リーセモール。それに部屋に上手く収まるかどうか……」

「やってみるしかないよ、ママ」

母はため息をつき、やっとの思いでドアから立ち上がった。紐が見つかって、母はそれをメジャー代わりに使った。私たちは紐を部屋の一方の隅からもう一方の隅までぴんと張り、母が紐の一ヵ所を人差し指と親指で摘まんだ。別の壁も同じように計り、母は紐の違うところをもう片方の手で摘まんだ。外に出て、わくわくしてきた。母はドアに紐を当てて計り、きっぱりと言った。「入るわ」

私はうれしくて、飛び上がらんばかりだった。と、そこへアンチェさんがやってきて、何をしているのかと聞かれた。自分のすばらしい考えを説明するのももどかしかった。

アンチェさんは笑みを浮かべていたが、そのうちに顔つきが変わった。「一つ忘れてるわ」

「何？」

「ドアが部屋の床面にぴったりだとしても、この戸口を通すにはかなり大きすぎるんじゃない？」

皆でドアの大きさを見に行ってみると、アンチェさんの言う通りだった。戸口に目をやると、ラッセが寝ている青いドアに比べて小さかった。何て馬鹿だったんだ！

母は私の髪をもしゃもしゃにして言った。「仕方ないじゃない、リーセモール。どう考えても、あの青いドアは重すぎて持ち上げられそうにないわ。正直言って、ママのどこにそんな力があるのやら」

力だったら、私が何とかしただろう。いざとなったら、自分一人で持ち上げてみせただろう。すごくがっかりした。この抑留所に来てまだ少ししかたっていなかったが、私は青いドアが好きになっていた。自分たちのものみたいで、家族でドアに座る度に不思議な慰めと温かさを感じた。世界で一番寝心地の良いマットレスではなかったけれど、もしも戸口を通すことができて湿ったコンクリートの床に敷けたなら、夜はずっと過ごしやすくなったことだろう。母の目を見ると、私と同じ気持ちでいるらしかった。

第18章　消えてゆく人たち

起き上がって何かしようという気になれず、ドアの上で数時間横になっていた。しかし寝転んでいると、どこからか力が湧いてくるような気がした。立ち木から漏れる陽ざしを浴びていて、急にあちこち探検してみたい衝動に駆られた。まずは私たちの、この新しい家からだ。誰か家の人と話してみようとも思った。

家の中ではそこら中、大人と子どもが寝ていた。ちょうど教会抑留所のようだったが、ここではセメントタイルの冷たい床に横になっていた。アンチェさんとその友人のベッドがある廊下に行ってみると、そこは部屋でも何でもなく、屋根のついたオープンテラスだった。テラスの横は、草も花も生えていない庭だ。灰色の殺風景な庭で、砂の吹きだまりだ。

奥の方にはトイレが二つ、庭を挟んで向かい合っていた。右側のトイレにはＷＣと表示があって、女性数人がきちんと列になって右側に並んでいた。私も催してきて、待っている人のいない左側のトイレに向かった。ドアはドアと呼べるような代物ではなく、簡単な竹の仕切りが入口に立てかけてあるだけ。仕切りを持ち上げて横にずらすと、ものすごい臭いが鼻を突いた。便器はなく、地面に掘られた穴とその両側に足を置く場所があるきりだ。顔の近くを蝿が飛び回り、朝食を戻さないよう懸命にこらえた。咳きこんで唾を吐き、手で顔をおおっていてふらついた。もう一方のトイレで順番待ちをしている女性何人かが笑っていた。何がおかしくて、どうして片方だけに並んでいるのだろうと思い、女性たちのところに行った。

ある女性がオランダ語で言った。「あっちは切羽詰まった人専用のトイレよ。元々はこの家の使用人のトイレなの。オランダ人は、地元のインドネシア人にはあれで十分って考えたのね」

目の前のトイレのドアが開いて男の子が出てくると、中にセラミックの便器があるのは見えたが、便座はなかった。木の便座はとうに薪《たきぎ》として使われた後だった。

トイレの壁には、お尻を洗う水の入った古い瓶《びん》が列になって並んでいた。どの家族にも自分たち専用の瓶があった。

オランダ人の女性が指をさして、もう一度言った。「そして、こっちのトイレは選ばれた人たち、つまり主人であるオランダ人用ってわけ」

女性は布切れで眉を拭いた。「まあ、今じゃオランダ人もインドネシア人もみんな同等よね。同等だけど、支配者の日本人以下だってことは絶対間違いないわね」女性はほほ笑んだが、変な笑顔だった。諦めきった笑顔で、喜びからのものではなかった。

「我慢できなくなって、あっちのトイレを使うことにならないよう気をつけなさい」と言って、庭の向こうを指さした。「間に合わなくならないようにね。あと、赤痢に罹らないよう、天上の神に祈ることね」

いつの間にかトイレに行きたい気持ちはそれほどでもなくなり、家の方へ戻っていった。右に曲がり、屋根のある別のテラスを通った。寝室二つばかりを覗いてみると、何人もの人が床に所狭しと横になっていた。それぞれの人の領分は、バッグやスーツケースがきちんと並べられて区切られている。歩きながら、何人いるのか数え始めた。と、その時、うめき声が聞こえてきて隣の部屋に引き寄せられた。前の晩に少し覗いた居間だった。昼日中、どうしてこんなにたくさんの人がまだ眠っていたり、横になっていたりするのだろうと首をひねった。アンチェさんが女の子の眉を布切れで拭いているのを目にして、部屋を横切っていった。

「この人たち、どうして寝てるの?」アンチェさんに聞いた。「どうして横になってるの?」

部屋は人でいっぱいだった。うなり、うめいている人、ぴくりともしない人、痙攣している人、眠っている人、そして中空を虚ろに見つめている人で溢れかえっている。人数を数えるのはとうに忘れていた。

「みんな病気なのよ、リーセ」アンチェさんが言った。「病気で衰弱してて、外に出る体力も出ないという気力もないの。死んでいく人もいれば、持ちこたえる人もいる。くよくよしても始まらないんだけどね」アンチェさんは女の子の眉の汗を拭き続けた。「この子はマラリア。お母さんは黄熱病で、弟さんは脚気なの。結核や赤痢の人もいる」アンチェさんは、女の子に使っていたその同じ布切れで自分の涙を拭いた。あんなことをして、大丈夫かなと思った。

「この子、熱があってね。毎日何時間も震えが来て、吐いて、汗が出るの。餓死寸前のこの小さな体にはもうほとんど水分が残ってないの。この抑留所に着いたとき、マラリア蚊はいないって忌々《いまいま》しいニップは言ってたんだけどね」アンチェさんは私の方に向き直った。「蚊は夜中に刺すのよ……刺されるとマラリアになる」

「アンチェさん、私、死んじゃうってこと？」

「死なないわよ。あなた、いくつ？」

「一〇歳」

アンチェさんはため息をついて立ち上がった。そして私の手をとり、外に出た。「ここで何が起こってるのか、一〇歳の女の子にはわからないわよね。新しい病人が毎日のように出てるの」

理解できなかった。大勢が横になっていて、それがある日、何人もがふっといなくなってしまうという。母は後に、ランペルサリ抑留所には約八〇〇〇人の人がいて、その半数以上はいつでも何かしら病気を抱えて臥せっていると、親しくなったお医者さんから聞いた。こうした病人に施す薬はほとんどないのだそうだ。抑留所に届いた薬はいつもジャップのところに行ってしまい（アメリカ赤十字社やイギリス赤十字社、そして国際赤十字社から救援物資として食料品や雑貨とともに薬品の小包も届けられていたが、日本軍は捕虜には渡さず隠匿することが多かった）、苦しんでいる人たちに回ってくることはないのだ。

アンチェさんは泣いていた。少しの間、私は隣に座っていたが、やがてアンチェさんは家の中に入っていった。私は廊下を通って青いドアに戻った。母はドアの真ん中に座り、ラッセとカーリンにお話を聞かせていた。私がドアの端に座ると、カーリンは少しずれて場所を空けてくれた。母はにこっとして、新しいお話を始めた。

「二人にはスラバヤでのお姉ちゃんのこと、話したかしら？　もう少しでお姉ちゃんを亡くすとこだったのよ」そう言って母が私を見た瞬間、何を話そうとしているのかわかった。母はこの同じ話をこれまで一〇〇回はしているが、一度として聞き飽きたことはない。

「リーセは本当にちっちゃな赤ちゃんだったんだけど、牛乳だけじゃなくて柔らかめのご飯も食べさせていいってお医者さんに言われたの。とってもうれしかったわ。だって、ママのかわいい赤ちゃんが大きくなってるってことだもの。お姉ちゃんはママの最初の赤ちゃんだってこと、覚えててよ。いい？」

ラッセは両手の中指をしゃぶりながら母を見た。カーリンは母の膝にすり寄り、期待を膨らませて母を見上げた。そして時折、お話の主人公である私に目配せした。私は黙って座っていた。

「お医者さんからは、牛乳少しとお砂糖を混ぜたお粥《かゆ》から始めるよう言われたの。『こんな簡単なものはありません。赤ちゃん、気に入ると思いますよ』お医者さんはそう言ってた。ええ、赤ちゃんは気に入ったわ。でも、いくら食べても満足しないのよ、この欲張り赤ちゃんは」

ラッセは笑って、私を指さした。

「一つ言っておくわね。お粥は赤ちゃんのお腹に合わなかったみたいで、二、三時間もするとお尻から全部出ちゃうの。お医者さんに伝えたんだけど、心配ないって言うだけ。続けてください、リーセのお腹はいずれお粥に慣れますからって」

母は心奪われた観客の反応を楽しんでいて、できるだけ話を引っ張った。

「お姉ちゃんは体重が減っちゃってね。パパもママもすごく心配だった。お医者さんは、お粥を上げるようにって言うばかり。お姉ちゃんは変わらず食べに食べたわ。でも、とうとう病気になっちゃったの。お粥はお尻からもお口からも出てくるようになって、どうにも止められなかった」

ラッセとカーリンはいっしょになって笑い、ちらちらと私を見てから話し手に目を向けた。

「お姉ちゃんを診てもらおうとお医者さんのところに連れてったら、お医者さんも心配になったの。『わからん。この子は健康で、何の問題もない。今ではお粥を食べることができてていいはずなんだが』そう言ってた」

母は、お粥には何を入れているのか正確に話すようお医者さんに言われたと説明した。

「話したわ。『お粥のフレークにお砂糖と牛乳を混ぜて、それに肝油も数滴落とします』って。

『大変結構。完璧です。なのに、どうして消化できないのか理解できません』

母は上を見ながら、面白おかしく話を盛っていた。

「『では、一つお聞かせください』お医者さんが言ったの。『お粥はどのくらい調理しますか』

『調理する？　どういうことですの？』

『どのくらいの時間、お粥は温めますか』

『温めるですって？』

「お医者さんは大きなため息をついて、笑ってた。『温めなかったんですか』お医者さん、呆れてた。

『調理だなんて。調理しなくちゃいけないだなんて知りませんでしたわ』

この時には、私たちは三人とも大笑いしていた。どんなに恥ずかしくてどんなに決まりが悪かったことか、生のお粥のフレークで最初の赤ちゃんを危うく死なせてしまうところだったと母は言った。

これは、母に何度もせがんだお話だ。ランペルサリの抑留所で母は一冊の本もなかったが、そんなことで母のお話は止まらなかった。お話は生命線、以前の生活との小さな繋がり、そして心の拠りどころだった。母はトロール（ノルウェーの伝承に登場する怪物の一種。ノルウェーでは、日常生活でふっと物がなくなった場合には「トロールのいたずら」と言われる）の話や、自分が子ども時代を過ごしたベルゲンでの話をしてくれた。山のこと、雨や雪のこと、そして戦争が始まる前にグナイゼナウ号という船に乗っておじいちゃんとおばあちゃんに会いにノルウェーに行ったときのことを話してくれた。

冬が山々にとてつもなく大きな雪の毛布を掛け、隅から隅まで真っ白くおおってしまうノルウェーの幻想的な風景についても話してくれた。雪が降り止んで天気が回復すると、青い空と雪の輝きが驚くような世界を現出させる。

翌日、ベルゲンの人たちは忙しくなる。スキー板を担ぎ、ケーブルカーに乗って山を目指す。ノルウェー西海岸では一晩で天気が急変するかも知れないからだ。そのため、チャンスは絶対に逃さない。母はスキーが大好きで、友だちと連れ立って幾度となくスロープに出かけていった。母は私たちに、ベルゲンに戻ったらスキーの仕方を教えてくれると約束した。

「でもママ、凍えるほど寒いんでしょ？」私は気が進まなかった。

「ええ、そうね」母はうなずいた。「でも、温かい防寒着が何でも揃ってるのよ。スキー用の手袋とかスカーフ、それに帽子とかがね。寒さには慣れるわ」

私たちが大好きだったのは、トロールを探そうとおじいちゃんといっしょに山の中に入っていくお話だ。おじいちゃんによると、トロールは氷河のすごく大きな割れ目に住んでいて、木や岩の陰とか、うなりを上げて流れ落ちる滝の近くの橋の下とかに上手に隠れているのだそうだ。トロールはたいてい醜くてとても恐ろしいが、赤ちゃんトロールは顔が面白くて、毛の生えた長い尻尾があってかわいいという。

おばあちゃんが用意してくれたお弁当は車に置いて、私たちはベルゲンのただ一つの自慢である美しい自然の中に踏み入っていった。大ベルゲンは七つの山の懐にあって、ノルウェーでは一番美しい都市だ。

「あの日、雨はきっと降ってなかったはず。だって、ベルゲンはたいていいつも雨なんだけど、雨だったら絶対山には行ってないもん」私の言葉に母は笑みを浮かべ、ただうなずいていた。お話は続き、私たちは青いドアの上で肩を寄せ合って胸をときめかせた。

「いよいよ深い下生えの中を進んで、トロール探しが始まったのよ。ママがカーリンの手をとると、リーセモールは急いでおじいちゃんの手をつかんだわよね。すごく大きな岩に近づいて洞窟を探検し出したときには、それはそれは恐ろしくて胸がどきどきしてた。

『トロールが隠れるにはぴったりの場所だな』おじいちゃんがささやき声で言ったその時よ、

カーリンが怖くなって泣き出したのは。リーセモールがとてもいらいらして言ってたのを覚えてる。『ちょっと、何てことしてくれるのよ。泣き声を聞いて、トロールはもう出てこないじゃない！』

「そしたら、おじいちゃんがとっても大事なことを思い出したのよね。『実のところ、トロールは夜しか外に出てこようとしないんだ。太陽がとても危険だからだ。太陽の光をほんの少しでも浴びたら、トロールは石になっちゃうのさ』するとカーリンは泣きやんで、空を見上げてた。いっぱいの陽ざしが守ってくれますようにって。

「お昼ご飯の時間になって、おいしいものが色々詰まったバスケットの待っている車に戻ったのよね。今ではここに座って、思い浮かべるだけだけど」

そう話す母は悲しそうだった。近いうちにもっと話してあげるからと母が約束すると、カーリンとラッセはすぐに寝入ってしまった。眠りは救いだった。絶えず襲ってくる空腹痛の一時しのぎになったからだ。

母が私たちといっしょにいることができ、お話をするだけの元気があってとてもうれしかった。その晩遅く少し涼しくなり、大きくて信じられないほど濃い藍色の空いっぱいに星がきらめいた。蚊に刺されないようにと寝床から持ってきた絨毯にくるまり、私たちはドアの上で身を寄せ合った。月が出て、コオロギの饗宴がいつものように始まると、再びスラバヤのスカンジナヴィア通りのわが家にいるみたいだった。

私たちはもちろん、毎日父のことを尋ねた。くり返し何度も頼んだけれど、果たしてランペルサリ抑留所で母が父について詳しく話してくれたかどうか記憶はない。いつも肩をすくめ、わからないとよく言っていたから。

第19章　自由はピンクと白のワンピース

私たちは何時間も青いドアに座って、懸命にドアを守った。よその家族に持っていかれないよう、必ず誰かが座ることにしていた。自分たちのものだと感じていた。ドアは自分たちの部屋に一番近かったし、このとても狭くて汚い部屋で我慢しなくてはならないのなら、ドアを使う権利は自分たちにこそあると考えていた。食事も青いドアの上でだった。太陽が最も強く照りつける時間、ひょろりとした立木の投げる影が心持ち陽ざしを和らげてくれた。

母の縫い物も青いドアの上でだった。私たちの服を繕《つくろ》い、ラッセのおむつが外れると、その柔らかい白の綿布を使って半ズボンを作ってくれた。私の半ズボンを作るときは、大きなポケットがいつも必ず左右両側につくようにした。母は私が炊事場に何をしに行くか知っていたが、このころはもう気にしてはいなかった。抑留所では物事の善悪について教わるということはなかった。皆が同じ状況にいて、生き延びるために誰もが盗んだ。それが現実だった。振り返ってみて、家族全員が戦争終結まで生き延びることができたのは、私がどうにか盗んできたわずかばかりの食べ物のお陰だということは疑いない。

このころ、私たちの服は縫い目から裂けそうになっていた。言うまでもなく、成長していたからだ。母のブラウスもぼろぼろで、ブラと半ズボンだけで過ごすことが多かった。とてもはしたないと思った。母がそんな格好で歩き回っているのを父が見たら、何て言うだろう？　いつだったか母のバッグを引っかき回していて、きれいな木綿のワンピースを見つけたことを覚えている。色とりどりのかわいらしい花が刺繍されたピンクと白の服で、前身頃《まえみごろ》には光り輝く赤のボタンが上から下までついていた。青いドアに座っている母のところに持っていき、今着ているぼろではなくてそのワンピースを着るよう頼んだ。

「それはダメよ、リーセモール。このワンピースは戦争が終わった時のためのものなのよ。ここを出ていくとき、みっともない格好じゃ嫌でしょ？」

そうか、そういうことか。

自由になったとき、母はちゃんとして見られたいのだ。母はまた、美しいゴールデンレモン（ハーブの一種）のように黄色い純絹《じゅんけん》のペチコートについても教えてくれた。それも同じバッグの中にあって、かわいらしいワンピースと並んで入っていた。母は時々そのペチコートを出し、私たちにさわらせてくれた。そのさわり心地といったら、世界一柔らかいもののようだった。

おむつがたくさんあった。ラッセはもう要らなくなっていたからだ。どんなものであれ衣服も布地も不足していたので、おむつはとても貴重だった。衣服や布地は時折、フェンスの向こう側のインドネシア住民の果物や卵と交換された。インドネシア人から快く思われていないことは前にいた抑留所で気づいていたが、ここランペルサリではむしろ嫌われているようだった。フェンスの向こう側の男の子たちは時に意地悪で、待ち伏せを仕掛けることもあった。物々交換をしようと竹のフェンス近くに立っていると、木や盛り土の陰から突然飛び出し、雨のように石を浴びせかけた。それを見て、ジャップはいつも面白がっていた。たまに私たちの側から男の子がフェンスの向こうに石を投げ返すこともあった。するとジャップはその子を叱りつけ、殴ることさえあった。反対側にいるインドネシアの子の一人が、「お前たちは今、下層階級だ。日本人もインドネシア人もヨーロッパ人なんか大嫌いだ」と言ったりした。

しかし果物や卵がほしければ、この子たちを待って交渉し、物々交換する以外に選択肢はなかった。もちろん、私たちが新鮮な卵をほしいのと同様、男の子たちも布地や衣服がほしいことはわかっていた。男の子たちには衣服と呼べるようなものはなかった。ほとんど一日中、精々サルン（民族衣装で、主に男性の巻きスカート）一枚を腰に巻いて走り回っていた。それに、いつも裸足だった。私は一人の男の子と話をした。戦争が始まって以来、子供服や布地を売っていたお店がすべて閉じてしまったのだそうだ。母親がほんの三週間前に双子の女の赤ちゃんを産んだがおむつ一つなく、自分の家族にとっておむつはかけがえのないものだという。フェンスの向こうの子がかわいそうでならなかった。地面に足を組んで座り、とてもしょんぼりしていた。

「おむつ二つ、持ってこようか」私は言った。

男の子の顔が輝いた。「持ってこられるの？」

「うん。弟はもう要らないから。今、二歳なの」

男の子は飛び上った。「やったー！　母ちゃんがすごく喜ぶよ」

交渉は三、四分で成立。おむつ一つ当て卵三つ、おむつ二つなら卵三つとバナナ三本だ。青いドアまで走って戻り、取りまとめてきたすばらしい取引について母に全部話した。赤ちゃんなら生地はそんなにたくさん要らないからと理《ことわ》りながら、母はおむつをはさみで切った。切り取って出た端切《はぎ》れは繕《つくろ》い物に使えるという。

戻ってみると、インドネシア人の男の子はまだ来ていなかった。しかし、心配はしなかった。準備に少し手間取っているのだろう。待ちに待っていよいよ諦めかけたとき、叫び声が聞こえた。男の子が頭の上でバナナ三本を振っていた。もう一方の手には、卵が入っているらしい小さな袋を持っている。

「持ってきたぞー！　持ってきたぞー！」

「しーっ！」大声を出さないよう、慌てて言った。ジャップに勘づかれてしまう。

「おむつ、見せてくれる？」そう言われて、おむつ二つ分の生地をフェンスの方に差し出した。

「柔らかいの？」竹のフェンスの隙間から腕を伸ばして男の子が言った。私はおむつをもう少し近づけてあげた。男の子は生地をそっと撫で、ため息をついた。「母ちゃん、すごく喜ぶよ」顔を上げ、ほほ笑んだ。「卵もあるの？」私は聞いた。

男の子は小さな袋を差し上げて見せた。「うん、あるよ。今晩の俺の夕食さ」

そう言われて、ぴんと来なかった。だって、交換条件は了解し合っていて、卵は――

いきなり、男の子がおむつをぐいっと引っ張った。その瞬間、どういうつもりなのかわかった。

しかし引っぱり返す間もなく、おむつはフェンスの向こうに行ってしまった。

「バナナ……」口ごもりながら言った。「卵、ちょうだいよ」

男の子はフェンスから一メートルほど離れたところで飛び跳ねていた。「俺のバナナ、俺の卵……それと、俺のおむつだ」

「約束したじゃない」私はすがるように言った。「お互い、納得して——」

「ヨーロッパ人相手に取引なんかするもんか。ほしいものはふんだくってやるんだ。これでお前たちみんな、どれだけ間抜けかってことが証明されたってわけだ」とせせら笑った。

「でも……でも……」今にも涙が出そうだった。騙されたってことはわかっていた。卵もバナナももうないんだってこともわかっていた。でも、どうして騙したんだろう？　こんなことをしたら、この子は二度とフェンス越しに何かを手に入れることはできないのに。男の子はおむつとバナナを振り回しながら、私をからかい続けた。フェンスから手を伸ばしておむつをつかもうとしたが、手は届かなかった。泣き出した私を見て、男の子は面と向かってあざ笑った。母に何を言われるかと思うと怖かった。その日ちょっと会っただけの子を信用するなんて、何て馬鹿だったんだろう。男の子はからかうのに飽きて、ゆっくり遠ざかっていった。私は地べたにぺたんと座りこんだ。

「お願い」後ろ姿に呼びかけた。「お願い。約束でしょ」

姿が見えなくなるまで大声で叫んだ。

ずい分時間がたって、ようやく家に帰る気力を奮い起こした。母をがっかりさせてしまうことだろう。私があまりに馬鹿だったことをきっと叱るだろう。どれほど怒られるかと思うと、怖くて仕方なかった。

母も妹も弟も、私が出かけたときとまったく同じ場所に座っていた。ただし今や、笑顔も夕食の卵への期待も朝食での皆へのバナナもなかった。夕食はご飯以外に何もなく、朝食にはあの同じ不味い粥《かゆ》、そしてラッセへのバナナが一本――日本側の機嫌が良ければ――だけだ。泣きながらドアに近づくと、母が言った。「リーセモール、どうしたの？　何があったのかママに話してごらん」

私がずい分長いこと戻らなかったので、心配していたのだ。私が手に何も持っていなくてポケットが膨らんでいないこと、そしておむつもないことに母は気づいていた。私が口を開く前に、何があったのか察していた。声を荒げることも、叱りつけることもなかった。次はそう簡単に信用しないように、と言われただけだった。心配するまでもなかったのだ。しかしその晩、冷たく湿ったコンクリートの床の、汚れた寝床にいつものようにお腹を空かせて横になり、声を殺して泣いた。自分自身が情けなく、どうして世の中はこんなにずるくて嫌なところなのだろうと思った。

第20章　ペニシリンとかさぶた

ランペルサリ抑留所では毎日、体の動く人は様々な労役を課せられた。道路清掃やトイレ掃除、そして下水溝の詰まりを取り除くなどの作業だ。方々にある炊事場では、働き手がいつも必要だった。母は元気だった例《ためし》がなく、おそらくそれが幸いした。朝、炊事担当を作業に呼び立てる監視の声で目が覚めることがあった。朝六時半、炊事担当の人たちは足を引きずりながら炊事場へ向かう。パンの耳や粥《かゆ》を少しはもらえるものと期待していたが、いつも当ては外れた。炊事場ではその日の作業が細かく指示され、日が暮れるまで戻らないこともあった。

この気の毒な人たちを見ていて、一体どう作業をこなしているのかと不思議だった。皆、今にも倒れそうだったからだ。私たちの家からは八人くらいが炊事班に入っていた。その人たちが毎晩、残しておいたご飯やパンを口に運ぶ姿を見ていた。まるで生まれてこの方一度も食べたことがないかのようだった。食事中に話をする人はほとんどなく、笑顔はとうに失われていた。そして瓶《びん》から水を飲み、崩れるように寝床に身を横たえた。翌朝六時半、また同じ生活がくり返される。病気や疲労のため、免除される人がいた。別の人が後を引き継ぐこともあった。そして何人かが、消えていく人たちの仲間入りをすることも珍しくなかった。

私も含め、年長の子たちは抑留所中のごみを集め、ごみ箱まで持っていく仕事が割り当てられた。

炊事場のごみ袋を拭きとる作業があったので、残飯——ひょっとしたらバナナの皮とか固くなったパンのかけら——にありつける良い機会ではないかと最初は思った。ごみ箱やごみの山も何日か漁ったが、何もなかった。結局、諦めた。たった一口の食べ残しもご飯粒もパンのかけらもなく、まるで嘘みたいにすべて空中に消えてしまったかのようだった。

食べ物は信じられないほど貴重だったので、たくさんの場面が頭にこびりついている。ラッセのことがやたらと妬《ねた》ましかったことを思い出す。カーリンと私は自分たちの朝食はとうに食べてしまい、ラッセが牛乳入りの粥《かゆ》とバナナを食べるのをじっと見ながら座っていたものだ。そして私たちのどちらがバナナの皮をこそいで食べるか、どちらがラッセのビリー缶から牛乳の貴重な一滴を最後まで舐め尽くすか話をつけようと争った。ラッセのバナナをせめて少しくらい母はくれるものといつも思っていたが、くれた例はない。ラッセはまだ三歳になっていなくて、たんぱく質やカルシウム、そしてビタミンは成長に欠かせないからというのがその理由だ。私とカーリンは生後数年間で必要なものはすべて摂っていて、ラッセに与えられるものはできるだけ与えるのだと一度ならず言われた。私もカーリンも理解——まあ、頭では——してはいたが、親子の言い合いはやまなかった。

空腹痛——文字通りの痛みで、単にお腹がゴロゴロ鳴るとか、ちょっとした痙攣とかではない——の経験がないのなら、それがいかにひどい状態か理解できるはずはない。日がな一日、どれほど食べ物に焦がれ、考えたことか。食べられそうなものがないか、絶えず目を光らせていた。炊事場に行くときはいつも、周りに気づかれないように少しばかりくすねたり、テーブルの上のご飯粒を探してこっそり口に入れたりする絶好の機会だった。

母が自分の食事を私たちに譲ろうとしたとき、子どものお腹の足しになるようにというその気持ちがわかった。しかし、前にいた教会収容所でお年寄りから言われたことを思い出し、自分の分は自分で食べるよう言って引かなかった。配給される食事にしても、実にひどいものだった。パンはいつも数日前のもので、時にはもっと古かった。ひっくり返すと、青かびがびっしり生えていることも珍しくなかった。スラバヤのわが家で以前、パンケースに入れておいて古くなったパンが同じ状態になっているのを見つけたことがある。母はごみ箱行きだと言って鼻を摘まみ、かびたパンを外に持っていった。

ここでは事情が違う。

どんな状態であれ、すべて食べる。かびはペニシリンで、ペニシリンは人間の体にとって良いものだと母に言われた。パンは腐っているわけではなく、キャベツスープに浸しさえすれば、まずまずの味になると言い聞かされた。私は鼻を摘まみ、ペニシリン入りのパンにかじりついた。何回か噛んで、飲みこんだ。母の言う通り、それほど不味くはなかった。パンはいつも古くて固かった。そのため、歯が折れないよう、たいていはスープか水に浸して十分柔らかくしなければならなかった。私たちの歯も良い状態ではなかったので、気をつける必要があったのだ。歯ブラシが使い物にならなくなってから少なくとも一年はたっていた。

母は脚気とマラリア、そして関節炎に苦しんでいて、週のほとんどを病院で過ごした。私は母のところに毎日通い、カーリンとラッセがいつも通り配給分を受け取り、時々は少し多めにもらえるようにもした。このころ、カーリンは炊事場まで歩こうとはしなくなっていた。衰弱があまりにひどかったからだ。私は文句を言ったり、元気づけたりもしてみたが、足が信じられないほど痩せ細っていて、ほんの二、三歩歩くだけでも大変な頑張りが必要だった。ラッセはと言えば、ただ眠るばかり。そしてようやく目を覚ますと、今度は笑顔が消えていた。家の女性たちと同じだった。皆、声を上げて笑うということはなく、にこりともせず、ただ生きているだけだった。

抑留所には生存競争が熾烈だった場所が一ヵ所あった。配給を求めて炊事場に並ぶ行列だ。その緊張は時に耐えがたく、お互いがお互いに目を光らせた。大した理由もなく喧嘩が起こった。誰かが列に横入りしたとか、誰かが前の人よりも少し多めにご飯をもらったとかでだ。私は、喧嘩は何とも思わなかった。却って、利用するようになった。皆が喧嘩に気を取られれば盗む隙が生まれたし、もらった分をこっそり食べてしまい、まだもらっていないと言って配食係を騙すこともできた。

言いがかりをつけられる恐れのない人などいなかった。ある日の朝、列にいた一人のイギリス人女性が、ご飯をよそっていたオランダ人女性に突っかかった。オランダ人の友だちにご飯を多く上げて贔屓《ひいき》していると、食って掛かったのだ。すぐ後ろに並んでいたオランダ人女性二人がおかしなことを言うなと、言い争いになった。両方のビリー缶を覗いたが、量は大して違わなかった。イギリス人女性は収まらず、やがて大声での罵《のの》り合いになった。ついにイギリス人女性はオランダ人女性の一人の顔を平手打ちした。これが引き金となり、殴ったり、髪を引っ張ったり、顔を引っかいたりといった本格的な喧嘩に発展した。それはまた、バナナ三本を失敬しようという私、リーセ・グロン＝ニールセンの出番でもあった。皆の目は喧嘩に向いていて、やめさせようとしている。私はこれ幸いと、この時のために作ったポケット深くバナナを突っこみ、喧嘩が続いている間に配給分の食事を持ってこっそりその場を離れた。

ジャップは喧嘩を止めようとはせず、にやにやしながら見ているだけ。ただでさえ単調な毎日の、ちょっとした気晴らしなのだ。喧嘩が終わると、女性の片方を監視二、三人で引きずっていくこともあった。事務所か小屋の一つで罰するためだ。

バナナを持って帰っても、母を元気づけるには十分ではなかった。このころ、母はとてもふさぎこんでいた。病院に入っていないときは毛布をやっとのことで引っ張り出し、青いドアに座ってじっと宙を見すえているか、ただ泣いていた。母は夜中に目が覚め、泣きながら足の痙攣についてこぼした。口内炎と、腕と足の潰瘍が大きくなっていた。ある日、親しくしているお医者さんが新鮮なトマトを持って家にやってきて、目の前で母に食べさせていた。

トマトを食べれば楽になるからと、お医者さんは説明していた。トマトは、カーリンももらった。肘《ひじ》と膝の潰瘍が大きくなっていたからだ。

ある日、カーリンが足のかさぶたを剝がして口に入れるのを目にした。

「何してんの？」聞けば、すごく甘くておいしいと言う。教会抑留所での蠅退治からこっち、砂糖はもう何ヵ月も舐めていなかった。剝がれた皮膚を妹が噛んでいるのを見ていて、羨ましくて仕方なかった。

妹は家と家の間に座って、日陰に入っていた。森で一番甘いいちごか、最高に濃厚な箱入りチョコレートを食べているみたいだった。

妹が、また笑顔を見せた。

「少しちょうだい」

妹は足首の大きなかさぶたを剝がそうとしていて一瞬顔を上げたが、もう一度集中して剝がしにかかった。剝がれると笑顔になった。かさぶたがあったところには黄色みがかったピンクの皮膚が現れた。妹は顔を上げ、ぱりっとしたかさぶたを口に滑りこませると、にやっとした。大きなコインほどの大きさだ。

「上げない」妹はかさぶたをかじりながら、私の足を指さした。「お姉ちゃんだって、自分のがあるじゃん」

そう、そうだった。気味の悪いかさぶたがまだないのはラッセだけで、母とカーリンが一番ひどかった。しかしつい最近になって私も腕に一つ二つ、そして足首に一つできていた。蠅が私の足首に止まるのを見て、さっと手で払った。

「でも、カーリンの方がたくさんあるし、それにお姉ちゃんのより厚くって大きいじゃない」

カーリンは噛み続け、首を横に振った。

「カーリン、お願い。一つ分けてよ。たくさんあるんだからさあ」

カーリンは黙ったままだった。

ぱりぱりのかさぶたを分けてくれるよう、妹をうんと言わせることはできなかった。自分の潰瘍が大きくなって、私もご馳走に与《あずか》ることができた。カーリンの言ったことは本当だった……確かにおいしかった。

第21章　菜園

これまでに収容されたどの抑留所と比べても、人が消えていくのが早かった。

ほぼ毎日､ブリムボン通り三四番地やほかの家から女性や子どもがふっといなくなった。防水シートを被せた手押し車が出口に向かう光景は日常のものとなっていた。実際、あまりにありふれていて、もはやショックでも何でもなかった。日常茶飯事で……普通のことだった。

数日して、よその抑留所から移動させられてきた新しい顔ぶれが私たちの家の前を歩いていくのを見かけた。女性も子ども——男の子であれ女の子であれ——も目が落ちくぼんでいてひどく痩せ細り、よろめきながら足を引きずっていた。多くがろくに歩けなかった。

アンチェさんによると、次々と人が死んでいく原因についてはジャップでさえ説明がつかないのだそうだ。何か手が打たれるのではないか、食事が改善されるのではないかとランペルサリ抑留所では噂されていた。病院の看護師さんと修道女さん、そしていくつかの家のリーダーで組織された代表団が抑留所指揮官との話し合いに臨んだところ、指揮官はとても理解を示していたという。三四番地では久し振りに楽観的な空気が漂い、変化への期待から女性何人かが笑顔でいるのに気づいた。

ある日の午後遅く、家の前の通りでテンコーがあった。お辞儀をしたままで数分がたち、指揮官が列の前に現れて頭を上げることが許された。

指揮官は、大根や人参、レタス、玉ねぎなど、新鮮な野菜が抑留所に運びこまれ、いずれ捕虜全員が応分のビタミンを摂ることになると切り出した。皆、とてもわくわくして、私は自然とよだれが出ていた。よだれだなんて、もう長いことない。指揮官が手を叩くと、兵隊の一人が手押し車を押して私たちの前に現れた。

どんなおいしい野菜を積んでいるのかと見ようとしたが、背が四、五センチ足りなかった。周りの女性の顔を見ると、少しがっかりした様子だ。

手押し車には、みずみずしい野菜は一つもなかったのだ。キャベツスープの味つけになるような玉ねぎも大根もなく、代わりに種の入った袋と三、四センチもない小さな苗があるきりだった。

指揮官は私たちの家の前に歩いてゆき、地面に四角く線を引いた。五メートル四方ほどの大きさだ。そして、これは三四番地の共同菜園であると告げた。共同菜園だって？　違う。私のだ。菜園は、青いドアからほんの四メートルくらいしかない。グロン＝ニールセン家の菜園で、私たちが番人だ……わが家のだ。ほんの数秒のうちに、この菜園の番をすることに決めた。菜園は私たちの部屋と青いドアからすぐのところなのだから、責任者は私たちだ。

土を耕すのに必要な道具はすべて配られ、二、三週間のうちにその労力に見合う成果が得られると指揮官は言った。

私は地面を見た。煉瓦のように硬そうだ。しかし然《しか》るべき道具と種、苗、そして惜しみない労働があれば、望むものはすべて手に入ると指揮官は断言した。監視が手押し車に手を伸ばし、スコップとつるはし、そしてほかの道具を放ってよこした。これで土を耕すことができる。その後、小さな苗と種が降ろされた。監視の話では選ばれたのは特定の家だけで、とても幸運なことなのだそうだ。周りにはコンクリートしかない元兵舎で暮らしている何千もの人たちのことが頭に浮かんだ。監視はそのことを言っているのだろうと思った。

通りの向こう側に目をやった。どの家にも菜園があるというわけではなく、私たちは幸運なのだ。不満そうな人は大勢いたが、私は顔がほころんでいて、新しい菜園造りにすぐにでも取りかかりたかった。頭には新鮮な野菜のことしかなかった。指揮官は私たちに解散を命じ、次の家に移動していった。指揮官がいなくなって、私はアンチェさんに聞いた。

「もう始めてもいい？」

アンチェさんは大きくため息をついて、肩をすくめた。「そうしたいならね。大変な作業だけど、覚悟はいいの？　もう一〇〇年以上、ここの地面にスコップは入ってないのよ」

私はうなずいて、カーリンを引っ張った。「カーリンも手伝うから」

アンチェさんは笑った。「この地面を耕すには、あなたたち二人だけじゃなくってもっとたくさん人手が要るわね」

つるはしを振るうだけの体力がある人は、三四番地では精々六人くらいだった。それも、五分ほど懸命に掘り起こしては交代した。そのくらいしか体が持たないのだ。私たち子どもは水道と菜園を往復し、缶に入れた水を地面に撒いて土を柔らかくした。そしてほぼ一日がかりの作業の末、アンチェさんが言った。「ようやく土が柔らくなって、これだったらスコップと移植ごて（片手で持つ小型のシャベル）が使えるわね」私たちは、暗くなるまで土を掘り返した。そして翌朝、明るくなるとすぐにまた作業を開始した。土は柔らかくて湿っていた。植えても良いかとアンチェさんにせがんだ。ダメだった。

「硬いものが全部なくなって、土が粉末みたいにならなくちゃいけないの。今日は石を取り除く日よ」言われた通りにした。四つん這いになって土をほぐし、見つけた石は全部はじいた。石は積み上がって大きな山となり、もうこれでどこにも石はないと思った。

「もうないって、自信持って言える?」アンチェさんに聞かれ、私たちは大きくうなずいた。いよいよ種を蒔き、苗を植える時が来たと思った。

しかし、隅から隅までもう一度菜園を掘り返させられた。私たちはぶつぶつ不平を鳴らしたが、掘り続けるよう檄が飛んだ。

「オランダまで掘って」アンチェさんが声を張り上げた。「イギリスまで掘るのよ」アンチェさんは私の方を見た。「ノルウェーまでね」

掘り終えると、また四つん這いになって石を探させられた。果たして、たくさんあった。

アンチェさんが紐を持って戻り、私たちはその紐で菜園の周りを囲んだ。いったんその作業が終わると、水を撒いた。ありがたいことに、その日に限って水道の水が来ていた。何リットルもの水をじゃぶじゃぶと菜園に注ぎ、ついには小さな田んぼみたくなった。

「ほぼ準備できたわね。水が染みこむまで待ちましょう。そしたらいよいよ始めるわよ」

菜園を眺めるアンチェさんの顔には——私の思い違いでなければ——満足げな様子がさっと過《よぎ》ったようだった。

水が染みこむまで夜通しかかった。その夜はろくに眠れなかった。

翌日になって目が覚め、水が引いているのを見てどうにも気が逸《はや》ってならなかった。

それでも、また掘らされた。

菜園は、ほんの数日で見紛うばかりになっていた。アンチェさんが家から長い紐と短い木の杭を何本か持ってきて、私たちはそれを使って菜園を六つに区分した。アンチェさんは、小さな苗の植え方と一定の間隔を置いて種を蒔く方法を教えてくれた。暗くなりかけた頃、菜園の作業が終わった。作業は完了し、今やするべきことは水やりと待つことだけだった。パセリとレタス、人参、玉ねぎ、そしてパースニップ（セリ科の植物で、にんじんに似た根菜）を植えた。夜になって床に就くと、口の中いっぱいに野菜の味が広がっていくようだった。疲れ切っていたが、やり遂げることができて満ち足りた思いだった。

母が病院に入っているときは、いつも出かけていった。そして、菜園の進み具合について全部話した……私の菜園のだ。続く数週間、遠くほっつき歩くことはなかった。作物が盗まれるのではないかと気が気でなかったからだ。常に誰かの目があるようにと、ほかの子たちと交代で見張りに立った。

次第に成長する苗や地表に顔を出す新芽を目にするのは、この上なくすばらしいことだった。あるとても暑い日、外に出ると苗がしおれて頭《こうべ》を垂れていたことを覚えている。ダメにしてしまったのではないかと慌てたが、女性の一人にもっと水を上げるよう言われた。「喉が渇いてるのよ」

苗が水を飲み始めるのを見た。小さな苗が再び息を吹き返し、翼を広げた鷹のようになるのをじっと観察した。何時間も見ていた。ほんのわずかな動き——突然だったり、少しずつだったりもした——でも、肉眼でそれとわかった。ほかの子たちを呼んで、母なる自然が生み出すこのすばらしい営みを皆で見ていた。苗は全部生き抜いた。

草取りと間引きの仕方をアンチェさんがやって見せてくれた。こうすれば、作物はよく伸び、強くて丈夫に育つという。パセリが最初に大きくなった。子どもは毎日一、二本持っていって良いと許可が出た。私は一本食べた。そしてもう一本は夕食の度に小さくちぎって、家族全員でご飯にまぶして食べた。パセリが放つ独特な香りが何とも信じられなかった。
二、三週間して、人参と玉ねぎ、そしてパースニップの双葉が土の中から顔を出した。この三種類の野菜は土の中で実が大きくなるとアンチェさんから説明があった。私たちは水やりと草取りをして見守った。やがて、レタスも大きくなってきた。皆、どうにも待ちきれなくて、掘り出して食べさせてほしいとアンチェさんに頼んだ。待てば待っただけ新鮮な野菜が大きく育つからと言われて、許可は下りなかった。

「リーセ、あなたの菜園じゃないのよ。わかってる？　菜園はこの家全員のものなんだからね」

アンチェさんは菜園の野菜すべてを数えていた。そして、どの家族も野菜の配分を何がしか受けられるよう計画を立てていた。生育の早い野菜とそうでない野菜があるが、このことは都合が良いという。収穫期間が長く続くことになるからだ。

母は、最初の収穫に間に合うように病院を出たいとお願いしていた。体は弱っていたが、大丈夫そうなら家に戻っても良いと看護師さんからは言われた。ただし安静にして、日中は青いドアに座っているなら、という条件つきだった。

病院を出るとき、母に耳打ちされた。「リーセモール、青いドアに連れて帰ってね。お前たちがいないと、寂しくって」

二日後、カーリンと私は手押し車に横になった母の両脇に立ち、いっしょに三四番地に戻った。人参と玉ねぎ、そしてパースニップが翌日には初収穫できるとアンチェさんから発表があった。レタスはもう少し時間がかかるという。

母は献立の計画を立てた。どの家族も玉ねぎが半分、パースニップも半分、そして人参はまるまる一本もらえることになっていた。朝食はいつも通り、粥《かゆ》だろう。しかしご飯は夕方まで残しておいて、本当のご馳走にして食べる。野菜はみじん切りにして、キャベツスープとご飯に加える——たき火は禁止されていて、茹《ゆ》でることはできないからだ。ラッセは、今度だけはバナナを食べられない。バナナは四等分され、家族全員でその甘さを味わう。一日くらいバナナ一本食べられなくてもラッセに害はないし、いずれにしても追加の野菜を食べることで十分埋め合わせはつくと母は言っていた。

次の日の朝、家を出ると女性数人がすでに外にいた。何か大変なことになっているようだった。アンチェさんは戸口に立っていて、今にも泣き出しそうにしている。

「どうしたの？　何かあったの？」

アンチェさんの視線を追って菜園を見た。私は菜園に近づき、周りに張られた紐を跨いだ。いつもだったら小さな苗や野菜を踏まないよう気をつけるところだが、今回その必要はなかった。変わり果てたその姿を目にして、思わず膝を落とした。できるだけ泣くまいとしたが、かつては美しかった私の菜園に涙がこぼれた。どうしようもなくすすり泣き、どうしてこんなことが、と自らに問いかけた。この時、母も同じように外に出てきた。カーリンが私の隣に膝を突いた。妹も泣いていた。

菜園が荒らされたのだ。

収穫間近だった野菜は、すべて夜の間に盗まれていた。さらに悪いことに、ようやく育ってきたレタスもまだ小さかった苗も引き抜かれ、辺り一面に投げ捨てられていた。私はいくつか拾い上げ、泣きながらもう一度植えようとした。

アンチェさんがひざまずいて言った。「生き返らないくらい根っ子がやられていて、もうどうしようもないの」

菜園を荒らした犯人が誰なのかはわからなかった。最初、家では雰囲気がとてもぴりぴりしていて、野菜の配分が不公平だとそれとなく言っていた特定の個人を名指ししていた。三四番地の誰かの仕業だとは、私は思わなかった。そうだとしたら、少なくとも何かがきっと見つかるはずだ。妬《ねた》ましく思っている元兵舎の誰かだろうとアンチェさんは言っていた。

「でも、どうして妬むの？　どんなに大変な作業だったか、見て知ってたはずでしょ？」

母は青いドアに座り、ありえないとばかりにかぶりを振ってカーリンを慰めていた。

事件は指揮官にも報告された。指揮官はとても腹を立て、犯人が捕まるまでは種も苗も配らないと言い捨てた。

菜園がもう一度耕され、もう一度種が蒔かれて苗が植えられることはなかった。

第22章　コンクリート台と死の部屋

母が病院に戻ることになると、その度に会いに行った。病院は様々な想いが詰まった場所だ。病棟に入るときはいつもびくびくしたが、少しわくわくもした。病院までは三〇〇メートルあり、必ずコンクリートの台のそばを通らなければならなかった。

最初の頃、コンクリートの台の上をゆっくり歩いている家族は何かゲームでもしているのかと思っていた。いつも監視に見張られていて、監視が台の上の人たちに向ける視線は普通ではない様子だった。

病院に何度も通う中、目にしたことについて母に色々と聞いた。母と話して、初めて台の目的がわかった。ランペルサリ抑留所では、懲罰台として知られていたのだ。

コンクリート台は、未完成に終わった建物の基礎だった。コンクリートは淡い灰色で、ほぼ白に近い。朝、太陽が顔を出した瞬間、コンクリートは焼かれ始める。台は野天にあって、建物や木々の投げる影は一切ない。早朝に始まって太陽が沈む最後の最後まで、台は大量の熱を吸収する。巨大なオーブンのようで、一人の日本兵が台の表面で卵を焼いていたことがあるなどと話す男の子さえいた。

人々は不運にも、大した理由もなくコンクリート台に上がらされた。子どもがテンコーに遅れた、監視に対して礼を欠いた、フェンス越しに物々交換した、あるいは単に少し騒ぎすぎたといった理由でだ。子どもは母親とともに捕えられ、銃剣を突きつけられて台へ追い立てられた。

表面に陽炎《かげろう》が揺らめく台に上がらされながら、皆、泣いて赦しを求めた。しかし、不安はあっという間に現実のものとなる。捕虜はいつも裸足だった。そのため足の裏がコンクリートにふれた瞬間、火傷を負うことになる。ジャップにひざまずかされることもあり、膝はひどく腫れ上がった。体のどこがコンクリートにふれようと、大した違いはない。数分で火ぶくれができる。色々な意味で、監視にとってはゲームのようなものだった。台の上、捕虜をどこまで押しやることができるか、倒れるか死ぬかするまでどのくらい持ちこたえられるかを見物するゲームだ。台の近くにはいつも手押し車があった。女性や小さな子が乗せられ、病院の方に運ばれていくのを何度も目にした。何人が生きて病院に行き着けたのだろう？　何人がそのまま真っ直ぐ抑留所の出口に運ばれ、防水シートを被されて遺体回収を待つことになったのだろう？

監視が台の両端に陣取り、竹製の小さな傘が作る日陰に気持ち良さそうに座っていた。監視は二人とも飲み水の入った瓶《びん》を持っていて、一時間かそこらすると水は補充された。台の上の捕虜には水も食べ物もない。捕虜が倒れそうになると、監視はその絶望的な状態を指さしながら互いに何か叫び合った。看護師さんがつくこともあった。捕虜が倒れると、台に上がって捕虜を下ろすよう命じられた。看護師さんは木陰に連れていき、水を与えて目を覚まさせ、火ぶくれを水に浸してあげた。その間、監視が目を離すことはない。やがて捕虜の意識が戻ると、再び台に上がるよう命じられた。

言葉では言い表しようのない残酷な場所だった。拷問は母なる自然と太陽の信じがたい力に委ねられた。極端に残忍な監視もいた。彼らは子どもがコンクリートに倒れるのを見ていて、看護師さんが介抱しようとするのを許可しなかった。そして、子どもを助けてほしいと泣いて訴える母親を指さして笑い合った。

コンクリート台には近づかないよう母からいつも言われていたので、近くをうろうろすることはなかった。しかし、何家族かがあの恐ろしい場所に連れていかれ、そのうちの何人もが単に消えてしまったことは知っていた。生き残った人は、別人のようだった。

母が病院に連れていかれる度に、この恐ろしい場所を通らなくてはならなかった。通るときは、どれだけよそを見ようとしたことか。しかし怖いもの見たさから、友だちやブリムボン通り三四番地の誰かがいやしないかと台の上に視線を走らせた。

友だちのキティーといっしょに病院に行くことがあった。台のところではキティーが早足で歩くよう、いつも気を使った。キティーはオランダ人で、年が私と同じくらいだった。初めて会ったのは、ある細かい作業をいっしょにしたときのことだ。

ある日の朝、アンチェさんが私たちの部屋にやってきた。まだ起きる前だった。目を覚ますと、子ども作業班に入ってみてはどうかと勧められたのだ。作業はむずかしくなく、作業終了後に病院の母のところに行く時間は十分あるから、と。

「カーリン、あなたもいらっしゃいな。やってみて損はないから」

カーリンを含めて一〇人ほどがいた。全員、女の子だ。アンチェさんは私をキティーの隣に座らせた。キティーは私の親友の一人になった。元兵舎の一つの、屋根があるテラスに座っていると、キティーはにこっとして私の名前を聞いてきた。そこはキティーの家で、大きな元兵舎に住んでいた。私たちは、病院にいる気の毒な人たちのために薬を作るのだそうだ。キティーは姉のマリーが看護師をしていて、病院についいて詳しかった。

私たちは、小さくて分厚い陶製の鉢と棒を渡された。乳鉢と乳棒だ。キティーはすでに乳棒を右手に握っていた。ある女性が大きなかごを出してきて、作業が楽になるように一度に取る量は少しにするよう指示があった。

「少しって、何を?」キティーに聞いた。

「乾燥した骨よ」

「骨?」

それまでのやる気がたちまち失せた。

キティーが笑った。「心配しないで、リーセ。動物の骨なの。すり潰して粉にして、薬にするの」

「動物の骨?」

「そう。死んでいく動物もたくさんいるって、マリー姉さんが言ってた。病院では、その骨がすばらしい薬になるんだって」

「どうやって?」信じかねて、聞いた。

「食べ物に振りかけるんだって。何でもカルシウムっていうのが摂れるそうよ」肩をすくめてキティーは言った。

これ以上ない恐ろしい作業だった。

何時間もかけて骨のかけらを精一杯圧《お》し潰し、すり潰した。ほんの小さなかけらであっても、粉にするにはどれだけ時間があっても足りないように思えた。最初、右手を使っていたがやがて左手に変え、もうこれ以上は無理と思ってまた右手に戻した。一時間ごとに立ち上がって伸びをすることが許され、お水を少しもらった。監視が一人、女の子の列のそばを歩き、一生懸命やっていないと見て取ると睨《にら》みつけた。粉末がたくさんになったら褒美として全員が砂糖をスプーン一杯もらえるから、とキティーに励まされた。

この長時間作業の褒美がスプーン一杯の砂糖だなんて、割に合わないような気がした。両手にはすでに、水ぶくれが二つずつできていた。私の大きなご褒美は、キティーとの新しい友情だった。カーリンはその日、かわいそうにも疲れ切って家に帰った。妹の両手のひらには、大きな水ぶくれの潰れた痕が二つあった。アンチェさんからは、「カーリンは作業に戻らなくてもいいから」と言われた。

病院へは、カーリンやラッセよりもキティーといっしょに行くことの方が多かった。キティーのお母さんは入院していなかったが、お姉さんが看護師だったので大体好きな時に会いにいくことが許可されていたのだ。病院でキティーは、食事や薬を配るのを手伝っていた。ラッセは病院までの暑くて遠い道を歩くには体が持たず、もっぱら寝ているのが好きだった。途中には日陰一つなかったし、オランダ人女性の一人がいつでも喜んでラッセの面倒を見てくれた。カーリンもまた、青いドアに座って木の陰で過ごす方が好きだった。

病院では母のベッドの端に腰かけ、何時間も過ごした。母からはカーリンやラッセ、食べ物、潰瘍、そして赤痢について聞かれた。その度に、大丈夫と答えた。

母は私の盗みについて心配するようになっていた。もし私が捕まったら、親子でニップに罰せられるかも知れない。小さい子が罰を受けることはあまりないから、罰せられるのは自分だけだろうと言う。最後はコンクリート台だ。

「リーセモール、お願いだから何も盗まないでよ」母から頼まれた。

コンクリート台は怖かった。母が連れていかれたら、到底耐えられるはずはない。いつものように、母が聞きたい返事をした。もう二度と盗まないと約束した。

嘘だ。

このころ、私が盗んでくる少しばかりの食べ物はとても貴重だった。それなしでは、きっと家族全員が死ぬことになると思っていた。盗むのは生き延びるためだった。

ベッドの脚四本に履かせてある、水の入った小さなブリキの皿について母に聞いたことがある。蟻が泳ぎを楽しむプールだと母は笑いながら言っていたが、皿にはベッドの脚を這い上ろうとする蟻を殺す漂白剤のようなものが入っていることは知っていた。

病院はわくわくするとともに、静かなところでもあった。過酷で残忍な外の状況とは違い、別世

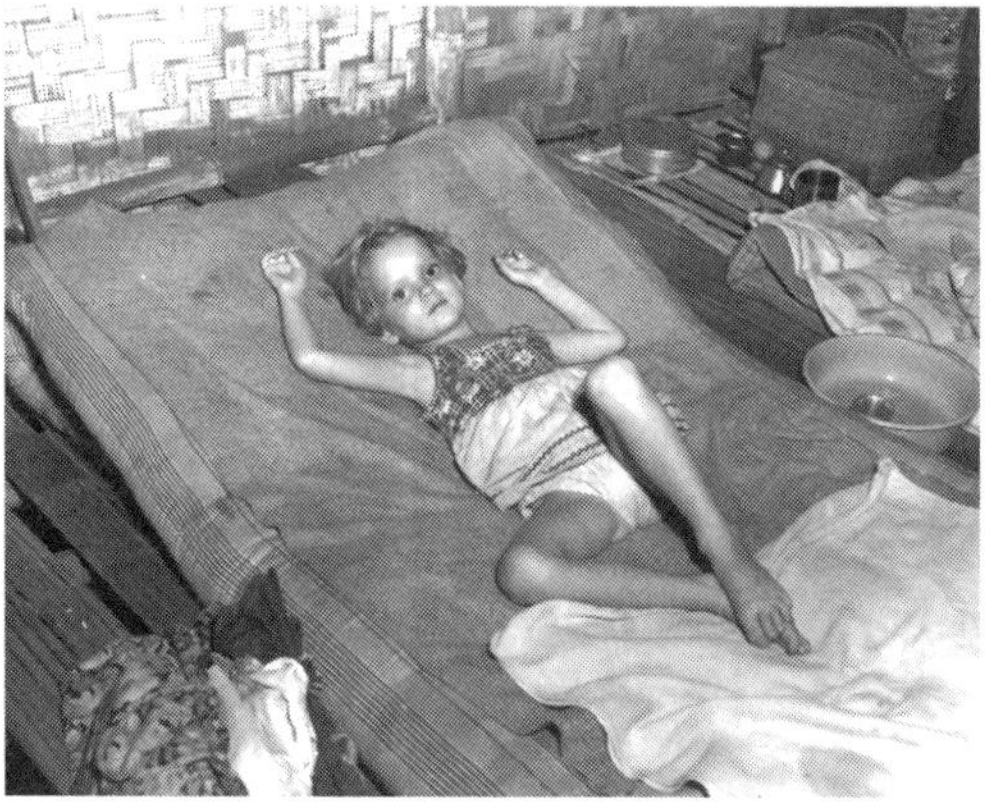

病院（NIOD）

界だった。病院には監視も将校もいなくて、清潔な白衣の、さっそうとした看護師さんがいた。これがとても不思議でならなかった。白衣はどこにあるのだろう、どこで洗っているのかなと思った。病院の食事は少し良くて、看護師さんが台車に乗せて運んでいた。母から少し食べるよう言われたが、私はいつも断った。ここでの食事が母を回復させ、食べるほどに早く青いドアに戻ってこられると思っていたからだ。

病院食については、いつも同じやり取りをくり返した。母は悪化すると、最後は病院だった。病院では手厚い看護と良い食事のお陰で体力が回復し、病気はまるで嘘のように消えてなくなった。しかしいったん退院して、汚れていて狭苦しく、湿気でじめじめした物置に戻り、ほぼ無きに等しい食事で過ごす中、病気は再びぶり返した。ついにはひどく衰弱し、立ち上がることができなくなった。アンチェさんは母の具合を毎日見ていて、容態が悪化すると再入院を勧めてくれた。

母が病院に行く度に、無事戻ってこられるだろうかと心配だった。私はほんの子どもだったが、病院に行く人は誰もがひどい病気であるに違いなく、病院ではほかのどこよりも消えていく人が多いことを知っていた。一度母とベッドに座っていて、何げなく足について聞いたことがある。両足とも浮腫《むく》んでいて太く、ピンク色だった。指で押してみるよう言われて最初は断ったが、母はおふざけのような感じだった。

「やってみて、どうなるか見てごらん」

言われるままに、やってみた。指を母の足に押し当てると、ケーキに指を突っこむのと同じで指は簡単に沈みこんだ。

「もう少し強く」母が言った、

気味が悪かったが、言われた通りに足首のすぐ上を指で圧した。指を引っこめるとくぼみはそのままで、指を圧し当てた部分は真っ白だった。

「ほら見ててごらん、リーセモール。ママの足は魔法の足よ」

とてもゆっくりと、血が再びくぼみに流れこんでいくのをじっと見た。やがて足のくぼみは元に戻った。

「ママ、これって何なの？」

「脚気よ、リーセモール」母はため息をついた。

キティーと病院に行くときはいつも、探検したい気持ちを抑えられなかった。いつだったかキティーが看護師さんの手伝いを終えて戻り、死の部屋についてすべて教えてくれたときのことを特に覚えている。キティーは病院の各病室のことを説明してくれた。病室による違いや、長い廊下の一番奥の、誰も行きたがらない部屋について姉から聞いていたのだ。

母は一八人の女性と部屋がいっしょで、とても手厚く看てもらっていると思っていた。しかしキティーの話では、病院には小さな病室がいくつかあって、ベッドが一二床ばかりの病室もあるという。そこは容態がとても悪い人の病室で、より行き届いた看護が受けられ、食事も薬もほかの病室より多くもらえるのだそうだ。看護師さんは一時間ごとに病人を見て回って容態を観察し、改善が見られれば大きな病室に戻される。悪化すると、病床が六つだけの別の部屋に移されるということだった。その部屋では、看護師さんが常に待機しているらしい。キティーは私を見て、顔をしかめて言った。「あと、死の部屋があるの」

死の部屋には病床が四つあって、患者はそこに移動させられて死を待つことになるとキティーは教えてくれた。死の部屋について話すキティーの顔は忘れないだろう。「絶対、ママはそこに入れさせない」私はきっぱりと言った。

病棟を出るとき、キティーは私の手をとって廊下の一番奥まで引っ張っていった。そしてあまり近づきすぎないよう気をつけて、右手のドアを指さした。まるで何かに感染する恐れがあるかのよう。キティーは部屋ににじり寄り、指をさしながらささやいた。

「リーセ、ここよ。死の部屋」振り向いたキティーの目は大きく見開かれていた。「この部屋から生きて出られた人は一人もいないのよ」

ちょうどその時、死の部屋のドアがさっと開いて、濃紺のエプロンをした看護師さんが出てきた。

手には小さな黒いケースを持っていた。看護師さんは眉をひそめて私たちを見た。そして、痩せて骨ばった手で近くに来るよう手招いた。私たちは悲鳴を上げ、廊下を走り抜けて陽ざしの中へ飛び出した。青いドアに行き着いて座りこむまで、後ろを振り返ることはなかった。

こうしてキティーが死の部屋について教えてくれたことはすべて本当なのだと、いよいよ確信した。

第23章　イーストケーキ

翌日病院に戻ると、母はいつものベッドにいなかった。看護師さんの一人にどこにいるのか尋ねた。死の部屋についてキティーから聞いた後だっただけに、少し動揺していた。

「移動したのよ」看護師さんは廊下の奥を指さした。口から心臓が飛び出しそうになって、声もろくに出なかった。その表情から看護師さんは怯えを見て取ったに違いなく、私の手をとった。

「心配しないで。もう少しちゃんと見てもらえる場所に移っただけなんだから」

本当だったんだ……キティーが言ってた通り、ママはベッドがほかよりも少なくて、看護師さんの数が多い部屋に移されたんだ。看護師さんに手を引かれ、廊下を歩いた。私の目は廊下の一番奥の部屋に釘付けだった。嫌だ、あの部屋は嫌だ。神さま、どうかママをあそこには入れないで。

看護師さんは立ち止まり、死の部屋よりもずっと手前の部屋を指さした。

「ほら、そこよ」

母は横向きになって、ぐっすり眠っていた。具合良さそうには見えなかったが、生きていて、廊下の奥の恐ろしい場所からは離れたところにいることに救われる思いだった。

ベッドの端に一時間以上座っていると、ようやく母が目を覚ました。すごく弱っているのに、とても元気だと嘘をついた。

「この部屋に移してもらって、前より少し多く薬がもらえるのよ、リーセモール」

毎日、母のところに通った。ありがたいことに日一日と容態は良くなった。脚気と闘うために、イーストケーキ（イースト菌で発酵させたケーキ）を毎日食べているという。

「イーストケーキって、すばらしいのよ。一つ食べる度に、体に力が入るようになるの」

「だったら、五〇個食べればいいのに」

「おやおや、リーセモール」母は笑った。「そんなに簡単だったらいいんだけどね。看護師さんはできるだけのことをしてくれてるのよ。一日に一つ。運が良ければ、たまに二つかな」

イーストケーキがどんなものなのか聞いた。スラバヤで食べていた小さくて甘い燕麦《えんばく》のビスケットと同じくらいの大きさだが、少し厚みがあるのだそうだ。

金属製のぴかぴかの台車を押して、看護師さんが部屋に入ってきた。台車はとてもきれいで、塵一つ付いていないみたいだった。抑留所には似つかわしくないもののように思えた。看護師さんも清潔で、しわのない白のブラウスを着てさっぱりした感じだ。にこっとほほ笑んで、部屋の反対側にいる患者さんを見にいった。母が言うには、かなり具合が悪いらしい。

「死んじゃうの？」

「ひょっとしたらね……。ひょっとしたらよ。ご存知なのは、神さまだけ」

「死の部屋に入れられちゃうの？」

「死の部屋って、どういうこと？」

キティーから聞いたことと、黒っぽい色のエプロンをした看護師さんのことを話した。母は少し息を呑み、目に涙をわずかに滲《にじ》ませた。あの部屋についてそんなひどい言い方をしてはいけないと叱られたが、私がどの部屋のことを言っているのか母はちゃんとわかっていた。

「でもママ、あの部屋は――」

「しっ」それ以上私に言わせまいと、母は唇に指を当てた。「聞こえなかったの？　ママはそのことは話したくないの」

母がそういうふうなとき、話はそれっきり終わりなのだ。

私の関心はすぐに別のものに移った。台車の下にある銀色の大きな缶だ。見ていると、缶に掛けてあった白い布切れが滑り落ちたのだ。目を引いたのは、布切れが滑り落ちるその動きだった。そばに寄って腰を少しかがめ、缶の中身を見ようとした。

「何してるの、リーセモール？」

缶に入っているビスケットのような形のものを指さした。母はベッドから身を乗り出し、ほほ笑んだ。「イーストケーキよ、リーセモール。体にいいのよ」

「一つ、もらってもいい？」

母はびっくりして目を見張った。「ダメに決まってるでしょ。さわらないでよ」

逆らうつもりはなかった。本当に。しかし、ケーキがどれほどおいしくて、どれほど体に良いかと聞いたばかりだったので、どうにも自分を抑えられなかった。

「やめて。お願い」

ケーキに心を奪われながらも、具合の悪い患者さんに掛かりっ切りになっている看護師さんから目は離さなかった。缶に手を滑りこませ、ケーキを二つつかんだ。看護師さんを注視しながら抜き取った。立ち上がって、するりと口に一つ滑りこませた。舌にふれた瞬間、ケーキは溶け出した。口の中いっぱい、すばらしい甘みが爆発するかのよう。目を閉じ、あまりのおいしさに声を漏らすまいと懸命にこらえた。母の叱る声はまだ聞こえていて、目を開けると看護師さんが台車に戻ってくるところだった。その目はしっかりと私を見すえている。

「あら、何してるの?」看護師さんに話しかけられ、ごくりと唾を呑んだ。

ジャップに報告されて私も母も何か仕打ちを受けるのではないかと、恐ろしさに身がすくんだ。私は首を横に振り、唇や口の中の食べかすが見つからないよう、ぎゅっと口を結んだ。看護師さんが前かがみになった瞬間、捕まえられてジャップに突き出されるのではないかと思った。もしも看護師さんが缶のケーキを数えていたら、二つなくなっていることに気づいただろう。看護師さんはかがみこみ、缶の中に手を入れてイーストケーキを一つ取り出した。そして私の前に差し出した。

「これ、何だか分かる?」

私は首を振った。

「イーストケーキって言うのよ。このケーキ、何が特別なのか知ってる?」首を振った。見られたに違いないと思った。看護師さんは手を伸ばし、私の髪をくしゃくしゃにしてから言った。「これがあなたのママを元気にしてくれるのよ」そして看護師さんはしゃがみこみ、ささやき声で言った。「でも今、ママは体を休めなくちゃね。ママにうんとキスして、もうお行きなさい」

もどかしげに母にキスして、脇目も振らず廊下を走った。残りのイーストケーキはカーリンとラッセに取っておこうかとも思ったが、看護師さんがケーキを数えて追ってくるかも知れず、不安に駆られて口に放りこんだ。廊下の端のドアに着く前に、ケーキはお腹の中だった。

証拠を消したのだ。

その時になって、ようやく普通に息をすることができた。

家に戻ると、カーリンは青いドアに座っていた。おいしいイーストケーキについて全部話してあげようと口を開きかけて、思い止《とど》まった。骸骨のように痩せた妹の体、鳥かごのように浮き出た胸の骨、鋭く突き出た肩の骨をじっと見ていて、すごく大きな罪悪感に駆られた。妹にこれっぽっちも残してあげなかったことにひどく気が咎《とが》めた。

これ以上状況が悪くなることはないと思っていた矢先、モンスーンの雨がまた降り始めた。そこら中が水浸しになった。雨水は屋根や窓、ドアの隙間を通って、私たちの寝床に入ってきた。雨が止むのを待つ間、アンチェさんとヨリーンが自分たちのベッドに来て座っているよう声を掛けてくれることがあった。ラッセとカーリンは大喜びで、このすてきな女性たちのそばを離れなかった。しかし年上の私には、部屋に入りこんだ泥水をかき出して片づけをする仕事があった。部屋が乾くまでは横になれず、私たちは家のどこか乾いているところで寝るしかなかった。この最悪だった日々、母は病院のベッドの上で地面から高いところにいることができてうれしかった。

雨が上がると、空気も周りの様子も新鮮で生き生きとしたものになった。しかし激しく降っている間は、デ・ヴェイク抑留所での、雨に浸かって悪臭のした車庫が思い出された。

家の裏庭は水泳プールのようで、表の通りは川になった。あらゆるものが濡れそぼち、雨水を避けるには青いドアの上に避難するほかなかった。湿気が原因で発疹ができ、傷口がただれた。雨の中、子どもたちは泥だらけになって思いきり走り回った。傷は悪化して化膿したが、そんなことで遊びがやむことはなかった。看護師さんの一人が薬用クリームを持っていて、一生懸命手当てしてくれた。小さなチューブ一本は、子どもたち相手に三〇分もしないうちに使い切ってしまった。もう少し持ってこようと看護師さんは病院に戻ったが、病院にはなかった。カーリンと私は、雨を気にする人など一人としていなくて、単に厚着して傘を手に過ごしたベルゲンでの楽しかった日々についてアンチェさんたちと話した。ベルゲンではおばあちゃんがよく言っていた。「ひどい天気なんてものはないのよ。ひどい服があるだけ」アンチェさんたちは、オランダとベルギーの出身だった。ベルゲンと同様、同じ気候に悩まされていた。

抑留所の炊事場で働く人たちにとって、モンスーンの雨は最悪だった。雨を避けようにも、トタン板の屋根はごく一部だけだったからだ。土砂降りの雨と強風のせいで、大きな鍋の下の火がしょっちゅう消えた。火が消えないよう、炊事係は死に物狂いだった。足首までぬかるみに浸かり、段ボールの切れ端でかまどに風を送っていた姿を覚えている。上手くいくときもあったが、火はたいてい消えてしまった。そして、誰も食事をもらえなかった。

モンスーンの時期、ご飯を炊く大鍋が気になり出していた。ご飯はもう鍋に残っていないとなると、たいてい隅に寄せられていた。ある日、その鍋の一つを覗いてみると、驚いたことにまだ底の方にご飯が残っていたのだ。

鍋から離れ、作戦を練った。あれはまだ食べられる。なのに、どうして底にあるご飯を誰も取ろうとしないのだろう？　鍋が深すぎて、手が届かないからだとしか思えなかった。踏み台にする箱と棒を見つけて素早く周りを見回し、誰かほかの子に見られていないか確認した。そして箱に乗り、鍋の縁を跨いで中に飛びこんだ。何秒か身をかがめたまま、様子を見た。異常なし。誰にも気づかれてはいない。ああ、まさに食べ物の天国だった。計画が上手く運んだことにほくそ笑んだ。底にあるご飯は少なくとも一時間は火に掛けられて、黒焦げだった。しかし棒で少しこそぎ落として食べてみると、驚くほどおいしくてうれしかった。唇を舐め回した。実際、これまで配給された何の味もしない粥《かゆ》よりずっとおいしかった。

一〇分ほどの間、棒でこそぎにこそいでポケット二つを大方いっぱいにした。次に座りこみ、自分のお腹を満たした。もうこれ以上は無理というくらい食べ、いよいよ逃げることにした。鍋の縁を乗り越えようとしたが、簡単ではなかった。内側はつるつるしていて、足を踏ん張れないのだ。こうなったら縁に手を掛け、腕の力で体を引き上げて脱け出すしかない。三、四回やってみたが、力が足りずダメだった。体を引き上げようとする度に、力が入らなくなった。パニックになっていて、心臓が早鐘のように打っていた。助けを呼ぼうかとも思ったが、罰を受けるのではないかと不安で思い止《とど》まった。鍋の中に座って、どうしたものかと数分考えた。辺りはしんと静まりかえっている。皆、炊事場を引き払ったようだ。いよいよ打つ手は一つしかなかった。鍋の内側に体をぶつけ始めた。鍋の底は少し丸みを帯びていて、三、四回体当たりするとぐらつき出した。一ヵ所に思いきり体をぶつけ、その反対側にも体をぶつけた。次第に勢いがついてきた。ついに鍋は転がり、私は地面に投げ出された。女性があちこち離れたところに数人ずつ固まっていたが、幸いにも気づいた様子はない。一目散に逃げた。

母にご飯を渡して、どこから持ってきたか伝えると、あまりうれしい顔はしなかった。また盗みを働いてきたのだと思い、捕まってどれほどひどい罰を受けることになるか知れないと心配したのだ。

「でも、誰かから盗んだんじゃないのよ。どうせご飯は捨てられちゃうんだし」

母がすっかり納得したかどうかはわからない。しかし母は、持ってきたご飯を喜んで味わってくれているようだった。

第24章　木綿のワンピースを着た男の子

その子を目にしたのは、ある日トイレに行ったときのことだ。これ以上ないくらい奇妙な光景だった。その子はドアを開けたまま、男の子のように立っておしっこしていたのだ。ワンピースを着てだ。変だと思わないわけがない。

「あんた、何してんの？」

すごくびっくりしたようで、大声で怒鳴り返してきた。「覗くな！」

「だったら、開けっ放しにしなけりゃいいでしょ」

「大きなお世話だ」

用を足し、私を押しのけるようにして出ていくその子をよく見た。髪はブロンドで長く、顔に軽くにかかっている。しかし間違いない。一〇歳くらいの男の子だ。

「何でワンピース着てんのよ？」後ろから声を掛けた。

男の子は振り向き、指を唇に当てた。「しーっ！　誰かに聞かれるじゃないか。見つかったらどうするんだよ」

男の子は、ささやき声で自己紹介した。「ぼくのことはペートラって呼べよな。本当の名前はピーターだけどさ」

ピーターの説明はこうだった。彼のお母さんは息子が男子抑留所に連れていかれやしないかと怖くて仕方なかった。そのためランペルサリに収容されていたこの一年、ピーターはずっと家に隠れていた。外に出ることが許されるのは暗くなってからだけで、ワンピースを着てだった。

テンコーはどうしているのか聞いた。いつも後ろの列に並んでいたので、監視には何も疑われなかったらしい。収容された日、お母さんは書類の綴りのミスを指摘し、ピーター《Pieter》をペートラ《Petra》に直した。愚かにもジャップは、名前を書き換えただけで女の子だと信じたという。

あんな格好でおしっこしているのをジャップに見られたら、たちまちばれてしまうと忠告した。

「そうだね。もっと気をつけなくちゃ」

ピーターはいつも木綿のワンピースを着ていて、彼のお母さんは傷んだところをあり合わせの端切《はぎ》れで継ぎはぎしていた。ついには、スラバヤの私たちのベッドに掛けてあったキルトみたいになっていた。ピーターと私は大の仲良しになった。毎晩暗くなると、ピーターは私を呼びに来た。私たちは青いドアのそばの木をよじ登り、屋根に座って抑留所を見回した。一人でもジャップを見かけると、ひょいと屋根に腹ばいになって見つからないようにした。ピーターは本を何冊か持って屋根に上がってきて、満月の晩はいっしょに読んだものだ。私たちはまた、ピーターが家で見つけてきた紙切れや段ボールの切れ端に字を書いたり、絵を描いたりした。日中は外に出られなくてピーターはふさぎこんでいたが、夜はたいてい屋根の上で私と過ごした。カーリンには木を登るだけの体力がなかったので、屋根は二人だけの本当に特別な場所だった。屋根瓦をひっかいて、自分たちの名前を刻みこんだりした。そしてピーターは、二枚の瓦の間に段ボールの注意書きを挟みこんだりもした。そこには、「関係者以外立入禁止」とあった。

ある晩、屋根に座ってピーターを待っていた。するとひょろりとした木が例によって驚くほどきしんで、ピーターが痩せた腕と足で必死に屋根に上ってきた。ありったけの力を振り絞り、この飢えて体力のない友だちを引っ張り上げようとした。終《しま》いに二人とも屋根から転げ落ちそうになり、くすくす笑いが止まらなかった。ピーターが半ズボンを履いていることに気づいて、理由を聞いた。

「今晩、ママが洗濯したかったんだ。ここんとこ、水道の水が止まらなくなってるんだって」

確かにそうだ。普段よりも水が出るようになっているのは、最近になって気づいた変化の一つだ。最後のテンコーがいつだったか、そして殴打の場面を最後に見たのがいつだったかも思い出せなかった。だからと言って、ピーターがワンピースを着ていないのは怖かった。たとえジャップは気が緩んでいるにしてもだ。次からはワンピースを着るよう、ピーターに約束させた。女の子ではなく男の子だと知れたが最後、どんなことになるかわかったものではない。そう思っただけでぞっとした。

第25章　一九四四年のクリスマス

抑留所では最初の日以降、アンチェさんにもらった缶のふたを皿代わりにして食べていた。ふたは平べったく、粥《かゆ》は度々床に落ちた。とても空腹だったせいで、土や砂混じりであっても、昆虫や虫のすぐそばに落ちても口に入れたものだ。母からは極上の磁器で食べているつもりになるよう言われたが、役立たずのそのふたが大嫌いだった。

母と会って病院を出るとき、絶好の機会――ふたを永遠に葬り去るチャンス――を密かに窺った。イーストケーキをくすねたのとよく似た台車が廊下にあって、その上に皿が何枚か載っていたのだ。ただしこの台車は外に通じるドアのすぐ脇に止めてあり、そばには看護師さんが二人立っていた。そこで他の病室を覗いたりして、少し遊んでいる振りをした。看護師さんはいつも仕事がたくさんあって、いつも忙しかった。だからこっちがぐずぐずしていれば、そのうちにどこかに行ってしまうということはわかっていた。

案の定だった。

二分もしないうちに看護師さんの会話がやんだ。私は台車の方へそっと歩き、絶妙のタイミングを計った。台車まで五メートルほどに近づいたとき、走っていって皿を二枚取り、ブラウスの中に押しこんだ。外に通じるドアを開け、ジャップがいないか素早く見回して確認した。数秒待って息を整え、それからゆっくり歩いてブリムボン通り三四番地の物置へ戻った。

磁器の皿は、母が病院から退院するまでカーリンとラッセには使わせなかった。皿は母を驚かすプレゼントだった。皿をどこから持ってきたか母は気づいていたと思うが、何も言わなかった。その晩、床に落ちた食べ物は一つもなかった。最初に母とラッセが皿を使って食べ、その後でカーリンと私が食べた。理屈に合わなくて変かも知れないが、味のしない食べ物が何となくおいしく感じられた。私にとって、この二枚の皿はとても特別なものだった。

翌日、この美しい皿に本当の食べ物を盛ることにした。家にいる男の子の一人と私の作戦について話し合った。二人とも、どこに行けば良いかちゃんとわかっていた。炊事場の下水は抑留所の一番低くなったところで橋の下に流れ出て、竹のフェンスの向こう側にある小川に注ぎこむ。小川の流れは速い。ことのほか暑くてほこりっぽい日は着ているものを全部脱ぎ捨て、その涼しげな水に飛びこみたいくらいだった。実際にそうすることはなかったが、フェンスの前に何時間も佇んで竹の隙間から小川の流れを眺めたものだ。しかし悲しいかな、フェンスのこちら側は流れが澱《よど》んでいて汚らしかった。とは言え、そこがうなぎの棲《す》みかだった。

「おいしいって、確かなの？」

ライアンはうなずいた。「うん。以前、ここでママがでっかいのを捕まえてさ。殺して、棒に刺して、たき火で焼いたことがあるんだ」

ライアンは舌なめずりして、お腹をさすった。「ありゃー、うまかった」

ライアンはマッチを持ってきていて、料理に使う木切れも集めてあった。私はナイフと、うなぎを叩くための大きな棒を二本用意していた。

「じゃあ、始めるわよ」そう言って、二人で泥水に裸足で入っていった。

私はライアンの手をつかんだ。バランスのことも少しはあったが、安心のためでもあった。

もう片方の手で棒を握り、すぐ叩けるように頭の上高く掲げた。

「頭を狙うんだぞ。それで気絶する。そしたら、好きなだけ叩くんだ。死ぬまでな」とライアン。

「うなぎ、怒んない？」と私。

「そりゃあ、怒るよ」

「で、噛みついてくるの？」

「うん」ライアンがにやっとした。「でも、動きはこっちの方がずっと早いさ。今晩は、じゅうじゅう焼いたクリスマスの夕飯が待ってるぞ」私は当時、うなぎと蛇の違いはわかっていなかった。

スラバヤでの母の注意が頭をかすめた。噛まれたら死ぬという毒蛇についてで、パイソンやジャワヤスリ蛇、犬顔の水蛇のことを教えてくれた。そして今、獲物を巧いこと誘《おび》き出して棒で叩きのめそうと、オランダ人の友だちと泥水の中を苦労して進んでいた。危険なことはわかっていた。ライアンもだ。しかし熱々のうなぎが磁器の皿に盛られるのを想像するだけで、空っぽのお腹が語りかけてきた。「こいつは危険を冒す価値があるぞ」

「いたぞ！」ライアンが突然叫び、その指さす方を見た。澱みの端からするっと滑り落ちてきたのは、頭だけが淡い色合いのほぼ真っ黒なうなぎだった。一メートル近くあり、泥だらけだ。二人とも棒をやたら振り回して襲いかかったが、うなぎはあまりにすばしこくて、あっという間にどこかに行ってしまった。その日はほぼ一日中、そのひどい臭いの澱みで過ごした。四、五匹ばかり追い回したが、一匹も捕まらなかった。大きな石の間に追いこみ、あと一歩だった大物もいた。すぐ叩けるようにと棒を高く掲げて近づくと、うなぎは威嚇するように飛び跳ねた。それ以上近づいたらただじゃおかないぞと言わんばかり。私はライアンの方を見て、ライアンも私を見た。まあ、どっちみちそれほどお腹は空いていないしと、二人して負け惜しみを言いながら安全な抑留所の側へゆっくり後ずさりした。

一九四四年のクリスマス当日、青いドアに毛布を敷いて家族揃って座っていた。プレゼントも特別なご馳走もなかったが、母といっしょに青いドアにいて故国ノルウェーのお話を聞いていた。ベルゲンで雪が何週間も地面に降り積もっていたこととか、子どもは雪だるまを作ったり、雪合戦をして遊んだりするなど話してくれた。カーリンと私は、戦争が始まる前に過ごしたノルウェーでのあのすてきな休暇をまだ覚えていた。体が焼けるようなジャワの熱気の中、母は特別な日の一つについて話した。四月九日の父の誕生日だ。四月九日はドイツがノルウェーを侵略した日でもあると口にした途端、母の顔が一瞬曇った。急いで五月一七日に話題を変えた。

「ノルウェー国民の日よ」母は誇らしげだった。「ママの誕生日なの」笑顔で言った。「ノルウェーに戻るまで我慢しましょうね。毎日、ノルウェー国民の日みたく祝うことができるわ」

「ママ、その日は何を食べるの?」カーリンが聞いた。

「ほしいものは何でもよ。ソーセージにじゃがいも、ケーキにカスタードのお菓子、ゼリーにアイスクリーム、それからチョコレートにスイーツ、あとオレンジ、りんご、ナッツもね」

どんな味だったか私は全部忘れていた。母が楽しいお話をしている間、カーリンとラッセはにこにこしていた。しかし、食べ物についてはあまりふれない方が良いと思った。

ほどなくして母は病院に戻った。ひっきりなしに入退院をくり返していたので、とても心配だった。母に会いに病院に行くと、最初から病気が重い人の部屋に入れられていたのでなおさら心配になった。そこはベッドがたったの六台で、看護師さんが常駐していた。容態は見るからにひどかった。足はすごく浮腫《むく》んでいて硬く、私が指で圧《お》してももはやへこむことはなかった。それに、いつもたいてい眠っていたように思う。母が起きていないと退屈だった。母とおしゃべりして、ラッセとカーリンについて教えてあげるのが好きだった。部屋を見回した。部屋は小さくて探りを入れてみる台車はなく、看護師さんが隅の椅子に座ってカルテを読んでいた。私は外を散歩することにした。病院の周りを歩いた。一二周して母の部屋に戻ったなら、目を覚ましているかも知れないと考えた。六周して角を曲がると、看護師さん二人が外に出てくるのが目に入った。二人は一本の煙草を代わるがわる吸いながら話をしていて、言っていることが耳に入った。角から二、三歩下がって、しゃがんで耳を澄ました。

「今日、そっちはどうなの？」一人が聞いた。

最悪だと、もう一人が答えた。そして恐ろしいことを口にした。「今日はお二人、天国にお送りしたわ」

二人のうちの一人が死の部屋から出てくるのを目にしたことを思い出し、はっと口に手を当てた。母の部屋に走って戻ったが、まだ眠っていた。母が死の部屋で看護師さんに看取られ、天国に旅立ってしまいませんように、と祈った。

二日後、悪夢が現実となった。


病院に行く途中でコンクリート台のそばを通ると、いつもよりたくさんの人がいた。三家族いて、母親が三人、男の子が二人、女の子が一人だ。女の子は七歳にもなっていない。熱くなった台にしゃがみこみ、泣きながら母親の足にしがみついている。日除けの傘の下にはジャップが二人立っていて、脇のテーブルには水の入った瓶《びん》があった。うだるような暑さで、歩いていて汗が背中を伝って落ちた。看護師さんが一人、木の下で心配そうにしていた。いつもと同じ光景だ。助けてあげたい気持ちでいっぱいだったけれど、私にはどうすることもできない。母に言われている通り、顔を背けて急ぎ足で通りすぎた。そこを通る人は誰もが顔を背け、死の寸前まで茹《ゆ》で上げられる罰を受けているのが自分や自分の家族ではないことに胸を撫で下ろした。

病院に着いてみると、前に来たときにいた部屋に母はいなかった。ひどく動揺するということはなかった。前回母が移されたとき、愚かにも空騒ぎしたことを思い出したからだ。たぶん母は少し持ち直して、大きな病室に移されたんだろう。うん、きっとそうだ。イーストケーキが効いて、良くなってるんだ。大きな病室に笑顔で入っていき、部屋中を見回した。痩せてやつれた患者さんを目にして、笑顔はすぐどこかに行ってしまった。ベッドを一つひとつ見て回った。くぼんだ目を覗きこむと、その目が見返してきた。肌が黄色みがかっている人がいた。口元と髪の生え際に潰瘍のある人もいた。皆、静かに横になっていた。もう一度見回したが、母はいなかった。見落としたのかも知れないと思い、もう一度端からベッドを確かめた。横向きになって寝ている人が一番奥にいたが、壁の方を向いていて顔がわからなかった。近づいていくと、髪は薄く、よく洗ってはいないが、ブロンドだった。

「ママ」近づいていって声を掛け、手を伸ばした。「私よ。リーセモール」肩を揺すると、目を覚まして寝返りを打った。

母ではなかった。

ほかの病室も確認したが、母はいなかった。だからといって、死の部屋まで行ってみようという気にはなれなかった。

廊下で泣いていると看護師さんが見つけてくれ、どうしたのかと聞かれた。母がどこにもいなくて、あとはもう死の部屋しかないとしゃくり上げながら答えた。

「見てみましょうね」看護師さんに手を引かれて廊下の端までゆっくり歩いていった。あの時ほど時間が長く感じられたことはない。部屋に近づき、角を曲がったところで中を覗きこんだ。私が見つけるより先に、看護師さんが奥を指さした。「ほら、あそこ。ママがいるわよ」母は眠っていた。これまでで一番具合悪そうに見えた。何度か揺すったが、目は覚まさなかった。

「休ませてあげましょうね。今ちょうど食事をしたとこなの。寝かせてあげないとね」

看護師さんの言葉に、私は首を横に振っていた。眠ってほしくなかった。二度と目を覚まさないかも知れない。母は死の部屋にいて、死にそうだった。何時間もそばに座っていると、ようやく目を覚ました。とても衰弱していて、ろくに声も出ないくらいだった。それなのに私がベッドのそばにいることに気づくと、無理に笑顔を作ろうとした。しかし母はそのまま、再び眠りに落ちていった。もう起こさない方が良いだろうと思った。私は、連れてきてくれた看護師さんのところに行った。

「ママ、死んじゃうの？」

看護師さんは、私の目をただじっと覗きこむばかり。私の問いに答えようがないのだ。

「ママ、とても弱ってるの。黄熱病と脚気があってね。でも、いい食事をしてて、薬とイーストケーキもある。お医者さんからは肝油ももらってるのよ」

「じゃあ、どうして死の部屋にいるの？　あそこに入れられた人は死ぬんだって、キティーから聞いてる」

「キティーって、誰？」

「友だち」

「で、キティーはいくつなの？」

「一一歳」

看護師さんがにこっとした。「なら、実際のところはわからないわね」

「じゃあ、誰ならわかるの？　ママは生きられるの？　それとも死んじゃうの？　看護師さんならきっとわかるでしょ」

看護師さんは立ち上がり、再び私の手をとった。温かい手で、気持ちが和らいだ。「わかってらっしゃるのはお一人、全能のあの方だけよ」

「誰？」

「神さま」

またそれか、と思った。

「でも、ママが生きられるように看護師さんは助けられないの？　どうしてママを死の部屋に入れたの？　どうして――」

「しっ！」看護師さんは人差し指を唇に当て、それ以上言わせてくれなかった。

「お願いだから、死の部屋って言うのはやめてちょうだい」

「だって――」

「あの病室の人の多くが生きられないってことは、その通りよ。みんな、とても具合が悪いから。でも、あの人たちがあそこにいるのは、一日二四時間ずっと見守っていられるからなの。一番いい薬をもらえるし、一番いい食事をすることもできる」看護師さんはもう一度病室を覗いた。「ただ、手の施しようのない人がいるのも事実だけど……」

言っていることがわからなかった。「どういうこと？」

「何でもないわ」看護師さんは急いで言った。

「お願い。教えて。てのほどこしって何？」泣きながら、看護師さんのスカートを引っ張った。

看護師さんは廊下を素早く見回してから言った。

「ついてらっしゃい」

後について外に出ると、看護師さんは私に向き直った。そしてしゃがんで、真っ直ぐ私の目を見た。「あなたの言う通りよ。私たち看護師でさえ、死の部屋って呼んでる。あの部屋の何人かは生き抜くことができないの。でも、それが誰かはちゃんとわかってる。だから薬は、望みがあると思える人に上げてるの」

看護師さんは笑顔で話していた。「あなたのママは薬をもらってる。助かる見こみがあるって思うから。でも、かなり具合が悪いってことは理解しないとね」

ここ数週間ですっかり泣き虫になっていたが、懸命に涙をこらえてうなずいた。看護師さんにやさしく抱かれてしっかりするよう言われたが、看護師さんの目も涙でいっぱいだった。

「ママはあの部屋から出られるって信じなくちゃダメよ。ママはきっと良くなるって信じるの。そして、日本はこの戦争に負けるって信じること。いい？　あなたが本当に信じるなら、必ずそうなる」看護師さんは私の両肩をつかんで言った。「そう信じたくはない？　どう？」

「うん、信じる」鼻をすすりながら言った。

「さっ、もうお帰りなさい。そして妹さんに話してあげて。ママは具合が悪いけど、きっと良くなるって」

歩き出すと、看護師さんが後ろから声を掛けた。「二日三日、ママを休ませてあげてね。それからカーリンといっしょにいらっしゃい」


カーリンはラッセと家の廊下を通って、青いドアの方へ歩いていた。手にはあの磁器の皿を二枚持っている。皿からは水が滴り落ちていて、どうやら裏庭の水道で洗っていたようだ。

私は深呼吸し、妹にどう伝えようかと頭の中を整理した。母と死の部屋のこと、母は乗り越えられると本当に心から信じること、そうすれば何もかも上手くいくということ、そして戦争に勝って、このひどい場所から早く脱け出すということについてだ。

その時、恐ろしいことにカーリンが私たちの部屋の前の濡れたセメントタイルで足を滑らせ、どっと倒れこんだ。私の美しい磁器の皿が宙に浮くのをスローモーションで見た。そしてタイルの床に落ち、一瞬で粉々に砕けてしまった。

妹に伝えようとしっかり準備しておいた言葉は何一つ出やしなかった。その代わりに、何て馬鹿なことをと妹を怒鳴りつけた。かなりひどく叱ったため、妹は青いドアのそばの木を初めて登り、屋根に座ってすすり泣いていた。下りてこようとしなかった。

少なくとも二時間はたって、ようやく戦争や、どうすれば少しでも早く皆でランペルサリ抑留所から出ていけるかについて妹に話すことができた。


母が死の部屋にいることについて、カーリンがとても心配したのは言うまでもない。二日後、妹は私といっしょに病院まで歩いた。妹にとっては並大抵のことではなかった。病院までは遠く、きっと音を上げるだろうと思った。途中、妹は数回立ち止まって息をついた。そのか細い足をまじまじと見たのは、コンクリート台のところでだ。ろくに歩けないのも無理はなかった。足は、フェンスを支える竹の棒のように細かった。青いドアに戻ったらと持ちかけたが、嫌だと言う。母に会いたい一心で聞き入れようとしなかった。

かなり時間がかかったが、ようやく病院の入口にたどり着いた。すてきな女医さんにどうしたのかと呼び止められた。母に会いにきたと説明すると、女医さんはほほ笑んだ。そして、カーリンを連れていって診察しても構わないかと聞かれた。カーリンは肩をすくめ、私は女医さんについていくよう妹の背を押した。二人は、横の小さな部屋に入っていった。

私は廊下の壁に背中を預けてそのまま滑らせ、座りこんで妹を待った。

ほんの二、三分して、カーリンが笑顔で現れた。

「何？　何でそんなにうれしそうなの？」

妹は首を横に振り、トイレに行ってくると言った。五分ほど待って、妹が再び現れた。お腹をさすり、笑顔を浮かべていた。そして、さっと廊下を見回した。

「お医者さんから二つトマトもらったの。私、ビタミンが必要なんだって。トイレに行って、こっそり食べなさいって言われた」

「お姉ちゃんに一つ上げようって思わなかったの？」

カーリンは首を横に振った。「お医者さんがそれはダメだって。私にくれるのは、足にできたかさぶたと口の周りのおできのせいなんだって」

私は怒れなかった。イーストケーキのことを思い出したからだ。大急ぎでケーキを口に押しこんだとき、妹や弟のことはこれっぽっちも頭になかった。カーリンもそれとまったく同じだったのだ。お医者さんにトマトをもらった瞬間、それは妹にとって一番大事なもので、私やラッセ、母のことさえ思い浮かばなかったのだ。私はジャップの仕打ちを呪った。


ああ、うれしいったらない！

恐ろしい死の部屋から母が移されていたのだ。正直な話、あのひどい抑留所三つで過ごした二年半を通じて一番すばらしい瞬間だった。母は死にかけていて、いったんあの部屋に入れられたら最後、きっと二度と戻ってこないと思っていた。私たちがベッドの端に座ると、母が容態について話してくれた。体調が良くなり、食事が増えたお陰で日増しに体に力が入るようになっているという。

病室を出るとき、二、三日したら青いドアに戻れそうだと母が後ろから声を掛けた。晴々としていた。母も死の部屋が怖かったのだと思う。ついに出ることになってうれしかったのだ。

廊下を歩いていると、カーリンにトマトをくれた女医さんが看護師さんと立っていた。看護師さんは泣いていた。女医さんは看護師さんを慰めようと、その肩に腕を回していた。止まらないよう、カーリンに耳打ちした。たぶん、患者さんが亡くなったかしたのだろう。通り過ぎるとき、何があったのか聞こえた。泣いているのは、患者さんに与える薬がないからだった。ちゃんとした薬さえあれば病気は簡単に治るのに、ジャップに何度頼んでも、何度要望書を提出しても薬が届いた例《ためし》がないと女医さんに説明していた。

看護師さんは、毎日亡くなっていく患者さんのことで泣いていたのだ。女医さんは看護師さんを元気づけようと慰めてはいたが、その目を見てわかった。女医さん自身、どうにも手の打ちようがないのだ。

ごとごとと音がして、振り向くと手押し車だった。カーリンと私は青いドアの上にいて、木の下ではラッセが毛布を広げて眠っていた。手押し車が車輪をひどくきしませながら近づいてきて、両手で耳をおおった。

「リーセモール」と声がした。「カーリン……ラッセ……」

手押し車にいたのは母だった。退院だ。私は飛び上って、駆け寄った。カーリンが後ろからゆっくりついてきて、ラッセはお昼寝から目を覚ました。手押し車を押してきた女性二人が母を降ろし、ドアの上に横になるのを手伝ってくれた。母にとっては、単に手押し車から降りるだけでも大変なことなのだ。しかし顔色は良く、戻ってこられたことがうれしくて笑顔だった。

母は小さな包みを女性から受け取った。「リーセモール、この病院食をもう少し食べて夜ぐっすり眠ったら、また元気になるからね」

私は笑顔で母をぎゅっとハグしたけれど、元通りの体になるとは思えなかった。

まだ暗い中、テンコーの声が聞こえた。母がうめくように言った。「リーセモール、急いで。カーリンとラッセを連れてって、言われた通りにするのよ」

「テンコー、テンコー」サイレンを鳴らし、監視が叫んだ。いつものテンコーと違う。ジャップの叫びは怒気を孕んでいる。

「でも、ママ」寝入っていたカーリンとラッセを起こし、私は乞うように言った。「ママも来なくちゃダメでしょ」

母はため息をついた。「無理よ、ママの足じゃ。真っ直ぐ立ってることさえできないんだから」

「じゃあ、どうするの？　ジャップが探しにきたら、そしたら――」

「しっ、リーセモール。まだ病院だって思うわよ。さっ、急いで」

カーリンとラッセを急き立て、何とか外に連れ出した。そして、他の家族とともに列に並んだ。

ジャップは走り回り、ひどくいら立っている様子だった。最初、私はほっと息をついた。名前や番号を確認しようとはしなかったからだ。しかしジャップの一人が走っていって、私たちの家のドアを入っていくのを見て、心臓が止まりそうになった。

「やめて」大声で叫びたかった。「お願い。ママを放っておいて」すると、母の声が聞こえた。監視に取りすがって、自分は病気で歩くことができないと訴えている。監視がうなり声を上げ、母を叩く音がした。くぐもった声が聞こえた。目を閉じ、両手で耳をおおいたかった。監視は叫んでいた。「テンコー、テンコー」母は痛さのあまり、泣き叫んでいる。壁の向こうがどうなっているのか、ただ想像するばかりだった。

騒ぎは続き、ややあって監視が外に出てきた。目を凝らして母の姿を探すと、監視が何か引きずっている。

母だ。

監視はまだ叫んでいて、母の腕をつかんで引きずっていた。

「歩け。さあ、歩け」

母は泣きじゃくり、懸命に立ち上がろうとしていた。足は赤黒く腫れ上がっている。このひどい男を怒鳴りつけ、母の具合がどれほど悪いのか思い知らせてやりたかった。母が列まで引きずられてくる間、懸命に涙をこらえた。母は無理やり立ち上がらされ、女性の一人が支えようとしていた。母の顔を見て、立っていようと精一杯頑張っているのがわかった。目はきつく閉じられ、痛みから顔をしかめている。と、その時、足が普通の倍くらい腫れていることに気づいた。そして、黄色い膿がラードのように傷口から流れ出た。

母はとても耐えられず、監視の足元にどっと倒れた。そうなって初めて、母の言っていることは嘘ではないと監視は納得したようだった。地面に倒れて泣いている母を見ながら監視は日本語で何か叫び、蹴りを一発入れて立ち去った。

別の監視がそのままじっとしているようにと母に告げ、誰も手を貸す必要はないと指示して歩き去った。ジャップは何かを、あるいは誰かを探して、数軒の家を調べた。一瞬、ピーターを探しているのではないかと思い、目の端で列を見た。風に揺れる汚れた木綿のワンピースと顔をおおうブロンドの長い髪を目にして、ほっと息をついた。神よ、ご加護を感謝します。

ジャップは何も見つけられなかった。ジャップは私たちがいなくなった家でお金や宝石など、貴重品を探しているのだとアンチェさんが教えてくれた。

翌朝、手押し車が戸口にやってきて母は乗せられ、急ぎ病院に引き返していった。女性二人に押してもらいながら母は取り乱し、私たちに謝った。

「すぐ戻るからね。みんな、心配しないで。リーセモール、弟と妹をお願いよ。あと、明日病院に会いに来て。お前に話しておくことがあるから」

手押し車がごとごとと遠ざかっていくのを見ながら、母はあとどのくらい生きられるのだろうと思った。そして、この恐ろしい戦争が早く終わりますようにと祈った。終わらなければならない……何が何でも終わる必要がある。さもないと、母は生き延びられないかも知れない。

翌日、母に会いに行くと、ひどく弱っていて気力が萎えていた。病室にいる間中、母は私の手をずっと握って離さなかった。イーストケーキであれトマトであれ、何かくすねてやろうとはいう気にはならなかった。母が整理ダンスについてふれ、何をどうすれば良いのか話す間、その絶望的な目を私はじっと見ていた。希望を失った目を覗きこんでいた。

母は、ブリムボン通り三四番地の私たちの部屋にある整理ダンスについて説明した。「タンスの後ろに封筒がテープで留めてあるの。これまでジャップには見つかってないから、今しばらくはそのままにしておきなさい」

私はうなずいた。「封筒にはアメリカのドル紙幣が入っててね。それは、戦争が終わったらお前たちが生きていくのに必要なお金なのよ。あと、リュックの前カバーの中にもある。そこにはもう何ドルか入ってるわ」

「でも、ママ。何でそんな話、私にするの？　戦争が終わったら、ママもいっしょでしょ？　みんなで生き延びるんでしょ？　いっしょにここを出て、ノルウェーに行って――」

「いいから聞きなさい、リーセモール！」私が言おうとするのを、母はぴしゃりと遮った。息をするのがつらそうだった。私との大事な話が、明らかに母の体力を奪っている。「ママの言う通りにするの！」と叱りつけられた。

「でも、ママ。私――」

「リーセモール、ドルだけど、どこにあるか忘れないようにね。それから、弟と妹をお願いよ。あと、何か困る事があったら、アンチェさんかヨリーンに相談すること」

「やだ、ママ。私、聞いてない。私――」

今度はイギリス人の看護師さんが間に入って、私の手をとった。「ママは少し眠る必要があるようね」

母の目を見た。また涙でいっぱいだった。私が何か言ったり、反発したりする間もなく、母はため息をついて目を閉じた。

「さっ、いらっしゃい。ママは休まないとね」しぶしぶベッドを離れ、看護師さんと外に出た。

「二、三日ちょうだい。またママを元気にしてみせるから。今は弱ってるの」

「薬、ママに上げてくれるの？」私は聞いた。

「ええ」

「あと、イーストケーキも？」

「イーストケーキも」

「それからトマトも？」

「肝油も？」

看護師さんは指を私の唇に当てて、「ママが必要なものは全部」と言った。

「それと、ママを死の部屋に連れていかない？」

やさしい看護師さんはほほ笑んで、「Cross《クロス》 my《マイ》 heart《ハート》 and《アンド》 hope《ホウプ》 to《トゥ》 die《ダイ》（「神に誓って、嘘だったら死んでもいい」の意）」ときっぱり言った。そして胸に十字を切り、私の背をそっと押した。

「さっ、お行きなさい。ママから聞いてるんだけど、見てあげなくちゃいけない弟さんと妹さんがいるんでしょ？」

病院を出ながら、英語で「胸に十字を切って死にたい」とはどういう意味なのかなと思った。

第26章　農作業班と女の子

母の入院が嫌でたまらず、何か気を紛らわすものはないかと絶えず窺っていた。がんじがらめの生活を強いる抑留所の外へ出たかったので、有刺鉄線の向こうへ出かけていく農作業班がいつも羨ましかった。私も参加したかった。もらえる食事がずっとましだから、という理由もある。

一日くらいならカーリンもラッセもきっと大丈夫だ。お姉ちゃんは病気で寝ていて来られないと嘘をついて、私の分の食事ももらってくるようカーリンに入れ知恵した。

岩がいくつか転がっているところがあって、そこは私だけの監視場所だった。岩の後ろから抑留所の門近くにある大きな広場を見回した。主に食材を積んだトラックや手押し車が行き交い、門衛が交代しているのが見える。トラックから積み荷のキャベツやほかの野菜が放り投げられた。炊事場横の、日に焼けて固まったほこりっぽい地面に直接だ。すえた臭いのする残飯のように見えたが、自分たちの口に入る食材だと気づいて気持ち悪くなった。ご飯でさえ食べられたものではなく、蛆虫やネズミの糞がたくさん混じっていた。米袋はたいて破れていて、荷台にこぼれた米はシャベルでただすくって地面に落とされた。女性二人が命じられ、作業に当たっていた。

朝は早起きして、畑への出発を前に広場に整列する農作業班の女性を食い入るように見た。例によって好奇心が抑えられず、観察せずにはいられなかった。多くが麦わら帽子を被り、段ボールで作った手製の「サンダル」を紐で足に括《くく》りつけている人もいる。長くてつらい一日を前にしてどちらもあればありがたかったが、ほとんどの人は裸足だ。誰もがぼろぼろになった木綿のワンピースか半ズボンといったなりで、つるはしやシャベルを持っている。肌は日焼けしていてしわだらけ。赤く口を開けた傷がたくさんあって、これまでかなり長いこと太陽の下で作業をしてきていることが一目でわかる。

日本兵の一隊が出てきて、作業班に合流した。護衛だ。女性たちは深く頭を下げた。護衛は人数を確認して何か指示を叫び、その後すぐに作業班を門の外へ連れ出した。私たちの家の何人かが話しているのを聞いたことがある。外に行って農作業している人たちは食事の量が多く、護衛が昼食後に一服する間は昼寝が許されると噂していた。

何が何でも農作業班に参加して、外に行きたかった。もっと食べたかったし、昼寝もしたかった。それに、竹のフェンスの向こうをもう一度見てみたかった。しかし家の人たちからは、私は小さすぎてジャップが許可するはずはないと言われた。大きな石の上に立って皆の間に紛れれば、たぶんジャップの目をごまかして畑に行けるのではないかと考えた。そうなれば、「家」にいる母とカーリン、ラッセの三人は、私の配給分を分け合って食べることができる。

母はこの考えに反対で、「その話はもうお終《しま》い」と言われた。しかし、そう簡単には諦めなかった。ある日の朝六時、半ズボンとぼろぼろのシャツという格好で家を出て、広場に立った。麦わら帽子はどうにか借りてきていた。顔を隠すためだ。サンダルは用意できなかったが、だからと言って計画を先延ばししようとは思わなかった。女性たちは怪訝そうに私を見つめ、一体ここで何をしているのかと不思議がられた。「できれば農作業に参加したいの」そう答えた。

見つけてきた石の上に立ち、これで巧いことジャップを騙せるだろうと思っていた。しかしジャップが到着すると、一笑に付されて追い払われてしまった。

三回目の挑戦でようやく上手くいった。何人かがとても驚いていた。「せめてみんなと同じように一生懸命働くこと」きっぱりと言われた。さもないと作業班全員が責任を問われ、罰を受けることになるから、と。出発を待って、暗闇に立っていた。凍えるほど寒く、皆、震え出した。長いこと待たされ、もしかしてもうばれているのではないか、また放り出されるのではないかと心配になることもあった。結局のところ、遺体を運ぶ手押し車を待つ必要からだった。当時は知らなかったが、遺体の運搬は日常化していたのだ。手押し車は六体ほどがシートを雑に掛けられていて、腕や足の何本かはむき出しだった。病院で母を看てくれている看護師さんの一人が手押し車を押し、武装した監視が一人ついていた。手押し車がそばを通ると、頭を下げる人も何人かはいた。しかし見向きもしない人がほとんどだった。明らかに見慣れた光景なのだ。

手押し車が見えなくなると、開いた門に向かうよう命じられた。そして、十分に武装した一握りの護衛が合流した。門が背後で閉じると、何か変な感じがした。むごたらしい抑留所からようやく外に出て、顔いっぱいに笑みが広がった。喜びを隠そうと、麦わら帽子をさらに傾《かし》げた。抑留所にやってきてからずい分たっていた。抑留所を離れるにつれて、外の世界がどれほど大きくて静かだったかを思い出した。静けさを破るものは、ほこりっぽい道をざっざっと刻む護衛の靴音だけだ。あひると裸の子どもでいっぱいの小さな村を二つ、三つ過ぎた。そして、店が並び、にぎやかな人だかりができている町に入った。帽子のつばを上げ、何一つ見落とすまいとした。こうしたものをもう長いこと見ていなかったので、身も心も浮き立っていた。いつまでもそこにいて見ていたかった。しかし護衛はいら立っていて、人出のさらに多い場所では駆け抜けさせられることもあった。村人が私たちに向ける視線が気に入らなかったのだ。その奇妙極まりない目つきには私も気づいていた。冷たいと言うより、敵意に満ちていて怒っているみたいだった。

長い道の突き当りで曲がり、日本軍が管理する広大なプランテーションに通じる脇道に入った。かつてこのプランテーションはとても有力なオランダ人の所有だったと、女性の一人がささやいた。そのオランダ人家族は現在、抑留所に放りこまれているという。私は目の前に広がるすばらしい光景に見とれていて、女性の話はほとんど耳に入らなかった。大きな緑陰樹と溢れんばかりの熱帯植物、そして想像しうるあらゆる色彩の花々が咲き誇っているのを前にして、エデンの園に入っていくようだった。目があらゆるものに吸い寄せられ、農作業に来たということを忘れかけていた。と、すぐさま護衛に目を覚まさせられた。広場に集められ、叫び声が飛んだ。「テンコー、テンコー」

広場の向こうに竹でできた大きな建物が見えた。炊事場だ。そう思うが早いか、あまりの空腹からお腹が鳴り出した。おとといから食べていなかったのだ。作業に掛かる前に、たぶん普段とは違う食べ物とか飲み物といった、何か軽い朝食で腹ごしらえできるのではないかと期待した。しかし、当ては外れた。三、四人のグループになるよう命じられ、数百メートル先の大きな畑に連れていかれた。土起こしや種蒔き、ごみ拾い、地ならし、そして収穫などに取りかかり、気がついてみれば作業は何時間にも及んでいた。熱帯果樹や根菜、そして野菜の世話をし、雑草や小石を取り除いた。過酷だった。炎天下、これほど長時間に及ぶきつい作業が衰弱した女性に課せられようとは信じられなかった。しかし、作業は続いた。私は大きな竹のかごをごみ屑でいっぱいにするよう言われ、集めたごみを大きな穴に放り入れた。穴のごみは後に燃やされた。護衛は木陰で休み、目を光らせた。私はわざと、護衛に自分の姿がよく見えるようにした。体は小さくても、作業に支障はないとはっきり印象づけるためだ。

陽ざしがさらに強烈になっても依然として水を飲むことは許されず、農作業に参加したことを後悔し始めた。めまいや吐き気がしてきて、誰も見ていない隙に少しずつ休むようにした。熱気はこれ以上ないほど激しく、数人が気を失った。地面に倒れこむ姿にジャップはただ笑うだけ。ほかの女性たちに運ばれていくのをじっと見ていた。ようやく合図が出て日陰に移動することが許され、木陰に座ることができた。粥《かゆ》の入ったブリキのお椀と飲み水の入った瓶《びん》が渡された。もっとたくさんもらえるものとばかり思っていた。座った場所からは広く畑を見渡すことができ、ほかの作業班が遠くにたくさんいることに気づいた。どこから来た人かと女性の一人に聞くと、別の抑留所から来た男の人と男の子だと言う。目を凝らしても、大人と子どもの違いがどうにか分かる程度だった。女性班と接触したら、即座に射殺されてしまうのだそうだ。

休憩が終わるのは、あっという間だった。熱気は今や、耐えがたいほどになっていた。太陽は真上にあって、麦わら帽子はまるで用をなさないに等しかった。腕や足の皮膚は赤くたるんでいた。座りこむしかない人も何人かいた。帽子のない人は目が焼かれて一時的に盲目となり、目の前の花や苗木がほとんど見えなくなった。私はと言えば、これ以上持ちこたえられるだろうかと思うこともあった。熱気と喉の渇きがものすごくて足に力が入らなくなり、ついに顔から前のめりに地面に倒れこんだ。しばらく横になっていた。世界中で一番の場所だった。起き上がりたくなかった。足に力が入らなかった。休むことができて、背中が一番喜んでいた。背中が回復することも、かごがぶつかってできた腰のところの濃い赤色のあざが消えることもきっとないだろうと思った。

どう頑張っても、立ち上がれなかった。女性の一人が護衛に声を掛け、水を一杯お願いしてくれた。ありがたいことに許可が下りた。私はその後、どうにか昼食にありつくことができ、木陰で横にもなれて天国にいる気分だった。昼食はキャベツスープを上から注いだお椀二杯分のご飯で、飲み水のお代わりも許された。そして何よりうれしかったのは、バナナが一本ずつ配られたことだ。バナナを丸ごと一本食べたのがいつだったか記憶になく、本当に大変なご馳走だった。

午後遅くになって、何人かが雑草を刈ったり、抜いたりしながら男性作業班に近づこうとした。ほとんどの人に、恐怖の男子抑留所に収容されている夫や兄弟、あるいは息子がいて、その消息を知りたかったのだ。上手くいかなかった。ひどく痩せて黄色みがかった肌の哀れな男たちともう少しで言葉を交わせそうになると、いつもジャップが割って入った。女性たちは畑の別の場所に移動させられ、違う作業を割り振られた。

夕方六時までどう持ちこたえられたのか不思議でならない。昼食時に喜んで飲んだ水は、抑留所に戻るまで一杯も飲めなかった。あれほど疲れ、あれほど暑く、あれほど喉が乾いたことはなかったが、私が原因で全員が連帯責任を負わされることが怖くて仕事の手は緩めなかった。体中、汗びっしょりになって、ごみ屑のかごを背に歩き回った。幸いなことに、陽が傾くとともに少し涼しくなった。そうでなかったら、抑留所まで持たなかっただろう。同じ道を歩いて同じ町や村を通って戻ったが、途中で何かを見た覚えがない。まるで霧の中を夢うつつで歩いているようだった。抑留所に戻り、水道の蛇口の下にただただ頭をさらしたかった。護衛も疲れていて、できるだけ早く戻りたくてならないのが一目でわかった。恐ろしい銃剣で私たちをおどして急《せ》かせ、「レカス（インドネシア語で「急げ」の意）」とくり返し何度も怒鳴った。

「最初の日は最悪なのよ。でも、慣れるわ。って言うか、慣れるか死ぬかね」女性の一人がそう言って笑った。

その人の目を見上げ、冗談ではないのだということがわかった。

抑留所に戻ったものの、試練はまだ終わりではなかった。例によってテンコーで数回に渡って人数確認が行なわれた。そして道具点検の後、ようやく家に戻ることが許された。体を引きずるようにして、家で待つ家族の元へ戻り、青いドアに倒れこんだ。精も根も尽きて、涙が止まらなかった。

母が病院から戻っていて、ラッセとカーリンといっしょに部屋の中でマットレスに横になっていた。私のすすり泣く声が聞こえて、母は重い足取りで外へ出てきた。お水を何杯か持ってきてくれた。とても心配していたそうだ。私は喘《あえ》ぎ喘ぎ、涙ながらに言った。「農作業にはずっと行きたかったの。でも、あんな経験、もうこりごり」

農作業班の列に並ぶことは二度となかった。

深刻な脱水状態を起こしていて、厳しい試練から回復するまで数日を要した。三つの抑留所で危ういことは何度もあった。しかしあの時ばかりはきっと、死と紙一重だったのではないかと思う。

第27章　おじいさんと男の子

およそ目にしたことのない異様な光景だった。私だけの監視場所に行く途中、抑留所に新たに巡らされた柵の中にいる人たちの姿が目に留まった。例によって好奇心をそそられ、近づかずにはいられなかった。柵に鼻をくっつけるようにして立っていた。

柵の中にいたのは全員おじいさんで、痩せ細っていて骸骨のようだった。おじいさんはたくさんいて、たぶん五〇人か六〇人。柵沿いを歩きながら互いに話をしている人もいたが、たいていは奥にある元兵舎の日陰に座っていた。私はショックで立ちすくんでいた。おじいさんたちのひどいありさまが信じられなかった。ほとんどの人は上半身裸で、ぶかぶかの半ズボンを紐でただ結《ゆ》わきつけている。ほこりまみれで全員が裸足だ。汚れていて坊主頭、餓死寸前の歩いてしゃべる屍《しかばね》だ。

一人の人に声を掛けた。「ここで何してるの？　このあと、どこ行くの？」私は緊張していた。一時的に抑留所にやってくる人は皆、伝染病に罹っている恐れがあるから近寄ってはいけないと母に言われていたからだ。

その人は足を引きずって近づいてきた。見れば、足は大きな潰瘍と開いた傷口だらけ。太ももは足首とほぼ同じくらいの太さだ。破れていて汚い半ズボンは、脚気で膨れ上がったお腹が邪魔してきちんと上まで履けていない。口はほとんど黒い穴で、歯は大方がなくなっている。残った歯は、まるで荒れ果てた墓場に立つ墓石のようだった。しかしそれでも、その人はほほ笑んだ。

「名前、何て言うんだい？」おじいさんに聞かれた。

「リーセよ。ノルウェー人なの。ランペルサリで何してるの？」

おじいさんは周りを見回して監視の姿を認めると、明らかに警戒しながら答えた。

「ランペルサリ……そういう場所だったんだ。ニップは何にも教えてくれなくてね。どこかは知らないが、次の現場に行く途中なんだ」おじいさんは、また笑顔になった。「食いもんが少しは多くもらえるといいんだがね。名前はフレッドだ」

おじいさんの話では、一時間おきに人一人が死ぬような鉄道で働いていたという。どういう意味かはわからないが、詳しいことは勘弁してほしいと言って話そうとしなかった。おじいさんたちは移動途中で、ランペルサリで一晩過ごすことになるのだそうだ。

「トラックはもうないんだ。どこへ行くにも歩かされる。歩けなくなったら、その場で射殺さ。でも大丈夫。ちょっとしたニュースを教えてあげるよ。連合国は勝利の波に乗っていて、もうすぐ妻や幼い娘に運良く再会できるかも知れない」

「連合国が勝ってるの？」

「しっ！」おじいさんは監視の方をもう一度見やった。「本当だよ。忌々《いまいま》しいニップは至るところで負け戦が続いてるって、オーストラリア人のトラック運転手から聞いたんだ。だが連中はえらくしぶとくて、降伏しそうにないらしい」

この思いがけない知らせに言葉を失った。しかし、おじいさんが言っていることを信じて良いものだろうか。おじいさんのことを知ってまだ一分もたっていない。カーリンに知らせるべきだろうか。ママとラッセに知らせるべきだろうか。本当の希望を与えることになるのだろうか。それともぬか喜びに終わるのだろうか。頭の中がいっぱいで、どう言ったら良いかわからなかった。私の新しい友だちが聞いてきた。

「カーラ・バイセっていうオランダ人の女の人を知ってるかな？　それと、イヴォンヌっていう女の子のことも。二人とも、捕虜になって三年近くになるんだ。聞いたことあるかい？　生きてるのかなあ？　娘の方はお前さんより少し年下で、たぶん七、八歳だ」おじいさんの頭は奥さんと娘さんの思い出で溢れ、目が輝いている。二人はこの抑留所にいて無事だと言ってあげたくて仕方なかったが、その名前の人については聞いたことがなかった。

「ごめんなさい。でも知らないの、カーラっていう女の人のこともイヴォンヌっていう女の子のことも」

おじいさんの目の輝きはどこかに行ってしまったようだった。薄い唇がたわんで、うな垂れた。

おじいさんを励まし、私にくれた希望のお返しを少しでもしようと思った。

「この抑留所は大きくて、ここには何千人もの人がいるの。私が知らない名前の女の子はたくさんいるわ」

おじいさんはうなずき、柵を離れようとゆっくり背を向けた。おじいさんが一、二歩踏み出したとき、ある疑問が頭をかすめた。

「フレッド」後ろからささやいた。

「うん？」おじいさんが振り向いた。

「何歳なの？」

おじいさんは少し考え、まるで捕虜になってからの年月を数えているかのように唇がゆっくりと動いた。そして、私の目をじっと見て言った。「……一九歳だよ、リーセ」


女の人の悲鳴で目が覚めた。カーリンとラッセは、二人ともまだ眠っていた。ざわめきが気になって、そっと外に出た。まさか残虐行為を目撃することになろうとは夢にも思わなかった。これまで残酷な光景はどの抑留所でも目にしてきたが、今回は最悪だった。そのため、その後ずっと悪夢に取り憑かれるようになった。早足で歩いた。どうしてだかわからない。カーリンとラッセは母といっしょにいて心配ない。家にいる友だちと、なぜかここしばらく見かけないピーターのことが頭を過《よぎ》った。ピーターは無事で、ほかの多くの子たちのようにいなくなってはいないと母から聞いてはいた。ピーターのお母さんは、わが子が男子抑留所へ送られるのではないかと怯えているということ。男子抑留所から良い知らせが聞こえてきた例《ためし》はない。男子抑留所には残虐行為があって、死んでいく人が多いと言われていた。飢えた男たちに課せられる労働は極端にきつく、わずかな食事で長時間働かされていると噂されていた。その時、さっきとは違う悲鳴——男の子のだ……もしかしてピーターか――が聞こえてきて、足を早めた。

通りの突き当りで角を曲がると、遠く抑留所の門近くで騒ぎが持ち上がっていた。別の男の子の悲鳴が聞こえ、駆け出した。腿《もも》が痛んで、足の裏に石が食いこんだが、走り続けた。

ああ、来るんじゃなかった。

おぞましさのあらましが明らかになるにつれてスピードを緩めて歩き、やがてすり足で進んだ。監視に乞い願っている母親たちを見て、どういうことかはっきりわかった。

子どもだ――大人じゃなくて、男の子だ。ジャップは母親の腕から子どもを文字通り引き剥がしていた。男子抑留所にこの子たちを送って、働かせようとしているのだ。噂通りなら、働かされたその先には死しかない。母親の一人が気を失って地面に倒れていた。ぱっくり割れた頭の傷口から血が流れ出ている。男の子は甲斐なくも母親にしがみつこうとしていたが、監視二人が引っ張った。男の子は泣き叫んでいた。「マミー……マミー……」

男の子は一〇歳かそこらだ。大人の男ではなく、少年……ほんの子どもだ。ジャップの一人がその子の髪を鷲づかみにし、ぴくりともしない母親から引き離した。そしてそのまま引きずってほこりっぽい広場を横切り、その小さな体を蹴り上げてテ、ン、コ、ーを受けるよう命じた。かわいそうにもその子はうつ伏せになった母親をずっと見やりながら、言われた通りにした。ようやく、母親がかすかに動く気配を見せた。ほかの子どもたちも引っ張られ、小突かれ、蹴りつけられて集合させられた。間もなくして六人の少年が肩を並べて横一列になり、日本兵に向かって頭を下げた。母親たちは避けようのない事態に観念していた。私たち同様、支配者への抵抗はすなわち死を意味するということを母親の誰もが知っていた。

母親たちは弟や姉妹、友人らと身を寄せ、人目もはばからずに涙を流して抱き合っていた。連れていかれる子たちに小さく手を振る人もいた。一番年上の子は一二歳くらい。一番下は一〇歳だ。その子はまだ、わずかに動いている自分の母親から目を離せずにいる。

日本軍将校がやってくると、監視は直立不動の姿勢を取った。少年たちはお辞儀したままだ。将校は何か不満そうで、少年たちに背筋を真っ直ぐ伸ばして立つよう命じた。そして列の前をせわしなく歩き、日本語で何か叫んだ。男の子たちが理解した様子はない。将校が母親たちの方に目をやると、母親が二人ばかり前に出て将校に何かを手渡した。何だろうと目を凝らすと、母親何人かが自分の家に走って戻っていった。日本軍将校は次第に顔を赤らめ、いきり立っていった。

一人、また一人と母親が戻ると、誰もが手に何か持っていた。この時になって、ようやく何なのかわかった。段ボールの番号札だ。

将校は母親たちに背を向け、英語で少年たちに告げた。「諸君は今や、子どもではなく大人である。栄《は》えある日本の天皇にお仕えするという名誉に与《あずか》ることになる」そして列の前で番号札を振り、一つひとつ番号を読み上げていった。少年たちは列を出て、自分の番号札を受け取るよう命じられた。

将校は言った。「番号は常に身につける」

将校は振り向き、母親たちの方にゆっくり歩いていった。家に戻って出発の仕度をするよう伝えたのがかろうじて聞こえた。母親たちはすすり泣きながらとぼとぼと家に向かい、数分して戻った。少年たちは全員が飲み水の瓶《びん》を持っていて、年下の子の一人はサンダルさえ持っていた。サンダルがあるのは、その子だけだ。男の子四人は上半身裸だったが、うち二人の子の手にはシャツがあった。しかし年上の子たちは何も持っていない。シャツは小さくなっていて、汚れてぼろぼろになった半ズボン以外には何も身に着けていなかった。

日本軍将校は、今度は少しうれしそうだった。笑みさえ浮かべていた。将校が少年たちにシャツを着るよう命じると、持っていた子たちは従った。サンダルを持っていた子は急いで履いた。門が開き、トラックががらがらと音を立てて入ってきた。トラックが列の前までやってきて鼻を再び門に向けて止まると、母親たちのそばにいた幼い子たちはとても怖がっている様子だった。おしゃべりしている子は誰一人いない。

列に並んだ子たちは、将校からの命令を待った。

将校は前に踏み出し、年上の子の一人に言った。「番号は常に胸につける」

シャツはどこかと将校が問うと、その子は首を横に振った。将校は一歩前に出て、その子から段ボールの番号札を取った。

嘘でしょ、と思った……まさか……ほんの子どもよ。

しかし、将校は平然とやってのけた。

将校が監視二人に向かって顎をしゃくると、二人は怖がっている子の脇に立って両側からその子の腕をつかんだ。

日本軍将校は安全ピンを開き、親指と人差し指でその子の胸の皮膚を摘まみ上げた。男の子は嫌がって悲鳴を上げたが、錆びたピンは肉を刺し貫いて留め金に収まった。男の子の胸から血が流れ、身を寄せ合っていた母親数人が卒倒した。将校は母親たちに向かい、お定まりのせりふをくり返した。

「番号、常につける」

将校は、次の上半身裸の少年に向き合った。今度は自分だということがわかってその男の子は逃げようとしたが、無駄だった。監視に転ばされ、立ち上がる前に飛びかかられた。力の限りもがいたが、詮ないことだった。結局、その子の胸からも血が流れて落ちた。安全ピンはしっかりと留まっていて、段ボール片の重さが皮膚を引っ張っていた。目の前のことが呑みこめず、私はただじっと見ていた。その子は自分の母親の方を見ながら、涙が頬を伝って落ちるに任せていた。その子の思いが伝わってきた。私もまったく同じことを考えていた。ママ、どうして助けてくれないの？　何でこんな目に遭わされるの？　日本兵が母親の前で子どもに対してこれほどまで残忍であるなら、男子抑留所ではどんなだろう？

私はショックで呆然となり、男の子たちがトラックの荷台にさながら山羊のように追いやられるのを涙をこらえて見ていた。母親たちは最後のハグ、最後のキスを求めてわが子に駆け寄ろうとしたが、ジャップが何人もトラックの前に立ちはだかって銃剣を突きつけた。将校の合図で運転手はギアを入れ、トラックが動き出した。荷台から身を乗り出し、母親に助けを乞う子たちの姿が私の脳裏を離れることはないだろう。男の子たちはどうやら、私たちが収容されていたバンコン抑留所（このころには男子抑留所となっていた。一九九五年出版のレオ・ゲレインセによる自伝『日本軍強制収容所 心の旅』に詳しい）に向かうらしい。

第28章　オーマを見つけて、見失って

本当に特別な瞬間、すばらしい知らせだった。父が生きていたのだ。

手押し車に乗って、母が病院から再び帰ってきた。遠くから名前を呼ばれ、見ると笑顔の母がいた。母を押してきた女性二人も笑顔だ。母から父についての知らせを聞き、ラッセとカーリンは顔をほころばせた。私はうれしくて、涙が出そうになった。

母は手に何か持っていて、しきりに振っていた。「生きてるのよ」母は声を張り上げた。「パパが生きてるの。誰かに頼んで、訳すの手伝ってもらいましょう」私たちもある程度はバハサ・マレー（マレー半島周辺地域で話される言語）がわかったが、正確に理解する必要があった。

母からはがきを渡された。

はがきを見た。間違いない。ずい分長いこと目にしてはいなかったが、紛れもなく父の字だ。内容は短く、簡単でわかりやすかった。私たちにとって父の言葉はとても大きな意味があった。

キルステンへ

無事、元気でいることと思います。子どもたちはどうしていますか。皆、大丈夫ですか。お金は足りていますか。この戦争が早く終わり、揃って帰国できたらと願っています。リーセとカー

リン、そしてラッセが元気にしていることを願っています。
あなたから便りはありませんが、再会する日までお体を大切にし、元気でいてください。
愛をこめて
ダン

はがきの別の面には日本語が書かれていたが、理解できなかった。はがきには父がどこにいるのかは書いてなかったが、それはどうでも良かった。私たちは皆、大喜びだった。母は女性二人の手を借りて手押し車から降り、私たちは互いにハグしてキスし合った。ほかの家族からも祝う声が上がった。どうしてジャップは、今になって急にはがきを許可したのだろう？　フレッドが言っていたことは、やはり本当なのだろうか。ジャップは戦争に負けていることを知って、急に好い顔をし出したのだろうか。

母はポケットからまっさらのはがきを取り出し、笑顔で言った。「ほら、パパに返事を書くことだってできるのよ」

抑留所の雰囲気が明らかに変わり、緊張を強いられることがめっきり減った。それまでは長い時間かけて抑留所を巡回していた監視が、今ではほとんどの時間を兵舎でカードをして過ごすようになっていた。その無表情な顔つきにも気がついていたし、ひどく怒ったり偉ぶったりしなくなったようにも感じられた。テンコーもまた、無きに等しかった。唯一何も変わらないのは、ひどい食事とその量が少ないこと、そして病院には薬がないということだった。母が再び病院に戻ることになり、私を監督して向こう見ずを諌《いさ》める人がいなくなった。そのため、食べ物を探して絶えず歩き回るようになった。以前にも増して、危険を冒すのが平気になっていたように思う。

私は、日本軍指揮官の事務室に上がる階段の前を歩いていた。そこは、いつも緊張を覚える場所だった。竹で編んだフェンスのすぐ向こう側は、私たちがこの抑留所に着いたときに女性が頭に拳銃を突きつけられた場所だったからだ。私が気を取り直したのは、階段に落ちている米だった。階段に米粒が落ちているということは、指揮官室には米が保管されているということではないかと考えた。それに指揮官は毎日、いつも九時頃に事務所を出て朝食に向かうことを私は知っていた。

翌日、指揮官室の前に戻り、指揮官が出てくるのを待った。すると案の定、数分して現れ、正門を通って出ていった。

計画を実行に移す時だった。前日のうちに、ご飯を炊くための木切れは集めてあった。火を起こすのを誰からも見られないよう、秘密の場所も決めてある。

階段の下に立ち、周りを見回した。監視はどこにもいない。顔がほころんだ。これは上手くいきそうだ。

一段目にひざまずき、米粒を二つ三つ摘まみ上げてポケットに入れた。米粒は一段上がるにつれて増え、一粒も見落とすまいと丁寧に拾い集めた。後ろに用心しながら、獲物に近づいた。上から三段目に取りかかったところ、日本語の話し声が聞こえてきて肩を落とした。声は指揮官室からで、監視が何人かいるのだ。それはそうだ。ああ、何て馬鹿だったんだ。連中は中にいて、米を見張ってるんだ。

しかし、諦めようとは思わなかった。指揮官室を覗き、米袋がドアからどのくらいの距離にあるのか確かめようと思った。階段の一番上まで来て腹這いになり、蛇のように指揮官室まで滑っていった。心臓が高鳴っていた。体中が恐怖でいっぱいで、息もろくにできなかった。

ジャップが机の向こう側にいるのが見えた。煙草を吸いながらカードをしている。こっちは見ていない。ドア近くの米袋に目を向けながら、ジャップにはなぜ私の心臓の鼓動が聞こえないのか不思議だった。部屋のどんな物音よりも大きく鳴り響いていたからだ。どうするかすぐに決めなければならなかった。決めるのは簡単だった。ポケットの米はほんの一握りだとしても、捕まったら泥棒と見なされてしまうだろう。私は銃殺され、母も罰を受けるかも知れない。もうこれ以上危険を冒す価値はないし、少なくとも階段で拾い集めた米がわずかながらある。今ならまだ捕まってはいない。ゆっくり滑って指揮官室を離れ、階段を下りて走って逃げるだけだ。

しかし米袋の一つが裂けていて床に米がこぼれ落ちているのを目にして、その誘惑にはとても抗《あらが》えなかった。米袋と監視の両方に目をやりながら、冷たいタイルの床を滑っていった。割れたタイルの小さな破片が膝に刺さって顔をしかめた。一瞬、後戻りして逃げようかとも思った。しかしこの時、米袋からはほんの一メートル。もう戻れないところまで来ていた。頭の中は、その日遅くにお腹いっぱいになったカーリンとラッセ、そして自分のことだけだった。満腹とはどういう感覚だったろう？　ずい分と昔のことだ。

米袋に行き着き、手を突っこんだ。途端に袋が破れ、その音が部屋中に反響した。ぎゅっと目をつむった。聞かれたに違いない。何か物音とか足音、監視の怒鳴り声とかがするのではないかと心臓が縮み上がった。しかし、何の動きもなかった。再び目を開け、部屋を見回した。監視は依然として煙草を吸いながらカードに夢中だ。笑い合ってる。まだ見つかってない。

片手いっぱいに米を抜き取り、ポケットに押しこんだ。そしてもう一握り取り、別のポケットに入れた。目的達成だ。一級品の米がポケット二つ分だ。笑顔が弾けそうになった。向きを変えようとはしなかった。とてもゆっくりと滑りながら後退した。音を立てまいと、急な動きはしなかった。そしてついに階段まで来て、立ち上がった。天にも昇る心地で、ポケットを手のひらで叩いたときには自然と口元がほころんだ。

階段を半分下りかかったとき、私を呼ぶ声がして足を止めた。恐怖で凍りついてしまった。

「あなた……そこの子……待ちなさい！」

日本兵のうなり声ではなく、ヨーロッパ人女性の聞き覚えのある穏やかな声だった。

「リーセ……あなたなの？」

右を見ると、階段の低い手すりに座っていたのはオーマ……のようで、声が似ている。オーマは知事の妻で、スラバヤではおばあちゃんと呼んでいた。

「そんなとこで何してたの？」

すごいショックだった。幽霊を見ているのではないかと思った。まさかオーマであるはずはない。ひどい姿だ……私の知っているオーマとは似ても似つかない。オーマはかつて、いつもふくよかで体つきのがっしりした人だった。記憶では厳格で礼儀正しく、ラヴェンダーの香りがした。髪も服装もいつもきちんとしていた。

私は、ぼろをまとった、骨と皮だけの女性のところに歩いていった。その人は私の手をとった。

「今、どこ行ってたの、リーセ？」

ろくに声も出なかった。そのくらいショックだった。コンクリートの手すりに腰かけた目の前の人の姿にわが目を疑った。足は母と同じくらい浮腫《むく》んでいる。顔と痩せ細った体は、傷口の開いた感染性の潰瘍だらけだ。どうして病院に入院しないのだろうと思った。

「で、どうなの？」

オーマに聞かれてポケットの口を広げ、得意げに米を見せた。ニップの目と鼻の先で盗んでやった、と話した。

オーマに叱られた。腕をとって揺すられ、もう二度としないよう約束させられた。

オーパ――オーマの夫で、おじいちゃんと呼んでいた――はどこにいるのか尋ねた。オーマは目を潤ませ、下唇を震わせながら背筋を伸ばして座り直した。

「オーパ、どこにいるのか分からないのよ。もう死んでるんじゃないかなって……。オーパはたぶん死んでいて、ミープも」

ミープはオーマの娘さんだ。

「私たち、みんな同時に捕まって、すぐに別れ別れにされたの。この抑留所ではもう何ヵ月も探してるんだけど、ここにミープはいないのよ」

オーマの目は私を通り抜け、中空の一点をまじろぎ一つせず見つめていた。「二人とも死んでればいいって思う」そう言った途端、オーマの目に涙が溢れた。「あの二人が、私みたくこんなひどい目に遭ってなければばって思う。死んだ方がずっとまし」オーマはすすり泣いていたが、ややあって落ち着きを取り戻した。「あなたの家族はどうなってるの、リーセ?」

ママとカーリンとラッセ、そして父から来たはがきについてすべて話した。こうした知らせにオーマも少しは笑顔を取り戻せるのではないかと思ったが、そうはならなかった。

「さっ、急いで行きなさい、リーセ。お米を置いてきなさい。明日、また会いましょうね」

オーマは私をさっと抱き締めた。私はできるだけ急ぎ足で青いドアに戻った。

これがオーマを見た最後だった。

数日後、再びオーマを探しに行ったが、見つからなかった。

すぐにでもご飯を炊きたかったので、鍋の代わりになる物を見つける必要があった。ごみ箱の近くで古い缶が見つかり、すごくうれしかった。すっかり洗ってきれいにした。これで、ご飯を炊く道具は全部揃った。缶を水で満たして外に持っていき、トイレのドアのそばに置いた。次に自分の部屋に走って戻り、マッチ数本と紙切れを持ってきた。庭のトイレでご飯を炊く計画だった。家の人は必要なときだけしか来ないし、もちろんニップには自分たちのがあるから、わざわざここに来ることはない。大き目の段ボール片があって、火を起こした後はそれで扇《あお》いで煙を散らした。見つけてきた木切れはよく乾燥していて、いったん火がつくと煙はほとんど立たなかった。これで、気づかれることはない。

燃えている木切れの上に缶を据えて見ていると、間もなくして煮えてきた。鼻を摘まんで目を閉じ、壁に背中をもたせかけて一息ついた。一連の準備で疲れ切っていて、襲ってくる眠気と闘った。

しかし、何か様子が変だった。

火は相変わらずよく燃えている。缶の下は真っ赤だ。ところが、たちまちのうちに煙が辺りに充満した。誰かがオランダ語で叫び、ドアを開けて外に飛び出していく音がした。「誰なの？　火、消しなさい……その火、消して」

私は無視して、火から缶を下した。水がなくなっていた。火を見ると、焼灰《やけばい》にあぶくがじくじくと大きく滲《にじ》み出ている。小さな川のように流れていて、しゅーしゅー音を立てている。嘘、嘘でしょ……缶の継ぎ目に小さな穴があって、漏れていたのだ。

底の方のご飯は黒焦げだったが、スプーンで上も下も全部かき混ぜてみた。見かけは悪くなかった。十分には炊けなかったが、きっと大丈夫だろうと思った。

カーリンと私は硬いご飯粒を何とか噛み砕こうとした。とても空腹だったので、この特別の食事にうきうきしていた。ラッセは口に二、三粒ふくむと、ぺっと地面に吐き出した。私は食べながら、日本軍指揮官室での作戦行動と、階段のところで出会ったオーマについて妹に話してあげた。一粒残らず平らげ、うーん、久し振りの満腹だ。そっくり返って座り、両手でお腹を叩いた。妹の顔にも私の顔にも満足の二文字が書いてあった。カーリンと私はその後、ラッセと同じようにすれば良かったと後悔した。深夜になってお腹が膨れ上がり、はち切れそうになったのだ。二日間近く気持ちが悪かった。炊いていない米は二度と盗むまいと思った。

第29章　飛び交う噂

母が病院から帰って二日ばかりたった頃だった。アンチェさんが様子を見に寄ってくれて、母を立ち上がらせてみた。母はどうにか立ち上がった。しかし少し歩いてみるよう促されると、すごく痛がっている――否定しはしたが――のがはっきりわかった。少ししてアンチェさんとその友人が手押し車を押して戻り、母は再び病院に運ばれていった。

このころにはもう、私はヨリーンの聖書勉強会に参加していた。勉強会は青いドアの上で行なわれた。参加者はラッセとカーリン、そして私だ。ほかにもたいてい二、三人、地面に座って参加する子がいた。時々、ワンピースを着たピーターも思い切って来ていた。髪はもうすっかり長くなっていて、知らない人や監視が通りかかると、下を向いてさりげなく髪で顔を隠すようにしていた。ヨリーンは神や聖書、イエスとその弟子について、最高にすてきで美しいお話をしてくれた。イエスが水をワインに変えた話、足が不自由な人を歩けるようにした話、パンのかたまり三つと魚五匹だけで五〇〇〇人もの人のお腹を満たしたという数々の奇跡や寓話だ。ヨリーンには強い信念があって、どの物語を話すときも情熱的だった。

しかし私にしてみれば、いちいち筋の通らない話だった。

何週間か前に母と話し、神について聞いていた。「ママ、信仰は捨てたの。そもそも神なんていないのよ。仮に存在するにしても、女子どもが捕虜にされて拷問を受け、殺されるのを見てて平気でいられるなら、邪悪なジャップと大して変わらないじゃない」と言っていた。

「もう神に祈ることはないわ。あの邪悪な男たちに対して神は何もしてくれなかった。ママの前で神のことは口にしないでね。モラルなんてどっかに行っちゃったのよ。抑留所の捕虜同士だって、連帯感なんてどこにもありゃしない。違う国籍の人間が動物のように争ってるだけ」怒りに任せて、母は言い募った。

誓って言うが、母の話の方がヨリーンのよりも納得がいった。

しかしそれでも、聖書勉強会があると青いドアに行った。生きる気力を失わないようにするには、すばらしいことについて話を聞くのが大切だとヨリーンは言っていた。私が参加していたのは、何よりも退屈しのぎからだったと思う。そしてもちろん、この時ばかりはうれしそうにしている子たちを見るためでもあった。ヨリーンが話をしている間、皆の顔を見ているのが楽しかった。

しかしヨリーンの話に耳を傾けるのには、別の理由もあった。

アジアではアメリカ軍が日本軍を打ち負かしていて、ヨーロッパでの戦争は私たち連合国側の勝利で終わったといった噂をヨリーンは聞いていた。日本軍が降伏するのも時間の問題だと教えてくれたのだ。

ヨリーンのことをすごく信じたかった。本当に。しかし、ヨリーンの言っていることを全部信じて良いのだろうか。聖書の話同様、単なる作り話ではないのか。

母に会いに病院に行ったとき、アメリカ軍についてのヨリーンの話を伝えた。すると母はにこりとして、看護師さんもそのことについて話していると言う。大変な数の日本兵が殺され、戦争は終わりに近づいているのだそうだ。看護師さん何人かが薬と食べ物を増やすようジャップに要求したところ、今度ばかりは応じてくれたとも言っていた。私たちは初めて、卵やほかの食材を受け取ることができた。そして、監視の姿をどこにも見かけなくなった。

このころは毎日、上空をアメリカ合衆国の飛行機が飛ぶのを目にするようになっていた。監視はサイレン――テンコーの時と同じサイレン――を鳴らし、自分たちの兵舎や壕の中に慌てて身を隠した。私たちはただ突っ立って、空高く飛んでいく飛行機を眺めた。ランペルサリ抑留所のような、見るも無惨な場所を爆撃するのは爆弾の無駄で意味がないと、何とはなしにわかっていた。

聖書勉強会でヨリーンが、連合国の勝利となるよう神がお計らいになったと切り出した。それなのにランペルサリ抑留所では四〇〇〇人が亡くなっていて、その上さらに多くの人が生き抜けないだろうと言う。まただ。意味がわからない。問い質《ただ》すと、神は私たちの信仰を試しているのだそうだ。でも、もっと楽な試練にしようと思えば、神はそうできたんでしょ？

ヨリーンによれば、ジャップや抑留所の外のインドネシア人に対して警戒を解いてはならず、皆とても不安で緊張しているとのこと。数ヵ月のうちに全員帰国できるようになると思うが、軽はずみな行動は慎まなければならない。神がどの方角をお示しになるか様子を見る必要がある。神は見守ってくれているが、辛抱しなければならないということだった。

確かにそうだ。ジャップに煩わされることはもうなく、抑留所の門に門衛がいないこともあった。抑留所の外から別の噂も聞こえてきた。脱走しようとした捕虜何人かがインドネシア人に襲われたというものだ。インドネシア人は自分たちの国を遠い昔から占領してきた人たちにいきり立っていて、戦争が終わりつつある今、その人たちを国から追い出したいのだとヨリーンが教えてくれた。オランダ人がジャワ島に来てから三〇〇年近くになるという。

「なら、私は心配ない。だって、ノルウェー人だもん」

私の言葉に、ヨリーンは首を横に振った。「そういう問題じゃないのよ。あの人たちにしてみたら、あなたはヨーロッパ人だもの。オランダ人と同じ……白人なの」

ヨリーンの言う通りだ。「白人」という言葉は何度も聞いたことがある。竹のフェンスの向こうから地元の子たちがその言葉を叫んでいた。

「抑留所にいれば、しばらくは安全よ」とヨリーン。

私はいよいよ悲しくて、腹立たしかった。ヨリーンの神に対して怒鳴りつけてやりたかった。銃剣もテンコーもうなく、ジャップはもはや敵対的ではなかった。しかしジャップからようやく解放されたと思ったら、フェンスの向こうに新しい敵が迫ってきたのだった。

食べ物と薬を余分にもらえるようになったお陰で母は病院から戻り、青いドアの上に毛布を敷いて長い時間過ごした。母がまた笑うようになった。

外で歓声が上がっていたが、どうしてなのかわからなかった。母に聞くと、戦争が終わったとのこと。アメリカ軍がこれまでで一番大きな爆弾二発を日本のヒロシマとナガサキという都市に投下し、果たして日本の天皇は降伏するほかなかったのだそうだ。

私は缶のふたでパンケーキを焼いていて、大騒ぎしている人たちがうるさくてならなかった。戦争終結を喜ぶのは何も今でなくてもいいのに。私にしてみれば、空っぽのお腹を満たすことの方が先決だった。人目を気にせず、たき火で料理するのが最後に許されたのはいつだったろう？

パンケーキを焼きながら、次第に実感が湧いてきた。そうか、戦争が終わったのか……。焼き上がったパンケーキを青いドアまで持っていき、母とラッセ、カーリン、ヨリーン、そしてアンチェさんといっしょに座った。アンチェさんとヨリーンは互いにハグし合った。母があんなに喜んでいる姿は初めて見た。とてもうれしそうで、私が上手に焼き上げたパンケーキに手をつけようともしなかった。とてもうきうきしていて、立ち上がって少し歩いてみたりもした。母が自分一人で歩くのを見たのは何ヵ月振りだったろう。歩いたのはほんの二、三歩だったが、今でも鮮明に覚えている。手を借りて青いドアに戻ると、何度も大きく息をついた。

「これで、もう安心よ」「戦争が終わったんだ」母は何度もくり返した。

知らない人たちが自由に抑留所に入ってくるようになっていた。門衛がこの人たちを呼び止めて詰問することはなく、単に関わらないようにしていた。ＫＮＩＬ（オランダ領東インド王立陸軍）から来たオランダ軍関係の人たちと赤十字の人たちが抑留所を訪れ、保安上の理由から抑留所の外に出ないよう警告された。そして信じがたいことだが、今やジャップは敵愾心の強い地元住民から私たちを警護する任に当たっているとアンチェさんから聞いた。恐ろしくて、俄《にわ》かには信じられなかった。スラバヤのわが家、ジャワ人の友だちや使用人、そして庭師――皆、いつだってとても良くしてくれて、親しみが持てた――のことを思い起こした。どうしてあの人たちが変わってしまったのだろう？　戦争のせいなのだろうか。

第30章　ランペルサリ抑留所からの脱出

キャンディー（NIOD）

赤十字の小包が抑留所に届き始めた。チョコレートや砂糖、コンデンスミルク、コンビーフが少しずつ入っていた。ビスケットが入っていたこともある。食べすぎて、何回か吐いた記憶がある。門は今では毎日二、三時間開いていて、日本兵の門衛二人が銃口をカンポンに向けて立哨していた。その何メートルか先には、数人の地元住民と子どもがひどく険しい顔をして立っていた。本当なんだ。私たちはジャップに守られてるんだ。しかし門衛がいない時間もあって、インドネシア住民が辺りにいないとなると、意を決して外に出る人がいた。ジャップが戻ると、中に入るよう命じられた。しかし門衛による怒声や殴る蹴るなどの罰はなく、命じられた人たちはただ漫然と歩いて抑留所に戻った。

私たちはまだお金を持っていて、外に出られるのなら地元の市場で果物を買ってきても良いと言われていた。しかし、あえてそうする人は多くなかった。依然として非常に危険で、オランダ人がインドネシア人に撲殺されたという話を聞いていたからだ。ピーターと私は外に出ることについて話し合い、子どもなら大丈夫だろうと意見は一致していた。ピーターは今では半ズボンを履いて、シャツを着ていた。髪も短く切っていて、その格好がとても気に入っていた。数日後、私たちは外に出た。村の雰囲気は少し嫌な感じがする程度だったが、大変な冒険のように思えた。市場でバナナ数本を何とか買って、急いで抑留所に戻った。

その週末、手榴弾が抑留所に投げこまれ、女性二人が殺された。私たちがフェンス近くにいると、地元住民の一団が石や煉瓦、棒きれなどを誰彼なしに投げつけた。怖いと同時に、住民の行動にとても当惑した。大勢の人が抑留所から脱出しようとしたが、いつもジャワ人に襲撃されて行方不明になった。

その日、遅くなってから青いドアに戻ると、良い知らせが待っていた。アクセルおじさんとマリアンおばさんが手配してくれた、抑留所からの安全な脱出計画について母から説明を受けたのだ。誰にも洩《も》らさぬよう、強く言われた。スウェーデン赤十字の人とアクセルおじさんが連絡をつけたある看護師さんが門衛の一人を大金で買収し、頃合いを見計らって門から「いなくなる」よう話をつけたという。

母の体調は劇的に改善した。脱出について次の指示を待つ間、毎日の十分な食事と薬のお陰で体に力が入るようになった。ある日の朝まだき、誰かが部屋のドアを叩く音がして、一時間以内に抑留所の門に行くようにと連絡が入った。誰にも気づかれないよう、持って行くものをそっと集めた。

母は鎮痛剤を何錠か飲み、門まで歩けるよう備えた。そしてあのすてきなワンピースを着て、青いドアのそばに立った。外はまだ暗かった。母にとっては並大抵のことではなかったが、一歩ずつ着実に門まで歩き切った。カーリンと私は一歩一歩、ほとんど運ぶようにして母を支えた。

私たちは、閉まっている門の脇に腰を下ろした。とても静かで、周囲には誰もいなかった。門衛すらいなかった。「門が開くのはもうすぐね」母がつぶやいた。一時間近く待ち、ついに明るくなって人々が姿を見せ始めた。門衛二人が門の両側に立哨すると、戻ろうと母が言った。

家に戻る間、母はずっと泣いていた。私たちもだ。母はとても気落ちして疲れもひどく、青いドアのすぐそばまで来ると足が萎えてしまった。ワンピース姿の母を見て、家の人たちは首を傾《かし》げていた。どうしたのかと聞かれたが、母は答えなかった。母は手を貸してもらって部屋に戻り、私たちは再び横になった。疲れ果てていた。

昼過ぎ、ようやく外に出て食事をもらってくる元気が出た。母はその日、一日中動けなかった。

数日後、同じことが起こった。朝六時頃、七時までに門に行くようにとささやく声が聞こえたのだ。妹と二人で、再び母を支えなければならなかった。ラッセにはチョコレートをあげて、静かにさせた。

今回、門は開いていた。近づいていくと、門衛が一人だけいた。私たちが近づいてくるのを目にすると、門衛は後ろを向いてタバコに火をつけた。

私たちはゆっくりと静かに門を通り抜けた。門衛が考えを変え、脱走を図ったとの理由で発砲するかも知れず、気が気でなかった。

発砲はなかった。

母に言われて、私たちを運んでくれる人を探した。朝が早く、誰もいなかった。しかし角を曲がったところで、ロバの引く荷車に座っているインドネシア人の男の人が目に留まった。その人はすっかり寝入っていた。揺すって起こすと、私たちが荷車に乗るのを手伝ってくれた。ロバのお尻を男の人が細い棒で叩き、ついに出発した。

いよいよだった。自由に向かって一歩を踏み出したのだ。母やカーリン、ラッセのように私も大喜びして心躍るはずだったが、そんな気持ちにはなれなかった。私は、ピーターやほかの友だち、ヨリーン、キティー、アンチェさんにさようならを言ってこなかったし、そしてもちろん、オーマとミープにも会えず仕舞いだったからだ。さようならさえ言わなかったことにとても気が咎《とが》めた。恥ずべきことをしてしまったようで、一人ひとりを決して忘れまいと思った。皆がランペルサリ抑留所から一日も早く脱出できることを心から願った。

とは言え、後ろめたさを感じない自分もいて、そんな自分が恥ずかしかった。捕虜として残忍に扱われ、心を削られて無感覚にされたこの間《かん》、ジャップからはいくつも教訓を教えこまれた。自分のことしか考えないこと、罪の意識を感じないこと、そして他人を犠牲にしてでも生き延びることなどだ。炊事場や病院から盗んだ食べ物、指揮官室から盗んだ上等な米のことが頭を過《よぎ》り、あっと思った。そう、そうだ。少なくとも私は、飢えた哀れな人の口からだけは何も奪いやしなかった。

インドネシア人はロバの手綱《たづな》を取りながら、道すがらほとんど口を利かなかった。お金をもらっていて、鉄道駅まで連れていくよう言われているとのことだった。駅ではスイス人の男の人と会う手はずになっていた。ロバもあまり食べていないようで、熱くなったほこりっぽい道を早足で進みながら、お腹が揺れる度にあばら骨が浮き出た。声をひそめてロバに呼びかけた。「ロバさん、もっと急いで。抑留所からできるだけ遠くに連れてって」時間がたてばたつほど、抑留所から遠く離れれば離れるほど安心だった。それでも母は時折、「気をつけないとね」「まだ安心できないからね」と言っていた。そして、駅に着いたら笑ったり駆け回ったりしないようにと言い聞かされた。目立つような真似だけはするな、と。

インドネシア人の男の人とロバとは一時間ほどいっしょだった。スマラン駅での別れ際、その人は「スラマット・ジャラン（良い旅を）」と言った。スラバヤでのその表現を思い出した。三年近く聞かなかった言葉だ。

駅はそれまでに見たことがないような様相を呈していた。抑留所でさえ目にしたことのない光景だ。まるで世界中の誰もが汽車に乗りたがっていて、しかも世界中の誰もがこの同じ日に旅立とうとしているかのようだった。駅には、周囲にとんと関心のなさそうな日本兵がいて、ジャワ人や中国人もいた。よくよく見回すと、ヨーロッパ人もかなりの数いて少しほっとした。

母はとても心配そうだった。「どうかしたの、ママ?」と聞くと、私たちの切符を持っているスイス人の男の人に会わなくてはならないのだが、こんな人混みの中でどうやって見つければ良いのか、しかもどんな人かもわからないのにと言う。母はジレンマに陥っていた。スイス人の目に留まる必要があるのだが、そうかと言って人目は引きたくなかったのだ。

私たちは駅に、少なくともさらに一時間はいた。その間中、母のいらいらは募るばかり。母は切符の列に並び、窓口まで進むとスラバヤまでの切符が残っているかどうか聞いてみた。駅員さんは首を横に振って答えた。母は泣きながら戻ってきた。そしてまた痛みが出て、鎮痛剤の入った水を飲んだ。ちょうどその時、しわくちゃの白いスーツを着た男の人が近づいてきた。顔を隠すように、へなへなの白い帽子を目深《まぶか》に被っている。とても緊張した面持ちだ。見覚えのある人だった。スラバヤのわが家を度々訪れていた、あの気さくでやさしい人だ。母に封筒を渡したときの顔は怯えているようで、助力したことが知れれば射殺されるかも知れないとささやき声で言った。そして、すぐに行ってしまった。会話も再会を喜ぶ挨拶もさようならもなかった。しかし、母にはどうでも良かった。切符が手に入ったのだ。出発はもうすぐだ。

私たちは、スラバヤ行きの汽車が出るホームに急いだ。汽車ではずい分人目を引いた。とても混んでいたが、その車両にいた白人は私たちだけだったからだ。大勢の人から怪訝《けげん》な目で見られた。母がどうにか空席を一つ見つけて座ると、ラッセはその膝に這い上がった。カーリンと私は母の足元に座りこんだ。封筒を開けた途端、母の顔がさっと青ざめた。どうしたのかと聞くと、母は再び涙ぐんで言った。「この封筒、切符が一枚しか入ってないのよ。もっと入ってるって思ってたのに……。きっと何かの間違いだわ」私は肩をすくめて聞いた。「どういうこと?」切符のない子どもが三人、無賃乗車しているということなのだ。ラッセは切符なしでもたぶん大丈夫だが、カーリンと私は汽車から降ろされるかも知れない。母は一つ思いついた。「車掌さんを見たら、どこか隠れるのよ。いい？」汽車が動き出すと、母は再びうれしそうになった。

汽車は乗客で溢れ、乗降口には外からしがみついている人さえいた。疲労し、喉が渇いていて、カーリンと私はほとんどの時間通路に横になっていた。そして私たちを汽車の外に放り出すかも知れない人がやってきやしないかと、目を光らせた。果物とパンを少し持ってきていた。おいしかった。銃剣はなく、私たちを怒鳴りつけるひどい人もいなかった。しかしそうは言っても、駅に停車する度に不安だった。そのうち監視が汽車に乗りこんできて、ランペルサリ抑留所に引き戻されるのではないかと。

遠ざかるほどに気が楽になった。終《しま》いには座席の下で丸くなって、眠りこけてさえいた。汽車には一二時間近く乗っていて、スラバヤに着いたときには日が暮れていた。

スラバヤに着いたもののどうしたら良いかわからず、私たちは外を歩いた。「スラバヤに戻れて良かったね」と言うと、母は笑顔でうなずいた。

その時、誰かがインドネシア語で叫んでいるのが聞こえた。「ダタン、ダタン、ダタン、(来い、来い)」と言っている。インドネシア人の男の人が私たちの方に歩いてきて、母のバッグを手にとった。「ダタン、ダタン」とくり返すので、後について大きな黒い車まで歩いていった。男の人はトランクを開け、私たちの荷物を全部中に入れた。顔を上げると、アクセルおじさんが車の前に立っていた。

アクセルおじさんと母、ラッセ、カーリン、そして私は、堰を切ったように泣いた。こみ上げてくる感情がどうにも抑えられなかった。アクセルおじさんは、私たちの姿に明らかにショックを受けていた。ハグでもしようものなら、私たちの体が折れてしまうのではないかと言っていた。おじさんは私たちが車に乗りこむのを手伝ってくれ、母の足を折りたたみ席に置いた枕の上に持ち上げてくれた。

私たちは現在、スウェーデン領事の保護下にあって安全だとおじさんが言うのを聞いて、母はまた涙ぐんだ。しかし運転手さんがエンジンを掛けて車が動き出した途端、母はほうっと安堵の息を漏らした。

日本軍の手にあって抑留所で過ごした数年間の恐ろしい話をアクセルおじさんに話そうにも、どこから始めれば良いのかわからなかった。マリアンおばさんは事前にビスケットとお水をアクセルおじさんに渡してあって、スウェーデン領事館までの路程でご馳走になった。しかし母は、お腹が普通の食べ物に慣れるまで気をつけるようにとくり返し言っていた。

きれいで清潔な車に揺られながら、スラバヤの夜に瞬《またた》く灯りを見ていた。そして、ついに……すべて終わったのだと思った。

第31章 スラバヤ、エマ・パーク

エマ・パーク一一番地に到着し、背後で門が閉まった。最高の瞬間だった。マリアンおばさんと再会できて、胸がいっぱいになった。おばさんは泣いて泣いて、泣いてばかりいた。私たちの痩せ細った体を見て、目を丸くしていたことも思い出す。自分たちは安全で誰も手出しすることはできないし、アクセルおじさんがずっと守ってくれるという安心感があった。母は使用人二人の手を借りて二階に上がり、お風呂に入った。古い服はすべて焼却し、新しい服をベッドに並べるようマリアンおばさんから言づかっていると、母は使用人から知らされた。マリアンおばさんはカーリンと私のために浴槽にお湯を張ってくれて、私たちはいっしょに入った。香りの強い液体が浴槽に注がれ、お湯をかき混ぜると泡でいっぱいになった。切り傷やまだ治っていない潰瘍に染みたが、石鹸での消毒だということはわかっていたので気にしなかった。すてきな刺激、すてきな痛みと言っても良く、まさに夢のようだった。お風呂から上がると、ふかふかの大きな白いタオルでおばさんが体を拭いてくれた。母には香水とすてきなワンピースが渡してあって、一時間もしないうちに皆ですごいご馳走だという。ベッドにはきれいな柔らかいシーツが張ってあって枕があり、夜の寒さを防いでくれるカーテンがベッドを囲むように下がっていた。しかし何と言っても、サソリやゴキブリ、ネズミの心配がなく、とりわけニップはどこにもいなかった。

ベッドで寝るのが本当に楽しみだった。すべてがすばらしかったが、お腹はぺこぺこだった。

ダイニングルームに置かれたテーブルには、知らない人も何人か座っていた。アクセルおじさんのスウェーデン人の知り合いが二人、そしておじさんのところに数日いるというデンマーク人脱走者が三人だ。三人とも私たちより元気そうで栄養状態も明らかに良かったので、どこの抑留所にいたのか聞いてみた。三人は笑い、一人が説明してくれた。「私たちも餓えに苦しんで、ジャップから拷問されもしたんだよ。こうして元気になれたのは、ここ何日かご馳走になったマリアンおばさんのビスケットのお陰なんだ」

私たちは静かに夕食のテーブルを囲んだ。光り輝くナイフやフォーク、スプーン、ろうそく、そしてぱりっと糊の効いた白いナプキンに目を見張った。白いスーツを着て、色鮮やかなターバンを巻いたインドネシア人の男の人が、お皿何枚かを手に現れた。しかしお皿には何もなく、私はそれまでにないくらいの勢いで泣いた。どうしたのかとアクセルおじさんに聞かれ、夢に見たことがないほどたくさん食べ物を用意するとマリアンおばさんは約束したのに、出てきたお皿には何もないと言ってしゃくり上げた。

その後すぐ、料理が運ばれた。じゃがいもにスープ、肉、インドネシア風の魚料理、パン、チーズ、ご飯、そして大きなボウルに入ったシチューだった。

何がほしいかと給仕の女の人に聞かれた。

「ご飯だけ」

「ご飯だけ？」女の人がきょとんとして言った。

「ご飯だけ。虫とか蜘蛛とか蛆虫とか土とかが入ってない、ふっくらした白いご飯だけ」

少ししてからスープも食べた。そして最後にアイスクリームと果物を食べて、食事を終えた。マリアンおばさんは少しがっかりした様子だった。おばさんからは好きなだけ食べなさいと言われていたのに、ご飯以外には手をつけようとしなかったからだ。どうしてこれと言ってほしくないのか説明できなかった。出されたものはすべておいしそうで良い匂いがしたが、ご飯以外の食べ物がどういったものなのか忘れていたのだ。ご飯を持っていかれやしないかと心配で、私はインドネシア人の男の人から目を離さなかった。ご飯のお皿が割れそうになるくらい強く抱えこんだ。周りの人の視線が自分に集まっていることに気づいてはいたが、私のふっくらした白いご飯を盗もうという気配はなかった。一瞬、ポケットにそっとご飯を詰めこんだ方が良いのではないかとも思った。念のために……。

食事が済むと、すぐベッドに直行した。天蓋《てんがい》のついた特大のダブルベッドでカーリンといっしょに寝た。これは夢ではないと、自分に言い聞かせた。シーツと枕の、花のように柔らかい香りをずっと嗅いでいた。すべてが清潔で、いつまでたっても眠れそうになかった。

やはり夢ではなかった。翌朝、カーリンと私は同時に目が覚め、互いに目を見交わしてにやにやした。不思議なことに、相手の考えていることがわかった。

朝食は前の晩と同じテーブルに用意され、またご馳走だった。きっと全部、いつだったか朝食で食べたことのある食べ物だったと思う。ベーコンの小さなスライスにソーセージ、粥《かゆ》、卵、シリアル、そしてケーキがあった。パンは新鮮で柔らかく、温かかった。青かびはこれっぽっちも生えていない。夢ではないことが、今度こそはっきりした。今回はご飯がなかったので、ほかの食べ物にも手をつけてみた。気をつけてどれも少しずつ食べるよう、母から食事の間中言われた。その通りにしたが、それでも席を立つときは胃がむかむかした　。

この後すぐ、お医者さんの診察を受けた。薬用クリームを塗ってもらい、潰瘍には包帯を巻いてもらった。お医者さんはそれから、朝食後はベッドに戻っていた母を診察しに行った。ずい分長い時間診ていた。母はその日一日中、ベッドを離れなかった。食事は、マリアンおばさんがお盆に載せて運んでいた。

二日ばかりして、母の容態はずい分良くなったようだった。母の部屋に行ってみると、すてきな椅子にもたれて足をスツールに乗せていた。とてもうれしそうだった。二度のご馳走の後、私たちは少し体調が良くなかった。そこでそれ以降ずっと、アクセルおじさんとマリアンおばさんはごく軽い食事を用意してくれるようになった。包帯は毎日交換された。ラッセはほとんどいつも眠っていて、カーリンも同じだった。マリアンおばさんによれば、それは回復していることの徴《しるし》なのだそうだ。何日もが過ぎた。

ある日、外に出ても良いかと母に聞くと、誰か使用人といっしょならということでしぶしぶ許してくれた。ジャワでは新しい戦争（オランダからの独立戦争）が始まっていて、子どもだけで外に出るのは危険だったのだ。気にしなかった。とても楽しい時間を過ごした。私は借りた自転車の後ろに使用人を乗せてペダルを踏み、カーリンとラッセが後ろから追いかけた。と、そこへ銃声が轟いた。使用人はパニックになり、物陰に隠れるよう叫んだ。私は自転車を降り、ラッセのところに駆け寄った。それから皆、門に向かって一目散に走った。途中、お腹が痛いとラッセが文句を言った。負んぶされていて、体が上下に跳ねたからだ。さらに数発の銃声がした。今度は近そうだった。ラッセがいくら泣いても、立ち止まろうとはしなかった。

インドネシア人が屋根に腹這いになって白人を銃撃していると、使用人がアクセルおじさんに報告した。インドネシア人の怒りは日本軍に向けられるべきだと言って、おじさんは怒っていた。その日遅く、アクセルおじさんが電話で誰かに、ジャワでは内戦が勃発して子どもでさえも銃撃されていると話しているのが聞こえた。私たち全員をヨーロッパに戻す必要があると伝えていた。

次の日、食べ物をお盆で居間に運んでいると、背の高い、骨と皮ばかりの汚らしい男の人が目の前に現れた。ベストを着て、ぶかぶかの半ズボンを紐《ひも》で結わきつけていた。羊皮紙のように黄色みがかった肌をしていて、生きている感じがしなかった。病人のようで、信じられないほど痩せ細っていた。父だった。

父がどこに収容され、どんな扱いを受けていたのかはわからない。話そうとしなかった（リーセの父は家族のいたランペルサリから西へ310km、バンドン抑留所に九人のノルウェー人とともに収容されていたと、ノルウェー国立公文書館の記録にある）からだ。友だち二人ばかりといっしょに逃げたとしか言わなかった。話はそれでお終《しま》い。父は最初の数日間、ジャップがアクセルおじさんのところにやってきて、抑留所に連れ戻されるのではないかと怯え、怖がっていた。父が最初のお風呂に入るのを見て、自分がほぼ三年振りに入った最初のお風呂がどれほどすばらしかったかを思い出した。お風呂から上がってきた父の背中を見て、赤黒く盛り上がった傷痕が少なくとも一〇はあることに気づいた。どうしたのかと聞いたが、教えてはくれなかった。

アクセルおじさんとマリアンおばさんはその後何週間か、それまで二〇年近く暮らしてきたスウェーデン領事館を引き払う準備をした。アクセルおじさんは出発に向けての手配で、絶えず電話していた。

ついに移送トラックがやってきた。それを見て、怖くなった。私たちを最初の抑留所へ連れていったのと同じ型の、荷台に幌のないトラックだったからだ。嫌でたまらず、自分は乗らないと皆に言って回った。母に抱かれ、スラバヤに残るのはあまりに危険すぎると言い聞かされた。祖国ノルウェーに帰ると聞いて、雪とフィヨルド、おばあちゃんとおじいちゃんの笑顔、いとこ、そして厚手のコートを着て毛の帽子を被り、手袋をつけて公園を散歩したことなどが一時《いちどき》に思い出された。本当なの？本当に帰国するの？

トラックは満員だった。これから港に行って、シンガポールに向かう連絡船に乗ることになると母が教えてくれた。五台のトラックが一列になって港に向かった。どのトラックも荷台に座席があって、銃を持った男の人が少なくとも二人座っていた。アクセルおじさんは道案内で、先頭の領事館の車に乗っていた。出発からおよそ二〇分、私たちの前を行くトラックでものすごい爆発が起こった。男の人何人かが飛び降りた。爆破されたトラックを調べる間、森に入って隠れるよう指示された。三台目のトラックの下に爆弾が仕掛けられていて爆発し、大勢の人が亡くなったと男の人の一人から説明があった。

残りのトラックが大急ぎで点検された。その後私たちは乗りこみ、再び出発した。爆破されたトラックの脇を通過するとまだ炎を上げていて、ねじ曲がって燃え盛る鉄のかたまりだった。血だらけの人たちが道路脇に投げ出されているのを見て、私は声を張り上げた。「誰か、助けてあげて」

「もう助けようがないんだ」銃を持っている人が言った。「みんな、死んでるんだ」

「でも、このままにしてていいの？」私は泣きながら言った。

「そうするしかないんだよ。生き延びるためにはね。まずはここを脱出しないといけない。とても危険なんだ」

トラックの荷台から後ろを見ていると、遺体は次第に視界から消えていった。無事だったトラックががらがらと進む中、インドネシアの現実を目の当たりにしたショックで誰もが押し黙っていた。数年に及んだ餓えと剥奪の日々を耐え忍んだ末に痛ましい最期を迎えることになった、不運な人たちのことで私の頭はいっぱいだった。皆、新しくてすばらしい生活をとても楽しみにしていたのに、爆破されてこんなひどいやり方で殺されてしまうなんて……。

ついに波止場に着き、トラックの車列が止まった。アクセルおじさんが大きな連絡船を指さし、笑顔で言った。「あれに乗るんだよ。あの船がシンガポールまで運んでくれる」

第32章　帰国の途につく

シンガポールまで運んでくれた船の名は記憶にない。とても大きな船だったこと、そして避難した全員の乗船手続きと運賃の支払いをアクセルおじさんが済ませてようやく出航したことだけは覚えている。食事はおいしくて、色々な食べ物があった。待遇も実に良かった。

シンガポールに到着すると、赤十字の大きなテントに案内されて衣類を受け取った。カーリンと私はスカートやブラウス、パジャマ、下着、毛の靴下、そして茶色い厚革の靴などをもらった。靴はとても窮屈だった。二年以上も履いていなかったので最初は少し物珍しかったが、忌まわしい毛の靴下も履いて十歩かそこら歩いてみると、まるでセメントのかたまりを引きずっているようだった。「こんな靴、慣れっこない」と母に言ったことを思い出す。「あら、きっと慣れるわよ。ノルウェーに着いて、特に雪と氷を前にしたらね」と母は笑っていた。テニスシューズももらっていて、すぐに履き替えた。私たちはシンガポールのすてきなホテルで三日間過ごしたが、家族全員が同じ部屋ではないことが不満だった。母とラッセ、カーリン、そして私は同じ一つの部屋だったが、父はどこか別の部屋だった。私は父がとても恋しくて、そばにいたかった。しかし、父が近くにいたことはなかったような気がする。どうして父ともっといっしょにいられないのかと母に聞くと、「我慢しなさい。パパはまだ抑留所でのことで苦しんでるんだから」と言われた。どこの抑留所にいて、日本兵に何をされたのかと聞いてみたが、父は話そうとしないと言う。父の背中の傷痕を見たかどうか聞くと、母は目にいっぱい涙を浮かべてうなずいていた。

その晩初めて、赤十字からもらったパジャマを着てベッドに入った。とても暖かくて、すぐに寝入ってしまった。ところが深夜、汗びっしょりになって目が覚め、パジャマを床に脱ぎ捨てた。母も目を覚まし、どうしたのかと聞かれた。パジャマは茶色の靴と同じくらいどうしようもない、二度と御免だと答えた。「その言葉、すぐに引っこめることになるわね」母は声を上げて笑った。「もう少し寝なさい、リーセモール。明日は飛行機でラングーン（ミャンマーの旧首都。現ヤンゴン）よ」

私はそれまで、飛行機には一度も乗ったことがなかった。私たちはシンガポール空港で駐機場まで歩き、緑色の大きな軍用機に案内された。機上して波形鉄板の冷たいベンチに座ると、耳に詰める脱脂綿が配られた。飛行機が離陸するときの音がものすごくて、少し怖かった。ある男の人が、ラングーンに着陸して、その後ロンドンに向かうと教えてくれた。以前の地理の授業で、ロンドンはノルウェーからそれほど遠くないことは知っていた。いよいよだと思うと、途端にわくわくし出した。

燃料補給のために途中二度着陸し、ラングーンではどこか陸軍の大きな兵舎に泊った。そこではイギリスとアメリカの飛行士からお菓子をもらい、冗談を交わした。皆とてもうきうきしていて、私たち同様、帰国することがうれしくてたまらない様子だった。五年近くも戦争で闘ってきた人がいた。仲間が大勢殺されたという。とても悲しくて、気の毒だった。病気の人もいて、兵舎で担架に横になっていた。腕や足のない人もいた。

ロンドンへの便を待って、ラングーンには一ヵ月近くいた。家族それぞれをシートで仕切った大部屋で寝た。バンコン抑留所が思い出されたが、ここでの食事は良く、一人ひとりにベッドがあり、楽しいこともたくさんあった。ボードゲームで遊んだり、本を読んだり、古い蓄音機でレコードを聴いたりもした。母のお気に入りは、ジャネット・マクドナルド（アメリカ合衆国ペンシルベニア州フィラデルフィア出身の女優・歌手で、戦前のミュージカル映画のスター）とデュエットしていたネルソン・エディ（アメリカ合衆国ロードアイランド州プロビデンス出身の歌手・俳優）の『インディアン・ラブ・コール』だった。私は、ジャネットとデュエットしていたネルソン・エディという名の男の人を覚えている。私たちは良くしてもらい、アメリカやオーストラリアの兵士とジープでドライブした。湖や川に泳ぎに行ったり、ビルマ公路（ビルマと中国を結ぶ幹線道路）沿いの田園地帯を巡ったりした。遠出して海岸に行き、浜辺でサンドイッチを食べたこともある。ラングーンにいた一ヵ月ほどで、母の健康はみるみる回復した。今や私の心配は父だった。父の態度が不満だった。父が抑留所でどれほどひどい目に遭ったかは理解していたが、しかしそれは誰しも同じだ。日本軍に捕えられる前、スラバヤのわが家でそうだったように、ただ父のそばに座り、おしゃべりして遊びたかった。父は兵士何人かとカードをしたり、部屋に閉じこもって本を読んだりしていて、わが子から距離を置こうとしているかのようだった。母からもだ。

兵舎に知らせが入った。私たちをロンドンまで移送するはずだった飛行機が破壊工作を受け、修理にはひと月かかるという。イギリスへは船旅になると、洒落た制服の、自転車のハンドルのような妙な口髭を生やした男の人から知らせを受けた。

船名はラランギビー・キャッスル号。兵員輸送船だ。乗船すると、にこにこしてうれしそうな兵士でどこもかしこもいっぱいだった。兵士たちは舷側《げんそく》から身を乗り出すようにして岸壁の人たちに手を振っていた。子どものいる母親は全員、士官室に腰を落ち着けた。二段ベッドと小さな浴室があり、枕と良い香りのする柔らかい毛布がここでも配られた。父は、私たちのキャビンでは寝なかった。アクセルおじさんはマリアンおばさんと二人で、小さなキャビンを使った。このことについて母に尋ねると、アクセルおじさんはＶＩＰなので、自分と妻だけでキャビン一室を使えるのだと教えてくれた。

サウザンプトン行きの船に乗船して一ヵ月、ここへ来て新たな問題が生じていた。ラッセだ。ラッセはもう何週間も良い食事をしていて体力がつき、自分は走れるということに気づいていた。弟が走り回るのを見るのは楽しかったが、船の甲板を走るのはいかにも危険だった。舷側から海へ落ちてしまうのではないかと、皆がひやひやした。そのため毎日一、二時間、交代でラッセを見守ることになった。皆と言っても、一日のほとんどの時間を甲板下の船倉で過ごす父を除いてだ。

船には何千もの兵士が乗っていて、スペースがあろうがなかろうがそこら中で寝ていた。甲板で横になっている人の真上にハンモックを吊って寝たりしていた。民間人も数百人乗船していて、負傷兵を介抱する看護師さんが五〇人ほどいた。

ノルウェーに早く帰りたいという思いはあったが、航海の半ばまでは快適そのものでとても楽しかった。船には大きなレストランがあった。ようやく私たちのお腹は元通りになったようで、普通に食べることができていた。天気は良く、静かな海を眺めて潮の香りを楽しんだ。

一一月下旬、セイロン（現スリランカ）に向かっていると天候が急変した。初めのうちは、海を渡ってくる穏やかな風にすぎなかった。しかし間もなくして、船が左右に揺れているのに気づいた。時間とともに波は高くなり、風の勢いも強くなった。甲板から離れるよう、船長から全員に指示が出された。私たちはベッドに座り、キャビンの、雨と波しぶきが打ちつける小さな舷窓から海を見ていた。間もなくして皆――ラッセもだ――、気分が悪くなった。目を閉じて海を見ないようにしても、何の効果もなかった。

日を追うごとに、益々ひどくなった。嵐はぞっとするようで、いとも簡単に船が真っ二つになってしまうのではないかとさえ思った。船は海中深く前方へ突っこみ、そして高く持ち上げられ、ばんという大きな音とともに後ろから海中に逆落としに落ちた。これが何時間も何日間も続き、日に日にひどくなった。人々の泣き叫ぶ声はやまず、今でもその顔が忘れられない。沈むのではないかと、心配する人もいた。ようやくここまで生き延びてきたのに、船が目的地にたどり着けないなんてあんまりだと思った。数日して、修理が必要なためマドラス（インド東岸の大都市。現チェンナイ）に向かうことになると船長から知らされた。

ほうほうの体でマドラスの港に投錨すると、ようやく少し風が治まり、雨が止んだ。

第33章　ノルウェー人の友人

マドラスに停泊すると、船長さんが私たちのキャビンにやってきた。そして、ノルウェーのタンカーが港に入っているのでその船長を訪ねてみてはどうかと勧められた。ラランギビー・キャッスル号に乗船しているノルウェー人は私たちだけで、自国の人と話をするのは楽しいのではないかと気づかってくれたのだ。別の船に乗れると聞いて、じっとしていられなかった。行かせてほしいと母にせがむと、船長は忙しいから邪魔するのは良くないと言ってあまり気が進まない様子だった。すると、私たちの船長さんが答えた。「全然そんなことはありません。向こうとはすでに話しがついていまして、喜んで皆さんとお会いしたいとのことです」

「パパだって、きっとそうよ」

母は私を見て言った。「パパ、来ると思う？」

家族全員で出かけた。父もだ。

それまでに見た船の中で一番大きかった。家族全員、乗船して大喜びだった。ただし私はきちんとした格好をさせられ、あのぞっとするような茶色の靴を履かされていた。間もなくノルウェーに帰国するのだから、寒さにも本当の靴にも慣れておく必要があると母に言われたからだ。甲板はとてつもなく広く、スラバヤのカンポンと同じくらいあった。しかし、乗客は一人もいなかった。私たちは船長室に通され、アントンと自己紹介された。サンドイッチとおいしそうなケーキ、そしてコーヒーが用意されたテーブルにつくと、母と父がアントン船長と話を始めた。何を言っているのかさっぱりわからなかった。ノルウェー語で話していたからだ。カーリンに目をやると、妹は肩をすくめた。

小さなノルウェー国旗がテーブルの真ん中に立っていて、アントン船長の後ろの壁にはとても威厳のある男の人の写真が飾ってあった。

「あの人、誰?」男の人の写真を指さして母に聞いた。

母は振り向いてほほ笑んだ。「ホーコン七世よ、リーセモール。ノルウェーの王様……私たちの王様なのよ」

アントン船長のところには一、二時間いた。この時の飛び切りの思い出は、父がほとんどの時間ずっと笑顔でいたことだ。とうとう——心の中でつぶやいた——パパが戻ってきた。パパ、私たちの知っているあのパパだ。もしかしたら、今夜は私たちのキャビンに来てくれるかな?

アントン船長とは、ノルウェーでの再会を約束して別れた。

ラランギビー・キャッスル号に戻って、私たちのキャビンに来てほしいと父に頼んだ。父は首を横に振った。「下に行くよ。荷物は全部下にあるし、その方がいい」父の顔から笑顔が消えていた。

次第に寒くなり、寒さに慣れた方が良いと母にくり返し言われた。私は我慢して茶色の靴を履くようにし、パジャマさえも着るようになっていた。ノルウェーではどのくらい寒いのだろうと気になり出して、体を自分の国の気候に慣らしておこうと準備を始めた。

大気が冷たくなり、薄いワンピースを着て甲板に何時間も立ったりすることもあった。ノルウェーはどのくらい寒いのかと、毎晩母に聞いた。戦争の直前にノルウェーで過ごした休暇を覚えているかと言われ、その時のことを少し思い出した。雪景色と、手に取った雪がどれほど冷たかったかを思い出した。

計画を立てる時だった。

父の居場所からそう遠くないところに調理室があって、食事はすべてそこで準備されていた。調理室の隣の鍵が掛かっていない部屋には、冷凍肉でいっぱいのすごく大きな冷凍庫があった。私は冷凍庫に木箱を引っ張りこみ、その上に座った。

最初、寒さに耐えられたのはほんの数分足らずだった。しかし日一日と長く数を数えられるようになった。体が寒さに慣れていったのだ。上々の出来だった。ある日の朝、六〇〇近くまで数えたとき、邪魔が入った。調理室の人だった。

「こんなとこで一体何してんだ？」

私は母に言われたことを説明し、寒さにようやく慣れてきたと話した。すると声を立てて笑われ、またここで捕まらないようにと注意された。肺炎にならなくて運が良かったとも言われた。……肺炎？　何のことかわからなかったけれど。

アラビア海を航行中、アデン湾のすぐ手前でサイクロンに遭遇した。船は揺れに揺れて木の葉のようだった。乗客は救命胴衣を着けて甲板に上がり、救命ボートの近くにいるようにと船長から指示が出た。甲板に上がる途中、キャビンの開いたドアのそばに立っていたキリスト教女性宣教師のことを思い出す。信じられないことに、歌を歌いながらワンピースにアイロンを掛けていたのだ。気がふれてしまったのではないかと母は思い、何をしているのか尋ねると、「救世主とお会いすることになるなら、身なりを整えておかなくてはなりませんから」と言っていた。

しばらくして、淡黄色の美しい絹のワンピースを着た宣教師さんが甲板にいるのが目に留まった。その直後、宣教師さんは波を被ってずぶ濡れになった。ちょうどその時、母の顔色がさっと変わった。

「ママ、どうしたの？」

「カーリンよ、カーリン。あの子、どこなの？」

辺りを見て回ったが、カーリンはどこにもいなかった。周りの人たちも母の慌てぶりに気づき出した。舷側の向こう、大荒れの海の逆巻く波に目をやる人さえいた。まさかと思った。どうか無事でありますように。どうか……海に落ちていませんように。

カーリンはキャビンのベッドで毛布にくるまっていた。救命ボートに向かう途中、船が沈みそうだと誰かが言うのを耳にしたという。もしそうなら、自分はいっそキャビンに戻って、綿毛でふかふかのすてきなパジャマを着て温かいベッドにいる方がましだと考えたのだった。

船は沈むことなく、嵐は過ぎ去った。淡黄色の絹のワンピースを着た宣教師さんが言った。「主とお会いするには、少し早すぎたようね」

今やスエズ運河に入っていた。ランギビー・キャッスル号は、戦争中に爆撃されて沈んだり、損傷を受けたりした大小の船を回避しながらゆっくり進んでいた。スエズ運河を通過するには何日もかかった。夜間航行はあまりに危険だったため、夜は錨を下ろしたからだ。

スエズ運河を航行していて、本当に寒くなり始めた。甲板に出るときは、体を温めようと大きな毛布を引っ張り出した。スエズでは、赤十字とＲＡＰＷＩ（連合軍戦争捕虜および、被抑留者本国送還組織）が冬物の衣類を皆に配給しようと待っていた。私たちはスエズで上陸し、紅茶とサンドイッチのもてなしを受けた。そして、靴と衣服、帽子、スカーフなど、ノルウェーで必要となるすべてが入った大きな袋を赤十字から受け取った。赤十字の女性はすてきだった。赤十字のマークがついた灰色の制服を着て、笑顔が絶えなかった。

一二月中旬には地中海に達していて、このころには凍えるような寒さになっていた。乗組員は掃海作業という命懸けの作業をしていた。すごく長い竹ざおを手に舷側から身を乗り出し、機雷を押して船から遠ざけようと身構えていた。機雷は戦争の置き土産で、仮に一つでも船腹にふれて爆発したら船は沈没してしまうという。乗組員はとても深刻そうで暗い雰囲気だったが、子どもたちは「ハリネズミ（機雷の触覚をハリネズミのハリに見立てた）狩り」と名づけたこのゲームを楽しんだ。子どもは船首に座らされ、ハリネズミを見つけるよう言われた。私はとても怖かった。船の周りは濃い霧が一面に立ちこめていて何も見えず、数分おきに霧笛が鳴り渡っていたからだ。さらに北へ航行すると、あまりに寒くて風も強くなった。もはや子どもが甲板にいることはできなくなり、全員が下に戻った。霧はいつまでも晴れなかった。私たちは中指を曲げ、人さし指の上に重ねて十字架を作り、乗組員の視力が良いことを願った。クリスマスには家に帰りたかったので、じりじりし出していた。父でさえも、今では少しうれしそうだった。特に女性の看護師さんがそばにいるときは。母は父とよく言い争いをしていた。そしてある日のこと、マリアンおばさんがついに腹に据えかね、もっと家族といっしょにいるべきだと父をたしなめていたことを思い出す。

クリスマスの直前、すばらしい知らせが入った。ノルウェーから母に電報が届いたのだ。祖父母は元気で、再会を楽しみにしているとあった。もっと良い知らせもあった。ヴィルヘルムおじさんがドイツの強制収容所から生きて帰ったという。母の弟のおじさんについては戦争の初めの頃に捕虜になってから消息がわからず、死んだものとばかり皆が思っていたのだ。電報はさらに続けて、おじさんの容態はかなり悪いが、いずれ十分に回復するだろうと書いてあった。帰国が遅れ、クリスマスに間に合わなくても心配しないようにとおじいちゃんとおばあちゃんは書いていた。たくさんのギフトとクリスマスツリーが待っていて、帰ったときに自分たちだけの特別なクリスマスを祝おうと結んでいた。

第34章　とても特別なクリスマスプレゼント

一九四五年のクリスマスは海の上だった。明るく晴れ上がった日だったが、とても寒かった。朝食の後、父を見つけようと船倉に向かった。ハッピー・クリスマスを伝えたかった。階段を数段下りると、若くてすてきなイギリス人の男の人からメリー・クリスマスと声を掛けられた。

「サンタさんから何をもらったんだい？」

「何も」私は肩をすくめて言った。もう長いこともらっていなくて、プレゼントのことなど考えてもいなかった。

「もらってない？」男の人は大きな声で言った。「ちょっとそこで待ってて。クリスマスの朝、女の子がプレゼントなしってのは良くないよ」

私が何か言う前に、男の人はいなくなった。階段に腰を下ろして待った。

ほんの数分後、男の人は両手を背中の後ろに隠して戻ってきた。

目を閉じるよう言われ、そうした。すると、両手に何かがふれた。目を開くと、すてきな黒人のお人形さんだった。赤い裏地のついた黒い絹のワンピースを着たお人形さんをじっと見つめた。ワンピースは背中が深くカットされ、両肩には毛皮の白いケープが縫いつけてある。ワンピースの素材はとても柔らかく、明るい赤の唇のお人形さんの顔はとてもかわいらしかった。してもらったことにとても驚いて、お礼を言おうと口を開くことさえできなかった。我に返って感謝を伝える間もなかった。その人は私のもう片方の手にオレンジを握らせると、もう一度ハッピー・クリスマスと言ってどこかへ行ってしまった。

母のいるキャビンに走って戻り、何があったか伝えてクリスマスプレゼントを見せた。オレンジはカーリンに上げた。これで妹もプレゼントをもらったことになる。幸い、ラッセはまだ眠っていた。母は私がラッセを見ているのに気づくと、弟の心配は要らないと言った。

「ノルウェーに帰れば、ラッセにもたくさんプレゼントはあるから」

プレゼントのお礼を言おうと、すてきなイギリス人を探し回ったが、二度と会えなかった。

船長さんと乗組員が一九四五年のクリスマスを思い出深いものにしてくれた。クリスマスディナーが用意されたのだ。調理室では一晩中起きていて準備したに違いないと母は言っていた。こうして、私たちは本当のご馳走の席に着いた。メニューを作る手間さえ掛けてくれて、次に出てくる料理を楽しみにして待つことができた。ろうそくが灯り、飾りつけされた大きなテーブルに最初に運ばれてきたのは、バニラソースのケーキだった。私はメニュー全部を食べようと決めていたが、母からは気をつけるよう言われた。その日遅くになって、船はジブラルタル海峡を通過し、イギリス海峡に向かって全速力で進んでいるとのアナウンスがあった。天候は上々で、四日もすればサウザンプトンのドックに入るという。

一二月二九日、船はサウザンプトンに入港した。恐ろしいほど寒く、霧が深く立ちこめた暗い日だったが、波止場では何百もの人たちが出迎えてくれた。楽隊が演奏し、色とりどりの旗が至るところに飾られていた。胸がとても熱くなって、不運にも生還できなかった人たちについて考えたことを覚えている。ピーターはどこにいるのだろう、アンチェさんやキティーもどこにいるのだろうと思った。

マリアンおばさんとアクセルおじさんとの別れは、キスを交わして涙でいっぱいのとてもつらいものだった。いずれ近いうちに再会することを約束して別れた。二人は大使館からの車に乗りこみ、翌日になってスウェーデンに発った。オランダ人の友だちも行ってしまった。

ノルウェー領事館からの人と会い、ロンドンまでの鉄道の切符を受け取った。ロンドンではシャフツベリー通りにあるノルウェー・ハウスに泊り、わが家は二部屋使うことができた。私はカーリンといっしょの部屋で、ラッセは両親と同室だった。滞在が何日も長引きそうで、とてももどかしかった。ホテルの人には、休日に開いているオフィスはないと言われた。ノルウェー当局からはワクチンを接種して必要書類はすべて揃っていなければならないと強く言われていたので、休日明けを待つほかなかった。何て面倒なんだろう。私たちはノルウェー人だ。どうして自分の国への帰国が許可されないの？

父はずいぶん文句を言った。オランダ人にデンマーク人、それにスウェーデン人はどうして二四時間もしないうちに帰国できたのかと聞いていた。

ロンドンには二週間滞在し、観光をして過ごした。バッキンガム宮殿やビッグ・ベン、そしてダウニング街一〇番地（イギリスの首相が居住する官邸がある）を見て歩いたことは覚えているが、それ以外はあまり記憶にない。記憶に一番強く残っているのは、ものすごいスモッグだ。ロンドンの空に一日中漂っていたような気がする。体に良くないからと、母は外に出ようとしなかった。しかし、父と私はかなり出歩いた。二人だけのちょっとした外出が家族の一員であることを父に思い出させ、私たちのことをもう一度好きになってくれたら、と願った。

ついにノルウェー領事館から電話が入り、必要書類が揃って署名するばかりになったと連絡してきた。母と父が向かう先のオフィスはロンドンの外れで遠かったので、カーリンとラッセ、そして私はその日だけ大きなお屋敷に行き、やさしいおばあさんのお世話になった。その翌日、ワクチン接種に行った。ラッセが声を張り上げて大泣きしたことを覚えている。同じ日の夕方、ニューカッスル・アポン・タインへの汽車の切符を受け取った。それからほどなくして、家族といっしょには行かないと父から告げられた。父はどうにか仕事を見つけていて、当面はロンドンに滞在するつもりでいたのだ。母の説明はこうだった。「これは、いい知らせなのよ。パパは毎月、私たちにお金を送ってくれるの。イギリスではたくさんのオフィスや工場が爆撃で破壊されていて仕事にありつける人は多くないから、私たちは運がいいのよ」

ニューカッスルへの汽車の旅については寒くてたまらなかったこと以外、あまり覚えていない。そして、父はどうしてロンドンに残るのだろうと考えてばかりいた。ノルウェーにだって、仕事はきっとあるはずでしょ？

ニューカッスル・アポン・タインでアストレア号という船に乗った。ベルゲンへは三日間の船旅だった。北海は世界中で一番恐ろしい場所だった。寒さは身も凍るほどで、それまで目にしたこともない高い波が立った。そして、雪の結晶を初めて見た。航海中はほとんどの時間、私はベッドで過ごした。ずっと気分が悪かった。おじいちゃんから電報が来て、母はとてもうれしそうだった。船が波止場に接岸するとき、母の話を聞いていておばあちゃんの大きな家、その階段、ケーキ屋さんの「ライマース」、そして色々なお店など、たくさんのことを思い出した。カーリンは母にパン屋さんのケーキをおねだりし、着いたらすぐに皆で行くことを母は約束させられた。

おばあちゃんとおじいちゃんが約束してくれた、自分たちのクリスマスを楽しみにしていた。ようやくにして家族がまたいっしょになるのだ。

私たちは甲板に出ていて、船から下りたくてじりじりしていた。カーリンと私はおんぼろのリュックを背負い、母は救命浮き輪の箱に座ってじっとしていた。波止場はものすごい人出だったが、うろ覚えに覚えている人の姿が目に留まった。母を呼ぶと、足元に用心しながら舷側《げんそく》の手すりまで歩いてきて教えてくれた。「エルサおばちゃんよ」そしてその隣に立っていたのは、おばあちゃんとおじいちゃんだった。大きなタラップが降ろされると先を争って下りようとする人がいて、岸壁からは船に駆け上がってくる人がいた。大声が飛び交い、恐ろしいほどの混乱ぶりだった。うれしいことにわが家は下船許可が下りるまで甲板に残っていなければならず、ほっと息をついていた。何かの木箱に座って順番を待っていると、カメラマンと新聞記者に囲まれてたくさん質問された。エルサおばさんとおじいちゃんとおばあちゃんがついに私たちに気づくと、母の目はうれし涙でいっぱいになった。三人は、初めて目にするラッセに大騒ぎだった。母はその様子を、目を細めて見ていた。ようやくノルウェーに帰国し、これでいよいよ普通の生活に戻れるものと、私は心から信じて疑わなかった。いずれ父も帰ってくるだろう……私にはちゃんとわかっていた。

その後

アドルフ・ヒトラーとナチス、そしてホロコーストについては詳細に記録されている。そうあって然《しか》るべきだ。これによって子どもたちは、一人の人間と一つの国家の名の下に行なわれた恐るべき犯罪について学ぶことになる。しかし、数多《あまた》の兵士や船員、市民、女性、そして子どもが、極東で日本軍の手にあって経験した地獄についてはあまり知られていない。まるで何かの都合で一掃されてしまったかのようだ。日本軍の戦争犯罪に対するアメリカ人の考え方が著しく変化したのは、一九九七年にアイリス・チャンの『ザ・レイプ・オブ・南京』が出版されて以降だった。一九三七年の南京攻略戦における中国人犠牲者の胸えぐる証言は戦争犯罪による恐怖とその規模を生々しく詳述し、残虐行為についての日本政府と日本人の集団的記憶喪失を告発している。ヨーロッパの誰もがニュールンベルグ国際軍事裁判のことは耳にしているが、その幾人《いくたり》が極東国際軍事裁判（東京裁判）について知っているだろう？

　連合国は、アジア・太平洋の全域で戦争犯罪裁判を開廷した。一九四五年一〇月から一九四六年四月までの間に、アメリカやイギリス、オーストラリア、オランダ、フランス、フィリピン、そして中国は四九ヵ所で裁判を開いている。イギリスは多くの日本人を東南アジアにおける戦争犯罪のかどで訴追した。ここには、『戦場にかける橋』（一九五七公開の米・英合作映画。日本軍の捕虜となったイギリス軍兵士および、オーストラリア軍兵士などを強制動員し、泰緬鉄道の建設に駆り立てた惨状を描いている）によって後世にその名を残すことになった「死の泰緬鉄道」の建設を強いられた人々への犯罪も含まれる。バタビア戦争犯罪裁判は、一九四八年二月にオランダ当局によって執り行なわれた。この裁判は一つの事案で、一九四四年にジャワ島スマランの抑留所で発生したオランダ人女性に対する強制売春の嫌疑で日本兵一二人を審理した。私にとってこの犯罪は、深く身に染みるものだった。しかしあろうことか、日本政府は一九五六年までに受刑者全員を仮釈放することに決定。外務省は一九五八年四月に全員を無条件で釈放したのだった。彼らは一五年の刑期をすら務めていない。

戦時中は上級外交官で外務大臣だったあるA級戦犯（重光葵のこと）が、一九五四年になると外務大臣に復職した。どうしてこのようなことが許されるのだろう。問題視されると日本政府は、一九五一年九月に締結されたサンフランシスコ平和条約の規定により結着済みであると主張し、これらの問題に関してこれ以上申し上げることはないと突っぱねた。日本政府はいかなる戦争責任も認めないばかりか、問題視すること自体が根拠のない歴史修正主義であり日本叩きであると言って、保守派政治家や上級官僚数人が公然と非を鳴らす始末だった。

ドイツは、ナチ政権が犯した残虐行為の責任を公に認めている。そして卑しむべきナチの歴史を教科書に掲載し、授業での議論を通して次世代を教育している。ドイツはヨーロッパ諸国および、イスラエルに謝罪している。対して日本は責任を認めず、学校教育においては侵略と虐殺の歴史的事実を軽く扱い、謝罪することはなかった。さらに悪いことに、超保守派の日本人評論家は戦争犯罪をして、仮にあったとしても日本人を辱《はずかし》めるべく誇張されたものであると言い立てた。確信を持って言うが、日本軍による戦争犯罪は決して誇張されたものではない。どちらかと言えば本書は、日本兵の残虐行為や凶暴性を軽く扱っている。私の母は最悪の事態がわが子の耳目にふれぬよう、常に細心の注意を払っていたからだ。

言うまでもなく、父親や祖父の犯罪について何も知らない世代にいつまでも責めを負わせることはできない。

私は抑留所での日々について自分の気持ちの整理をつける必要があり、本書を著すことで大きな一歩を踏み出せたような気がしている。日本人——男であれ女であれ——の目を真っ直ぐ見ることができたらと思う。恐怖や憎しみの目で見るのではなく、敬意を持つことができたらと思う。うなじの毛が逆立ったり、冷たい汗が体中に噴き出したりすることなく、穏やかな気持ちで日本人とハグできたらと思う。心からそう思う。

過去に遡《さかのぼ》ってあの残虐行為の張本人に向き合い、こう言い放つことができたらと思う。「自分たちが犯した残虐行為や殺人、レイプ、拷問が忘れられることはないってわかってるの？　自分の子や孫、ひいてはひ孫までが大きな負い目を感じ、世間から疎《うと》まれるようにして生きていくことについてどんな気がする？」このように問うことは、何が過《あやま》ちなのかわかっていない国家に対して意味のあることなのだろうか。

私は日本に真剣で意味のある象徴的なかたちでの謝罪を望んでいるが、私の生きている間にそれはないだろう。残念ながら日本に関する限り、私の辞書に「赦し」という言葉はない。したがって、自分の気持ちの整理が完全につくことはたぶんなさそうだ。

ラッセはまだ少し幼くて、戦後の生活――故国ノルウェーでの生活――について考えることはなかったが、カーリンや、特に私はそうではなかった。生活は元に戻り、すべて上手くいくだろうと考えていた。ノルウェーには熱帯ジャワのような温暖な気候はなかったが、好きなものを好きなときに食べ、好みのレストランに行き、生活必需品に回すに足るだけのお金もあって、たまにはちょっとした贅沢をするなどして楽しく過ごし、再び一つの家族として何心配することなく日々を送れるものと心に描いていた。家の使用人とかレジャーで出かける野外水泳プール、浜辺で過ごすバカンスの日々など期待しやしなかった。しかし青いドアに座ってひもじい思いをしながらも、美しい故国ノルウェーへの帰国を度々願い、夢見たものだった。放りこまれたこの地獄を生き延びて帰国できたなら、日本軍が私たちの生活を奪い取る前にあったのと同じ家族のぬくもりが取り戻せますようにと、信じていない神に私は祈った。しかし、そうはならなかった。

ヨーロッパへの帰路、父がとてもよそよそしかったことを思い出す。大人同士の間で何があるのか本当にはわからなかったので、とても不安だった。両親は揃って不機嫌そうで、うんざりした様子だった。ハンサムな父も私たちの大方と同様、言うに言えない苦しみを生き抜いてきた。しかし父は、打ちひしがれた自分の家族といっしょにいて楽しいとは感じていなかった。それが腹立たしかった。ロンドンに残って仕事に応募すると父が突然言い出したとき、わが家は危機を迎えた。帰国前、すでに私たちの家族には亀裂が生じていたのだ。

私たちは、信じられないほど困難な時期に帰国したようだ。父はロンドンにいて、私たちへの仕送りはまだできていなかった。ノルウェーは戦後何年間か配給制で、お店の棚にはほとんど何もなかった。惨めな私たち「引揚家族」の食料や衣服、そして生活必需品を絶やすまいと祖父母は一生懸命だったが、物悲しいとも言えるほどぴんと張り詰めた空気がいつも家を支配していたことを覚えている。

母はひどく怒りっぽくて、親子喧嘩が絶えなかった。ひどいリウマチを患っていて、ほとんどいつも不快感に苛《さいな》まれていた。ほんの少し歩いただけで足はひどく浮腫《むく》み、とてもふさぎこんでいた。激しい痛みに襲われることがあって、階段を下りるには後ろ向きで歩くほかなかった。見ていられなかった。日本軍抑留所を出さえすればきっとまた元気になると思っていたが、抑留中に負ったダメージはあまりに深刻で治癒することはなかった。母は、食べ物以外で祖父母に頼ろうとはしなかった。そのため、わずかばかりの仕送りが父から届くと、そのやりくりにはとても気を使っていた。体調が思わしくなく、家を出て買い物に行けない日があり、元気であってもお金がないという日もあった。幸いなことに、親切にしてくれる親戚——おばあちゃんの兄弟姉妹——がオスロにいて、小包を送ってくれた。たいていは古着が入っていて、それを母とおばあちゃんが私たちに合うように縫い直してくれた。なかなか良くできていて、これなら学校の友だちに引けは取らないと思った。

母はとても誇り高い女性で、戦前は何不自由なく暮らし、お金に糸目はつけなかった。妹と私はいつも完璧な服装で、単に遊びで外に出るにしてもきちんとした身なりをしていた。しかし今では子どもたちに古着を着せて送り出していて、母にはそれがつらかった。ショーウィンドーにすてきな服が並んだ衣料品店の前を通りかかっても、母に手を引っ張られて覗かせてもらえなかった。母は大きな笑みを浮かべ、こう言ったものだ。「さっ、急いで歩いて。うれしそうにしてれば、人に何か気取《けど》られるなんてことはないのよ」気分が良くなかったり、ふさぎこんでいたりすると、「しゃんとしなさい」と度々言われたことをよく覚えている。

当時、緊急支援などというものはなかった。不安やPTSD（心的外傷後ストレス障害）を抱えていても、気に掛けてくれる人など誰もいなかった。父にはノルウェーに戻って、いっしょに暮らしてほしかった。しかし週末にノルウェーにやってきたときでさえ、父は私たちではなく、いつも自分の両親のところに滞在した。私たちの家は狭すぎるから、と言い訳していた。私は床で寝るからと言っても、自分の母親のところに泊った。父はノトラシップという海運会社の会計検査官として働いていて、ノルウェーには仕事がないと言っていた。自分がとてもいら立っていたことを覚えている。ノルウェーにだって仕事はきっとあるはずだ。そう思っていた。

母は働くことができず、ロンドンの父からはほんのわずかな額の仕送りしかないと不満を洩らしていた。しかしそのくせ、ロンドンでは生活費がとても高く、ほんの小さなアパートに毎週高額を支払っていると言ってはかばってもいた。狭いアパートに一人でいる父のことを思うと切なかった。

母は病院への往復に加え、経済的支援を少しでも得ようと保険事務所にも足繁く通ったが、ほとんど無駄骨だった。わが家は支援を受けるに値する、抑留所でジャップの手にあって苦しんだことすべてに対して何かしら補償があって然るべきだ――そう母は考えていた。働けるようになりたいが、自分は日本兵に殺されかけたのだ、私たちのように失意のどん底にある人間が生きていかれるよう、少なくとも何がしかの支援金が支払われて当然だと言っていた。日本はどんな形にせよ、補償や援助をするつもりはなかった。自分たちは何ら過ったことはしていないというのが言い分だった。そのため、これは私たちの戦いだった！

母は藁にもすがる思いで、オランダ外務省とさえ連絡を取った。たぶんオランダなら補償金を支払うよう日本と交渉できるのではないかと期待してのことだ。回答は、国籍がノルウェーでは力になれないというものだった。「『二兎を追う者は一兎をも得ず』ってことになっちゃった」そう言って、母は途方に暮れるばかり。そんな母が哀れでならなかった。青いドアに座っていたときより悲しそうに見えることもあった。私たちは皆、ノルウェーに戻りさえすれば万事きっと上手くいくと思っていた。しかし今、厳しい現実に突き当たったのだった。

ようやく一九四七年半ばのある日、母が笑顔でいるのを目にした。国民保険から通知が届いたのだ。大人一人と子ども三人につき、一日当たり一〇・六八クローネ（英貨一ポンド）を受け取れることになるとあった。これは、支給できる最高額らしかった。グロン＝ニールセン家の財産は、日本軍の手にあった数年間で百パーセント失われたと査定していた。母の健康が回復することはなく、二度と働くことはできなかった。信じがたいことだが、正当な資格があるとして母に初めて戦争障害年金が支給されたのは、ようやく一九七〇年に入ってからのことだ。

妹と私はノルウェーの学校に通い出したが、ヘレーナ先生が殺されたバンコン修道院での悲しい授業の記憶が消えることはなかった。ニガード小学校では四年生に編入され、私はクラスの子たちより一つ年上だった。ノルウェー語は言うまでもなく、勉強が一年遅れていたせいだ。ユースヴェット先生と三一人のクラスメートは、私が馴染めるようにと精一杯のことをしてくれた。言葉がわからないために何がどうなっているのかほとんど理解できなかったが、とてもすばらしい日々だった。母と祖父母は私の言葉を何とかしようと家ではノルウェー語以外は努めて話そうとはしなかったが、私のノルウェー語はひどいままだった。私とカーリンにとって、ノルウェー語はまさに外国語だったのだ。しかし、次第に習得してはいった。

ユースヴェット先生が数年かけてクラスで築き上げてきた授業規律に私は適応できず、加えて授業時間にも慣れることができないでいた。そのため、始終時計を見ていなければならなかった。三年近くの間、柱時計や腕時計をさえ目にしたことはなく、日の出や日の入り、朝のテンコーで大まかに時間を計っていたせいだ。

生徒には毎日、タラの肝油と牛乳、そして「スウェーデン・スープ（タラやサーモン、エビ、ムール貝など、魚介類を多く使ったスープ）」が配られた。カーリンと私はどうにも興奮を抑えられず、クラスメートを押し分けて列の前の方に並んだものだ。後ろにいては、もらい損ねてしまうのではないかととても心配だったからだ。食べ物に餓えていたことの影響は、依然として消えていなかった。クラスメートからは、一体何の騒ぎかといった目で見られた。「たかがちょっと変わった味の食べ物じゃない」皆、そう言っていた。

家に帰ると、母は始終いらいらしている様子だった。学校制度や娘二人の言葉の問題、家計、そしてもちろん自身の健康も含めて、ありとあらゆるものに滅入っていた。日常生活についてさえもだ。私とカーリンはと言えば、それほど悪くはなかった。学校はわくわくする、やりがいを感じさせる場だったし、仲良しの友だちも大勢いた。

私は体育が大好きだった。そしてある日、ベルゲン・ターンフォレニング（ベルゲン体育専門学校）への入学が許可されたとの知らせを受けた。私はもうすっかり有頂天。一日も早く通いたくて、居ても立ってもいられなかった。友だちのアウドと近道を選んでベルゲンを抜け、毎週通った。ある日の午後、後ろからがらがらとすさまじい音が聞こえてきた。振り向くと、恐ろしいことに荷台を緑色の防水シートでおおったかなりの数の軍用トラックだった。ぎくりとして後ずさりし、近くの家の玄関先に隠れた。

怯え、震えていると、一体どうしたのかとアウドに何度も聞かれた。どのくらいの間、その玄関先で縮こまっていたのだろう？　ほんの数分だったろうか。しかし私にしてみれば再び抑留所にいて、ある生き地獄からまた別の生き地獄に私たちを移送するトラックを待っているような心地だったのだ。トラックは歩道に沿って停車し、緑色の軍服を着た兵士でいっぱいだった。兵士はトラックの後ろにひと固まりになって立っていた。何が何だかわからなかった。心臓がどきどきし、恐怖で胃がむかむかした。息が荒くなり、額に汗が噴き出したのを覚えている。手で目をおおいたかったが、何げなく視線を上げた。兵士たちの目を見て、ほうっと息を吐いた。ジャップの目ではなかった。もう少し見てみると、銃剣のついた銃は持っていなかった。

何の心配もないとアウドに元気づけられ、呼吸が落ち着いてきた。私は懸命に気持ちを鎮めようとし、普段通りの生活をしているノルウェーの人たちの様子を窺った。皆、ほとんど見向きもせずにトラックのそばを通りすぎていった。玄関先に座っていると、ついにトラックが出発した。そうなって初めて立ち上がり、家に向かった。母が後に、あれは戦争後に捕虜になったドイツ兵だったこと、そしてドイツへの帰国途中だったということを教えてくれた。ドイツ軍は恐ろしいことに五年にも及ぶ期間、ノルウェーを占領していたという。私はトラックのドイツ兵を思い浮かべた。皆、元気そうだった。しっかり食べていて、暖かい服装だった。全員が厚手の毛の帽子を被っていた。笑ったり、冗談を言い合ったりしている兵士さえいた。ジャワの抑留所に笑いと冗談はなかった。ドイツ兵は、つらい経験をしたようには見えなかった。

戦争はごく身近な話題で、よく家で話した。学校でも詳しく習った。ヴィルヘルムおじさんは、ドイツの強制収容所で過ごした恐ろしい日々について話してくれ、生き延びたことはまさに奇跡だと言っていた。おじさんは、生存者を母国に送り届けようと強制収容所にやってきたスウェーデンの「白いバス（第二次世界大戦末期、スウェーデン赤十字社とデンマーク政府協働で行なわれた「デンマーク人および、ノルウェー人戦争捕虜救出運動」で使われた）」に救出されたのだそうだ。ヴィルヘルムおじさんと話し、ドイツ軍の手にあっておじさんがくぐり抜けてきた恐ろしい試練について聞いていて、トラックのドイツ兵のことを改めて考えた。トラックの兵士に同情する必要などないのだ。ベルゲンには彼らを怒鳴りつけたり、殴打したり、ましてや銃剣で突き刺したりする人などいなかったのだから。

慣れるのに最も難儀したことの一つは気候だ。一言で言って、すさまじかった。常に寒くて、ほとんど休みなく雨が降った。とは言え、ノルウェーでの生活を楽しむようにはなっていた。毎日食事をし、枕を使い、羽毛布団の清潔なベッドで寝た。しかし、古い習慣が改まるには時間がかかった。靴やブーツ、スリッパを履くときは、まず中が空っぽかどうか確かめ、それから履いた。サソリが入っているかも知れないからだ。祖父母との関係はとても良かったが、私たちの奇妙な行動には手を焼いていた。ほとほと手に負えない、躾のなっていない子どもと、祖父母の目には映ったようだ。しかし私と妹にしてみれば、長いこと否定されてきた自由を思いきり楽しんでいるにすぎなかった。

突然の鋭い音や威丈高な叱責の声が嫌いで、不安を掻き立てられた。何ヵ月も何年もが過ぎ、私たちが抱えていた心の問題の多くは、数年に及ぶ抑留生活に起因していることがわかった。とりわけカーリンとラッセの場合、母がそばにいないとなると、ものすごい不安に駆られた。私の一番の問題は、夜な夜な襲ってくる悪夢だった。私はいつも走って――走ったり隠れたりして――いて、ついに追っ手に見つかると（必ず見つけられた）、連中は大日本帝国陸軍の軍服を着ていた。その歯は黄色くて欠けているか、茶色か黒い色に汚れていた。私が眠っていると、日本兵は怒鳴りまくった。私は寝台の下や木箱の中に隠れてぎゅっと目をつむり、こっちが見えなければ向こうも見えないのではないかと、むなしい望みにすがりついた。日本兵は銃剣を突きつけ、硬い軍靴で蹴りつけ、髪を鷲づかみにして私を引きずり出した。そしてその瞬間、冷たい汗をかいて恐怖に打ち震えながら目覚めるのだった。いつも悪夢で目が覚め、母を探した。母はたいてい寝室にはいなくて、応接間にいることが多かった。

今でも鮮明に覚えている。窓辺に座り、泣き崩れている母の姿がありありと目に浮かぶ。雨が窓ガラスを激しく叩く中、窓を背にした母を心に思い描くことができる。寄せては崩れる波のように、雨は窓ガラスを流れ落ちていた。通りの街灯のきらめく光を受け、母は影絵のようだった。影となった母は、その顔もその髪も泣いているかのよう。何がそんなに悲しいのかと母にそっと聞いたけれど、何の返事もなかった。

盗み食いはどうにも治らなかった。おばあちゃんが自分だけの小さな戸棚に内緒の食べ物を置いているのを見つけたことがある。私にとっては、アラジンの洞窟だった。パンが少しとピーナッツバター、そしておいしいそうな肉があった。それに、本物のバターの見事なかたまりも。バターはとてもおいしかったので、いつもとても空腹だった私は小さなスプーンですくって食べた。言うまでもなく盗み食いはすぐに見つかって、何度も叱られた。おばあちゃんには糖尿病があって、ここに置いてある食べ物はとても大切（インスリン投与による低血糖ショックを和らげる）なものだと言い聞かされた。おばあちゃんは母に伝え、母からも叱られた。おばあちゃんに食べさせてもらっていながら、その当のおばあちゃんから盗むだなんて、これほど罰当《ばち》たりなことはないと諭された。私は恥ずかしさにうな垂れ、もう二度としないと約束した。しかし結局、自分を抑えられなかった。悪いということはわかっていた。しかし自分が盗《と》らなかったら、きっと永遠にどこかに行ってしまうという思いにいつも憑《と》りつかれていた。少しくらい盗っても、誰も気づきやしないと信じこんでもいた。終《しま》いにおばあちゃんは、戸棚の扉に南京錠を掛けた。しかしそうなってもなお、錠をこじ開ける方法が何かないかと考えたものだ。

おばあちゃんの機嫌が良いときは滅多になかった。おばあちゃんの食糧と衣服のクーポン券では、膨れ上がった家族の分を賄いきれなかった。そのため週末になると、アスコイの田舎に行かされることがあった。食いぶちを減らすためだ。おじいちゃんはアスコイで小さな小屋を借りて、地域のために歯医者さんをしていた。患者さんは農民で、診療の支払いは鶏や卵、魚、そして肉などの生鮮食品だった。駆け出しの画家さんもいて、その人たちは絵を差し出すほかなかった。今やわが家の壁には、今日では名立たる画家となった人たちの描いた絵がいくつも飾られている。楽しい夏休みはたいてい、すてきないとこたちとアスコイで過ごした。おじいちゃんは心の美しいやさしい人で、アスコイが大好きだった。やってきた孫が走り回り、遊び、泳ぎ、どの子も楽しんでいるのを見るのがおじいちゃんはことのほか好きだった。

父方の親戚——商船の船長だったガブリエルおじいちゃんとアルマおばあちゃんだ——とも楽しくのんびりした時間を過ごした。残念ながら二人は離婚していた。ガブリエルおじいちゃんは自分よりずっと年若い妻の「モーメン」、そしてムーサとアンネモールというすてきな娘さん二人とベルゲンのヘルヴァイエンに暮らしていた。一方、アルマおばあちゃんはベルゲン市内で一人暮らしだった。おばあちゃんとおじいちゃんにはカルロスとユルゲン、そしてパパ・ダニエルという息子さんがいて、三人ともスペインのラス・パルマスの持ち家で生まれていた。詰まるところ、父方のグロン＝ニールセン家とのすてきな親戚づきあいも続いていた――父がいることは滅多になかったけれど。

おじいちゃんやおばあちゃんのところに行く度にうれしくて、抑留所での恐怖などまるで嘘のようだった。

二、三週間ごとに、体のがっしりした愉快な男の人がわが家にやってきた。男の人は大きな氷のかたまりを背負い、階段下の台所にある「冷蔵庫」に運んでいた。新鮮さを少しでも保とうと、ひどく臭い塩水が入った大鍋に卵が浸けられていた。卵も保存食の一つだった。魚は樽に入れて塩漬けにしてあった。そして小さな容器いくつかに詰めた原乳も冷蔵庫に貯蔵されていた。

小麦粉など必要な材料が手に入るとパンを焼いて、普段とは違う楽しい時を過ごした。月に一度、洗濯の日があった。お手伝いさんのリナの手を借り、地下室で洗い物をした。大きな黒いドラム缶数本は洗濯物がいっぱいで、漂白剤と石鹸水を入れて一晩漬け置きした後、石炭ストーブの上で煮沸《しゃふつ》した。とても骨の折れる作業で、絞ったりアイロンを掛けたりで何日もかかった。しかし妹と私は単調な日常生活やノルウェー語を何時間も勉強することから解放されて、この特別な日々を楽しんだものだ。週に一度、「スイーツ・クーポン券」を使うことができた。子どもたちは皆、板チョコが食べたくて近所のお店に——在庫があればだが——列をなした。

アントン船長から連絡が来た。リレハンメルに戻ったという。船長さんからまた連絡があってとてもうれしかった。私は幸運にもその夏休みはオスロに呼ばれていて、ハンコのラリーおばさんとユルゲン・ローレンソンおじさんのところで過ごす予定だった。カーリンはリレハンメルに行って、アントン船長のところで甘えてくるつもりでいた。皆が楽しみにしていて、特に母は、休むことができてうれしいと言っていた。しかし、喜びは束の間だった。

カーリンと私は母と別れるとなると依然としてとても不安で、別れた途端にホームシックに苦しんだ。二人してパニック障害を起こし、泣いてばかりいた。こんなにすばらしい機会を準備してくれた人たちに食ってかかることもあった。とは言え、私はリレハンメルのカーリンよりは上手くやっていたと思う。妹はリレハンメルにいた三ヵ月近くの間、ほぼ毎晩泣き寝していたそうだ。ラリーおばさんとユルゲンおじさんからは、母がゆっくり休んで十分回復できるように私はオスロにいなくてはいけないとくり返し言われた。だからそうした。家に戻ったとき、母は良くなっているものとばかり思っていた。しかし、そうはなっていなかった。これまで同様、哀れを絵に描いたようだった。ほんの少し動いただけで激しい痛みに身をよじり、まるでもう一生治ることがないかのようだった。かわいそうでならなかった。

一九四七年の秋、すばらしい知らせが飛びこんだ。オスロにあるリウマチ病院に母が入院できることになったのだ。しかし、その喜びは打ち砕かれることになる。母がいない何週間もの間、おばあちゃん一人で子ども三人の面倒を見るのは手に余り、ラッセはオスロ近郊の児童養護院に入らなければならないという。私は驚き、怒りに任せてラッセの世話は自分がする、抑留所ではいつもそうしていたのだから、と反対した。学校や授業はどうするのか、勉強の方を優先すべきだとおばあちゃんから言い聞かされた。わずか数週間のことだからと言われ、それでお終《しま》い。この件について、それ以上私が口を挟むことはなかった。ラッセと離ればなれになるということで、ひどく落ちこんだ。しかしそれ以上に、知っている人が誰もいないところにラッセは放りこまれるのだと思うとつらくてならなかった。

誰にも知らせず、ストックホルムのマリアンおばさんに手紙を書いた。母が入院している間、ラッセの面倒を見てもらえないかと頼んでみた。間が悪いことにおばさんは翻訳会社を始めたばかりで、助力を仰ぐことはできなかった。ロンドンの父にも手紙を送った。しかし何週間かしたら帰国するとは言うものの、仕事から手が離せないと返信してきた。ようやく五歳になったばかりのラッセにとってはひどく不安で、かわいそうな日々だった。ラッセは養護院からくり返し逃げ出そうとしたので、養護院は大きな厄介を背負《しょ》いこむことになった。ある時など、ラッセは大きな窓ガラスに突っこみ、粉々に割ってしまったのだ。かわいそうにも体中に切り傷を作って病院に運ばれ、縫わなくてはならなかった。

ありがたいことに母の入院はわずかひと月だけで、ほどなくベルゲンに戻ってきた。母は途中、ラッセを引き取りに行って家に連れ帰った。私は母に父からの手紙のことと、父が間もなく帰国することを伝えた。母とまたいっしょになれて良かった。そしてグロン＝ニールセン家の全員が揃うのももう直《じき》だと、新たな希望が湧いた。母までが今までとは少し違っていて、生活に大方満足しているようだった。病院にいたお陰で、階段を後ろ向きで下りる必要はなくなっていた。

生活が普段通りに戻り、楽しかった頃を思い出した。おばあちゃん、おじいちゃん、母、ラッセ、カーリン、そして私と、家族が全員揃った。父だけがいなかった。週末に帰るという父の手紙が届いたと母から聞き、興奮を抑えられなかった。もう間もなくだ。ジャワでそうだったように、一つ屋根の下に家族全員が揃うのはもうすぐだと思った。しかし父が家に帰って切り出したのは、母との離婚話だった。ものすごいショックだった。夢が粉々に砕かれてしまった。食べ物や衣類を買うお金はなくなり、父とは二度と会えなくなってしまうのではないかと不安だった。落胆し、どうにもやり切れない思いだった。私たちに対してどうしてそんな仕打ちができるのだろう？　父はロンドンの事務所でノルウェー人秘書と知り合ったことを認め、今ではいっしょに暮らしていると、実に事もなげに説明した。

納得がいかなかった。どうしてママを捨てられるの？　ひどい病気なのに。どうしてママ一人に子ども三人の面倒を任せられるの？　これからも生活費は送るし、できるだけ会いにくるからと言って、父は私を宥《なだ》めようとした。釈然としなかった。騙され、捨てられるような感じで、すごく腹が立った。新しい秘書の方が自分の家族よりも大事ってこと？　いじけて、父について色々と考えた。私はまだほんの子どもだったが、父は母や家族のことを本当には思ってやしないのだとはっきり感じた。後になって聞いたところでは、父は母と結婚してはいたが、ほかの女性に手を出さずにはいられなかったという。母はそれがとてもつらかったそうだ。私たちが抑留所を生き抜き、衰弱しきっていてとても心細かったときでさえ、何か力になろうと心からの言葉を父が掛けてくれることはなかった。

一九四七年の大晦日、母がパーティーに招待された。エーギル・ヴェーデレおじさんがエスコートすることになった。母ができるだけすてきに見えるよう、カーリンと私は頑張った。絶えず服用し続けてきた薬と鎮痛剤のせいで母の髪は薄くなり、輝きを失っていた。しかし私たちはベストを尽くし、何時間もかけてすばらしい髪に見えるよう仕上げた。ドレスはおばあちゃんの妹さんからのお下がりだったが、実に見事なものだった。母はとてもきれいで、この時ばかりは目を輝かせていた。思い出せる限り、母の目が輝くのを見たのはこの時が初めてだ。一番の問題は、新しいすてきな靴を見つけることだった。何足も試してみたが、母の浮腫《むく》んだ足と足首にはどれも合わなかった。履こうとする度に、痛くて顔をしかめた。最終的には、母の履きやすい古い靴に少し色を塗って手直しした。思うようにいかなかった部分については長いドレスが隠してくれるから、とわかってもらった。

舞踏会は上出来だった。母は数曲踊りさえした——翌日は足が痛くてならなかったけれど。何週間かが過ぎ、上品できりっとした感じの男の人が母を映画に誘いに来た。大晦日のパーティーで、母はこの男の人に会っていたのだ。その人を前にしたときの母を覚えている。その目を見て、会えてどれほどうれしく思っているかがわかった。その人の名前はバーンハート・マッティン＝フロンスダール。一九四九年七月、母の新しい伴侶となった。同じ年、父もカーリ・マイニッヒ＝グランと結婚し、娘のアンネ・カロリンが生まれた。そして私たちの勇敢な母は、息子のマッティン・バーンハートを出産した。

年を追うごとに母の健康は少しずつ改善されたが、関節炎とリウマチだけはいつまでもついて回った。母は足が痛む度に、戦争中のあの恐怖の日々を毎日のように思い出すことになった。

母は一九七九年に亡くなった。父が亡くなったのは一九七一年だった。

カーリンとラッセ、そして私は頭の中に巣食う悪魔と闘い、幸いにも自分たちの道を切り拓くことができた。ラッセはかわいそうにも、健康面で最も苦しめられた。幼い頃、不可欠のビタミンを奪われていたせいだ。そのため、このことがラッセの健康を蝕《むしば》むことになった。にもかかわらずラッセはとてもすばらしい画家となり、広告代理店を設立した。彼はまた、非常に成功したデザイナーでもあった。カーリンは看護師の資格を得て、その上とても優秀だった。ランペルサリ抑留所でのありえない状況下、職務を遂行する看護師さんの姿を妹がじっと見て観察していたことを思い出す。どうやらあの天使たちが妹の人生を方向づけたのではないかという気がしてならない。カーリンもくぐり抜けてきた状況のせいで、糖尿病などの病気で苦しめられた。スペインやアメリカ合衆国、そしてフィリピンに何年か暮らした後でノルウェーに戻り、今ではベルゲンに落ち着いて楽しく暮らしている。

自分はと言うと、カーリンと同様、結局は太陽を追いかけた。十代の後半は小さくて薄暗いアパートを借り、オスロで暮らした。私設秘書の勤務が退けると、体育専門学校でダンス教師として過ごした。

最初の夫となる人を友人から紹介され、これで人生はきっと好転すると思った。とてもハンサムな人だった。警察官として訓練を受け、その後転職してノルウェー空軍に入隊。当時は大尉だった。後にすてきな子ども二人を授かり、すっかり夢中になって精一杯育てようとした。すべて順調と思われた。しかし、夫は女性に目がないということがわかって、人生は一変した。父とまったく同じだった。私の健康は悪化し、深刻な鬱状態が続いた。当時スペインに二人の息子と移り住んでいた妹が、来ないかと声を掛けてくれた。妹は抑留所での数年間を振り返ってひっきりなしにおしゃべりすることで、私を苦境から救ってくれた。やがて私たち二人は戦争年金を申請し、精神科医と精神分析医による度重なる診察の末にようやく受給することができた。私は、私同様つらい時を送ったに違いないわが子のことを受け止めてあげることができず、絶えず罪の意識に苛まれた。

結局はとても悲しい離婚の末、夫は女友だちの一人と結婚し、自身と相手の子どもとともに居を構えた。最後はすべて上手く収まることを願い、私はスペインの妹のところに戻った。しかしあいにく私の子どもはこの取り決めが不満で、私自身も納得がいっていなかった。心はすっかり混乱し、人生は耐えがたかった。その後、スペインで仕事をしていた若くてすてきなイギリス人男性と知り合った。彼にはずい分笑わされ、楽しい時を過ごした。休日を利用して、子どもたちも遊びに来た。すばらしい生活だったが、条件の良い仕事に彼が就くにはイギリスでの方が良かった。そこで私たちはエセックスに落ち着き、結婚した。私は絵画教室を楽しみ、やがて絵画と展示会に没頭した。

自分がまったくの世間知らずであることがわかった。楽しいわが家から一歩外へ出れば、人生は必ずしもばら色ではないことを苦い経験をして思い知った。イギリス人の夫は人当たりだけは良いけちなペテン師で、刑務所に服役することになったのだ。私は一二年間、愛すべき、忠実な妻であろうと努めてきたが、夫がこれ以上にない惨《むご》い行ない——地元の少女を妊娠させ、男の子を産ませた——をするに及んで、私の世界は再び崩れ落ちた。夫に憧れていた私の子どもたちでさえ、この行為は信じられなかった。貯えはほとんど底を突き、私は傷ついた心を癒そうと再びスペインに戻った。

イギリスの気候には苦しめられていて、スペインへの移住は医師の指示によるものだった。そして妹は、絶好の話し相手になってくれた。

「日本軍抑留所を生き延びたんだから、今度のことも生き抜くつもり」そう夫に告げ、アパートを借りて自らの人生と折り合いをつけようとした。

母はノルウェーに戻って最初の数年間、抑留所の生存者何人かから訪問を受けていた。その中には、親しかった医師や看護師さんの一人もいた。この人たちがいたからこそ、母は生き延びることができたのだと常々思っている。母がどうしても入院しなければならなくなると、空いたベッドが必ず一つ用意されているみたいだったからだ。彼らは疑いなく天使だった。手紙を送ってくれたり、電話で連絡を取ってくれたりした生還者の中には、心に大きな傷を負って衰弱していたために早い時期に亡くなった人もいる。多くは、自身の経験について語ろうとはしなかった。思い出すのがあまりにつらかったからだ。

母に会いに来たある女性のことを覚えている。その女性は、デ・ヴェイク抑留所に埋めて隠してきた宝石を取り戻そうと、スラバヤに行く途中だった。母も自分の宝石を持ってきてほしいのではないかと思い、立ち寄ってくれたのだ。後にその人から届いた手紙には、抑留所のあった場所には集合住宅が建てられているとあった。建設作業員は宝石を見つけて大喜びしたに違いないと、電話で母と大笑いしていた。

残念ながら、私の友だちだったピーターやキティーからは何の音沙汰もない。あのすてきなアンチェさんやヨリーンからもだ。手榴弾を抑留所に投げこむという死のゲームを現地人がくり広げていただけに、生きて戻れたことを心から願う。アクセルおじさんは、スウェーデン領事館という聖域に私たちが逃げこんだ後、インドネシア人によるそうした暴虐の報告を受けていた。私たちは幸運だった。

一九九三年、私はインドネシアに戻った。人々、何百万もの人々、まとわりつく熱気、そして臭い――すべてがそこにあった。私が訪れてみたかった場所に友人の案内で連れていってもらった。あいにく、記憶に残っていて立ち入ることのできたのは教会だけだった。ランペルサリ抑留所は陸軍兵舎となっていて立入禁止だった。しかしその周辺や、かつての男子抑留所の一つ――今では老巧化した刑務所――にはすぐ近くまで行ってカメラに収めることができた。戦前に私たちが間違いなく暮らした場所をいくつか訪れ、豪華なホテルの上層階に泊まった。残虐行為が行なわれたスマランの町を一望することができて誇らしかった。その後、生まれ故郷のスラバヤを訪れた。ごみごみしていて黄褐色にくすんだカンポンや、近くに醜くそびえ立つ新しいオフィスビルディングを眺めながら、とにもかくにもわが家は耐え抜き、生き延びたのだと実感した。

エリックとエリン・ハムレムーンという二人の子どもに始まって、今や私はリン・クリスティン、ヘレン、ダニエル、シーモン、そしてアクセルという五人の鼻高々のおばあちゃんだ。そして二〇一一年八月、カスパーというかわいい男の子のひいおばあちゃんになった。私の健康は、母親譲りのリウマチ性関節炎を除けばおおむね良好だ。不安を隠すのも上手い。しかしあいにく、悪夢にはまだたまに襲われる。抑留所での苦痛と悲嘆は潜在意識のうちに巣食っていて、そこから解放されるのはこの世から自分がいなくなったときだけなのではないかと思うと恐ろしい。私は恐怖から解放されたい――頭に巣食う悪魔や、そして言うまでもなく日本人に対する怨恨《えんこん》からも。しかし悲しいかな、私にはできない。解き放たれたいのだ、本当に。しかし、できない。

インネシアへの巡礼の旅以降、人生は穏やかに過ぎたような気がする。私の健康も改善された。

そしてある日、ダール・イ・スンフィヨルドの寄宿学校の旧友にばったり出くわした。初めて会ってから四五年が過ぎていた。堂々たる退役海軍将校で、最近離婚していて二人の成人した子どもがいた。私と似た境遇だった。クリステンと私はすぐに意気投合。以来一七年間スペインでいっしょだ。一九九九年、クリステンはハワイへのクルージングを予約し、私たちはホノルルで結婚式を挙げた。パールハーバーを訪れ、降伏文書が調印されたアメリカ海軍のミズーリ号に乗船した。マッカーサー元帥がその日、日本の外交官との調印式にどう臨んだかについてガイドの説明を受けた。外交官が艦に到着すると、とても背の高い水兵六人が甲板で警固に当たっていたそうだ。マッカーサーは小柄なジャップが天皇のいる方角に背を向けて並ぶよう指示し、そのままひとしきり立たせておいたという。東京湾でのことだ。

ハワイでは観光バスで方々を巡った。そして私が日本軍の支配下、戦争捕虜だったことが知れると、ツアー参加者全員がバスを降りて私といっしょに写真に収まった。

二〇〇九年、結婚の一〇周年記念にハワイに戻り、再びアメリカ海軍のミズーリ号に乗船した。一九四一年一二月七日に日本がパールハーバーを攻撃してすべてが始まり、降伏文書調印式が一九四五年九月二日に行なわれた。私にとっては、運命の円環がようやくここに閉じたことになる。

謝辞

秘書としてプロジェクトに関心を寄せてくれた夫のクリスに感謝します。

訳者あとがき

著者のリーセ・クリステンセンは、幼くしてジャワ島日本軍抑留所での抑留生活を強いられました。本書はその回想録です。敵と「戦っているわけではなく」、欧米人婦女子を相手に「抑留所を管理しているにすぎない。来る日も来る日も同じことをくり返しているだけ」の抑留所監視員（子どもだったリーセには見分けがつかなかったが、監視員には朝鮮人が多かった。日本軍の手先にされた朝鮮人監視員は、戦犯として裁かれた者が少なくない）による非人道的行為の数々が語られています。著者のリーセは抑留された二年半の間、病に苦しむ母親に代わって家族を支え、抑留所での厳しい生活を果敢に生き抜きました。物乞いをし、ごみ捨て場を漁《あさ》り、騙し、盗んででも食べ物を手に入れ、家族四人の命を一九四五年の戦争終結まで懸命に繋ぎました。

しかし戦後を迎えてもなお、リーセの家族の困窮は続きます。母親は抑留中に負ったダメージが深刻で働きに出られず、ロンドンに職を得た父親からの仕送りも十分ではありませんでした。そのため、住居と食料は祖父母が頼りで、衣服は親類が送ってくれる古着のリサイクルでした。そして週末や夏休みともなると、リーセと妹のカーリンは田舎の親戚や知り合いのところに出されました。口減らしです。

こうした経済的事情と、著者が「頭の中に巣食う悪魔」と呼ぶＰＴＳＤ（心的外傷後ストレス障害）のためでしょう、本書の「その後」では補償の問題について度々言及しています。例えば、「わが家は支援を受けるに値する、抑留所でジャップの手にあって苦しんだことすべてに対して何かしら補償があって然るべきだ」「私たちのように失意のどん底にある人々が生きていかれるよう、少なくとも何がしかの支援金が支払われて当然だ」とリーセの母親は経済的支援を少しでも得ようと手を尽くすものの、思うに任せなかったことが綴られています。

窮した母親は、藁にもすがる思いでオランダ外務省とさえ連絡を取ります。東インドからの引揚者が一〇万人と圧倒的に多いオランダ（ノルウェー国立公文書館の記録によれば、東インドからのノルウェー人引揚者は一〇八人）なら補償金を支払うよう日本と交渉できるのではないかと期待してのことです。しかし回答は、国籍がノルウェーでは力になれないというものでした。

ようやく一九四七年の半ば、グロン＝ニールセン家の財産は日本軍の手にあった数年間で百パーセント失われたと査定した国民保険から通知が届き、大人一人と子ども三人につき、一日当たり一〇・六八クローネ（英貨一ポンド）を受け取れることになります。また、ノルウェー政府も遅れ馳せながら一九七〇年、正当な資格があるとして初めて母親に戦争障害年金を支給します。著者のリーセと妹も後年、精神科医と精神分析医による度重なる診察の末に戦争年金を受給します。

さて、翻って日本国。アジア・太平洋での戦争で多くを失った民間人の戦後補償はどうだったのでしょう？　日本全土に及んだ空襲の被災者、沖縄戦被災者、原爆被災者、そして樺太、朝鮮半島、中国大陸、台湾、東南アジア、南洋群島などからの引揚者の場合です。

日本でも民間人の補償を求める訴えは名古屋空襲訴訟（一九七六）、東京大空襲訴訟（一九七九）、東京大空襲集団訴訟（二〇〇七）、大阪空襲訴訟（二〇〇八）、沖縄戦訴訟（二〇一二）「南洋戦訴訟」（二〇一三）と相次ぎましたが、ことごとく棄却されています。政府は元軍人やその遺族らに恩給などで約六〇兆円の補償を行なっていますが、民間人については沖縄戦で戦闘に参加したと認められた一部遺族（集団自殺者や避難していたガマから日本軍によって追い出された人々などをも含んでいて、政府による狡猾な靖国化という側面がある）と広島・長崎の被爆者などに対する金銭的援助を除き、それ以外の民間人被災者への国家補償は置き去り（二〇二三年九月現在、全国空襲被害者連絡協議会が期待を掛ける「救済法」の成立は足踏み状態にある）になったままです。ここには、「国の非常事態の下での生命、身体、財産の被害は国民が等しく受忍しなければならない」（引揚者が敗戦で失った在外資産の補償を求めた裁判での最高裁判決）とする考え方が通底しています。

民間人被災者への戦後補償を回避しようとする日本政府、特に厚生労働省の頑なな姿勢には、自国民に対する無責任さとともに冷酷とも言える思惑が透けて見えます。つまり仮に自国の民間人被災者への国家補償を広く認めれば、対外的にアジア・太平洋地域の戦争被災者すべての補償要求にも向き合わざるをえなくなり、ひいては膨大な財政負担に繋がることになるという打算がそれです。被災者が死に絶えるのを待っているのではないか。そう思えてなりません。

戦後七八年。日本の補償レベルは今なお、ノルウェーに届いていません。同じ敗戦国のドイツ（一九五〇年に早々と「連邦援護法」を制定し、国はすべての戦争被害に対する責任があるとして、軍人や民間人といった立場に関係なく、被害に応じた補償を行なっています）とでは、まるで比較になりません。

棄民とも言うべき日本政府のこうした方針が最初に打ち出されたのは戦後になってからではなく、敗戦直前のことでした。一九四五年八月一四日の東郷茂徳大東亜大臣による「三ヵ国宣言受諾に関する在外現地機関に対する訓令」には、「寄留民ハ出来ウル限リ定着ノ方針ヲ執ル」とあります。日本国内の財政逼迫により、引揚者まで手が回らなかったという事情からでしょう。

自身が満州からの引揚者であった作詞家のなかにし礼氏は、寄留民は原則現地残留との方針への怨嗟を『人形の家』（一九六九）にこめています。

顔もみたくないほど
あなたに嫌われるなんて
とても信じられない
愛が消えたいまも
ほこりにまみれた人形みたい
愛されて捨てられて
忘れられた部屋のかたすみ

私はあなたに命をあずけた

氏は生前、この歌詞について次の言葉を残しています。

『人形の家』(川口真作曲)は弘田美枝子さんの歌でヒットしました。愛されて捨てられて、忘れられた部屋のかたすみ、私はあなたに命をあずけた……という歌詞の底にも、実は引き揚げの体験があるのです」

「一九四五年八月一四日、日本の外務省は在外邦人について『できる限り現地に定着させる』との方針を出しています。帰ってくるなということですよ。顔も見たくないほど、あなたに嫌われるなんて……。この『人形の家』の歌い出しの裏には、日本国民や日本政府から顔も見たくないほど嫌われるなんて……という思いがあったわけです」

著者のリーセ・クリステンセンは本書で「私は日本に真剣で意味のある象徴的なかたちでの謝罪を望んでいる」と述べていますが、自国民を切り棄て、自国の民間人被災者にさえ補償を渋る日本政府であってみれば、他国ノルウェーの戦争被害者であるリーセの望みが顧みられる日が来るかどうかは疑わしい限りです。
リーセ・クリステンセンは水彩画の個展開催のためにノルウェー、スウェーデン、デンマーク、ドイツ、スペイン、アメリカ、イギリスなど欧米各国を巡るとともに、日本にも足を運んでいます。リーセの「日本人――男であれ女であれ――の目を真っ直ぐ見ることができたらと思う。恐怖や憎しみの目で見るのではなく、敬意を持つことができたらと思う。うなじの毛が逆立ったり、冷たい汗が体中に吹き出したりすることなく、穏やかな気持ちで日本人とハグできたらと思う。心からそう思う」という切なる願いがせめて叶ったことを願うばかりです。

翻訳に当たっては、オランダ在住のタンゲナ鈴木由香里さん（「日蘭対話を推進する会」の世話人および、ファルケン・ヴァールト・オランダ改革派教会執事を務める。訳書に『母への賛歌 日本軍抑留所を生き延びた家族のものがたり』がある）に数々ご教示いただきました。感謝申し上げます。元同僚で、当時ジャカルタ日本人学校勤務の竹中政明さんからは、インドネシアの気候、生活、文化、そしてインドネシア語などについてお教えいただきました。ありがとうございました。

著者

Lise Kristensen（リーセ・クリステンセン）

ノルウェー人。1934年、インドネシアのジャワ島生まれ。戦時中に過ごした日本軍抑留所での体験を子どもたちや家族に伝えようと、手記『1943年から1945年までジャワ島の捕虜収容所にいた子ども』を書きました。本書『ちっちゃな捕虜』は、この手記が元になっています。1970年代後半に美術を学び、ヨーロッパやアメリカ、日本で水彩画を中心とした作品を展示・販売しています。

翻訳者

泉 康夫（いずみ・やすお）

1953年生まれ。武蔵大学人文学部卒。

著書に『タフな教室のタフな練習活動－英語授業が思考のふり巾を広げるには－』、『世界の現場を見てやろう－映像と長文で広げる英語授業のふり巾－』（以上、三元社）。訳書に『橋の下のゴールド スラムに生きるということ』、『ジョーイ あるイギリス人脳性麻痺者の記憶』、『慈悲の心のかけらもない　あるユーラシア人女性の抗日』（以上、高文研）。

ちっちゃな捕虜 日本軍抑留所を果敢に生きた ノルウェー人少女のものがたり

● 2023年10月20日 ———— 第1刷発行

著　者／リーセ・クリステンセン

訳　者／泉　康夫

発行所／株式会社 高 文 研

東京都千代田区神田猿楽町 2-1-8　〒101-0064

TEL 03-3295-3415　振替 00160-6-18956

印刷・製本／中央精版印刷株式会社

★乱丁・落丁本は送料当社負担でお取り替えします。

ISBN 978-4-87498-832-9　C0022